LE MERLE

LES AILES DE L'OUEST, TOME 4

KRISTY MCCAFFREY

Traduction par

VIVA BONNOT-RUBIO

Titre original: The Blackbird (Wings of the West Book Four)

Le Merle

Traduction: Viva Bonnot-Rubio, Valentin Translation

ISBN numérique : 978-1-952801-53-2

ISBN imprimé : 978-1-952801-54-9

Couverture de Earthly Charms

Photo de l'auteure par Hannah McCaffrey

https://kmccaffrey.com/

kristy@kmccaffrey.com

Autres titres de Kristy McCaffrey

En anglais

Série Wings of the West

The Wren
The Dove
The Sparrow
The Blackbird
The Bluebird
The Songbird (Novella)
Echo of the Plains (Short Story)
The Starling
The Canary
The Nighthawk
The Swan

Roman

Into The Land Of Shadows

Recueils de nouvelles

The Crow Brothers Collection
The West: A Romance Collection

Longues novellas

Alice: Bride of Rhode Island
Rosemary
Blue Sage
The Peppermint Tree
A Mirthful Wish

Romances d'aventure contemporaines

Deep Blue
Cold Horizon
Ancient Winds
Sapphire Waves

Ils ont aimé la série *Les Ailes de l'ouest*

L'Oiselle

« L'art et la manière qu'a McCaffrey de planter le décor et de fournir des détails historiques donnent à ce western un réalisme sans concession. » Romantic Times BOOKclub

« En tant que vraie fan de western historique, je me suis délectée de la lecture de ce livre. Ne manquez pas ce qui promet d'être une exceptionnelle série à suivre ! » The Romance Studio

« Avec ses héros à la beauté sauvage, ses formidables héroïnes et une histoire passionnante, *L'Oiselle* est un livre à ne pas manquer. » The Best Reviews

La Colombe

« […] magnifiques descriptions des montagnes Sangre de Cristo, de Las Vegas à la fin du XIXe siècle et de la propriété des Ryan. Notre critique littéraire s'est sentie transportée dans les lieux où se déroule l'histoire. » Love Romance

« Mademoiselle McCaffrey écrit avec son cœur […] un livre à lire absolument ! » The Romance Studio

« Si vous aimez les westerns et les romans d'amour, je vous conseille de lire ce livre. » Romance Junkies

Le Moineau

« Les lecteurs vont adorer cette histoire… » RT BookReviews

« Je félicite McCaffrey pour la précision historique de ses récits […] et pour ce livre sensationnel que je recommande à quiconque aime les romances historiques, avec un petit quelque chose de plus. » Jonel Boyko, critique.

« McCaffrey donne une nouvelle voix aux anciennes légendes hopis et havasupai. Son écriture inspirée rend tout à fait crédible le voyage mystique de son personnage principal dans un univers qui nous pousse à dévorer le livre d'une seule traite. » *City Sun Times*

Le Merle

« Ce western, avec ses ignobles bandits, son action trépidante, son héroïne au fort tempérament, des rebondissements inattendus et un cow-boy sexy, le tout sur fond d'histoire d'amour sensuelle, est une romance historique qui a de quoi plaire à tous. » Janna Shay, *InD'tale Magazine*

« Voici un roman historique torride et intelligent qui se déroule dans le désert de l'Arizona, où les personnages ne détonent pas dans le milieu hostile qu'ils peuplent. Deux âmes tourmentées qui se rencontrent peuvent-elles s'épanouir ensemble ? Venez le découvrir en lisant *Le Merle*, la quatrième perle totalement captivante de la série *Les Ailes de l'ouest*, de Kristy McCaffrey. » Chanticleer Book Reviews

Le Passereau

« Les lecteurs seront souvent en apnée [...] un livre passionnant qui se dévore ! » Belinda Wilson, *InD'tale Magazine*

« [...] une lecture au rythme effréné, avec des personnages très fouillés et une histoire détaillée qui a éveillé mon intérêt de la première à la dernière page. » Jo, Romance Junkies

« [...] une aventure pleine de rebondissements qui m'a tenue en haleine [...] un livre presque impossible à reposer ! » Maia, The Silver Dagger Scriptorium

À mes enfants
Puissent les histoires enrichir leurs vies.

« Et il arrive parfois qu'un voyageur inspiré, se déplaçant telle
une lumière à travers nos âmes,
nous montre,
en nous faisant frissonner,
une nouvelle voie. »

Rainer Maria Rilke, *The Book of Hours*

CHAPITRE UN

Territoire de l'Arizona
Aux alentours de Tuscon
Août 1877

Cale Walker arriva aux abords de la propriété des Simms et mena son cheval vers la grange. Comme l'endroit semblait désert pour le moment, il voulait s'occuper de sa monture en attendant le retour des occupants.

Il perçut une voix féminine onduler dans l'air de cette fin d'été.

— Il s'était fait attaquer par un *león de montaña*, un puma, et ce n'était pas beau à voir.

Cale s'immobilisa.

— Il avait perdu tellement de sang… poursuivit la femme, avec un léger accent mexicain. Les Apaches ne savaient pas s'ils pourraient le sauver. Sa vie était entre les mains de leur créateur, *Yusn*.

— Que lui est-il arrivé, tatie Tess ? demanda un petit garçon d'un ton avide et passionné.

— Il a survécu. Les Apaches ont reconnu en lui un esprit très puissant. Il avait été marqué par le *león de montaña* et ça avait une grande importance à leurs yeux. Alors, ils ont partagé leurs connaissances avec lui. Ils lui ont enseigné leur médecine et il est devenu un *di-yin*.

Elle raconte mon histoire !

— C'est quoi ? demanda le garçon.

Cale repoussa le bord de son Stetson et écouta attentivement, se demandant si elle aurait la bonne réponse à cette question.

— Un *chamán*.

— Hein ? fit l'enfant.

— Un homme *medicina*, tenta d'expliciter la femme.

Le garçon devait encore sembler perplexe.

— Un docteur, renchérit-elle.

— Oh… fit l'enfant.

Cale ne pouvait pas les voir, cachés qu'ils étaient par l'angle du bâtiment, mais le garçon semblait avoir compris et il l'imagina écarquiller les yeux et hocher la tête.

— Un doktur… répéta une petite fille.

— C'est ça, Molly Rose, répondit la femme.

Leur « tatie Tess » devait être celle qu'il venait justement rencontrer, la fille de Hank.

— *Muy buena*. Maintenant, il est l'heure de rentrer à la maison. On va bientôt déjeuner. *Te vas !*

—Je peux t'aider ? lui demanda le garçon.

— Non, Robbie, répondit Tess. Pas besoin. Ça ne me prendra qu'*un momento*.

Cale entendit les enfants s'éloigner en trottinant, mais il n'osa pas bouger. Tess était toujours là et il avait l'impression de les avoir espionnés. Il se demandait comment annoncer sa présence, quand son cheval s'ébroua.

Merci, Bo.

— Il y a quelqu'un ? demanda Tess, tout en restant là où elle était.

Cale fronça les sourcils. Avait-elle peur ? La criminalité et les déprédations des Apaches, dans cette région, justifiaient-elles d'être ainsi sur ses gardes ?

— Ouais, répondit-il en contournant l'angle de la maison.

Tess Carlisle se tenait contre une botte de foin ; ses cheveux noirs tressés tombaient devant sa chemise blanche et elle portait une jupe mexicaine colorée qui soulignait ses hanches. Comme le soleil filtrait derrière elle par la porte de la grange, il ne put discerner les traits de son visage, mais elle paraissait jeune et jolie. Elle ne ressemblait certainement pas à son père, J. Howard Carlisle – que Cale connaissait sous le nom de Hank. Elle devait tenir de sa mère, qu'il n'avait jamais rencontrée.

— Désolé de vous surprendre, dit-il. Je suis Cale Walker. Vous devez être Tess Carlisle.

Le regard de Tess s'éclaira.

— Oh, *sí*, enchantée ! dit-elle, sans toutefois bouger d'un pouce, ce que Cale trouva bizarre. Vous êtes donc venu… Mary n'était pas sûre de pouvoir compter sur votre visite.

À cet instant, il remarqua la canne contre laquelle elle s'appuyait et comprit qu'elle avait une jambe invalide.

— On m'a dit que vous cherchiez Hank. Je ne suis pas certain de pouvoir vous aider.

Il se tut un instant, puis reprit :

— Vous êtes blessée ?

Elle baissa les yeux sur sa béquille en bois.

— En quelque sorte. Les séquelles d'une vieille blessure. Voulez-vous entrer ? J'allais préparer à manger pour les enfants. Tom et Mary sont absents, pour le moment. Ils ont emmené le bébé en ville.

— Un problème ?

— *Sí*. La petite a une mauvaise toux. Le médecin saura comment la soigner.

— Je vais d'abord panser mon cheval, si ça ne vous ennuie pas. Le voyage a été long.

— Vous avez fait route depuis le Texas ?

— Oui.

Il emmena son cheval dans une stalle et entreprit de lui ôter sa selle.

— Je vais m'occuper des enfants, dit-elle. La maison est par là. Vous pourrez nous rejoindre, quand vous aurez terminé.

— Avec plaisir.

Elle se détourna et s'éloigna de la grange. Elle s'appuyait fortement sur sa canne, ce qui ne l'empêchait pourtant pas de se déplacer rapidement.

Cale la regarda partir en se demandant ce qui lui était arrivé. Il était curieux de savoir dans quelle folle histoire Hank avait bien pu entraîner sa fille.

Après avoir apporté à Bo du foin et de l'eau claire, il se dirigea vers la grande hacienda. Guidé par les voix des enfants, il entra dans la cour intérieure. Un chien s'élança vers lui, campa sur ses quatre pattes et aboya.

— Cabal, *ven aca* ! lança Tess d'un ton sévère, depuis la cuisine.

Un petit garçon apparut à l'entrée. Il devait avoir cinq ou six ans ; il avait une tignasse brune et le visage tout bronzé.

— T'es qui ?

— C'est *señor* Walker, Robbie, lui dit Tess, depuis la maison.

Le chien, un gros corniaud marron au poil ras et aux oreilles tombantes, continuait d'aboyer. Tess apparut derrière Robbie et s'appuya sur sa canne.

— Cabal, au pied ! ordonna-t-elle.

Le chien obéit, sans toutefois quitter l'inconnu des yeux.

— C'est votre chien de garde ? demanda Cale.

Tess sourit en jetant à l'animal un regard plein d'une évidente affection.

— C'est un bon chien. Il ne mord pas, mais il lui faut un peu de temps pour s'habituer aux nouveaux venus. Il s'appelle Cabal.

Elle posa une main sur l'épaule du petit garçon.

— Et voici Robbie Simms, l'aîné de Tom et Mary.

Cale s'étonna du changement d'expression qui s'était opéré sur le visage de Tess. Elle rayonnait tout simplement, en compagnie de l'enfant et du chien.

— Enchanté, Robbie, dit Cale en s'accroupissant pour se mettre à la hauteur du petit garçon.

— Tu es chasseur de primes ? Tu es venu m'attraper ? demanda Robbie.

Cale sourit.

— Non. Je viens seulement rendre visite à ta maman.

Une petite fille cachée derrière la jupe de Tess se pencha pour lui jeter un coup d'œil.

— Voici Molly Rose, dit Tess en ébouriffant les cheveux de la fillette, avec affection. Elle a trois ans.

Molly Rose brandit trois doigts pour confirmer l'information.

— Enchanté, Molly, répondit Cale. Il se trouve que je connais une autre Molly… ta tante. C'est un beau prénom à porter.

Comme il savait l'enfant trop jeune pour comprendre que sa tante Molly était aussi sa demi-sœur à lui, il garda cette information sous silence.

La petite fille, dont les boucles brunes encadraient un visage rond, le dévisageait d'un regard méfiant et curieux.

— J'ai préparé des tortillas et des haricots, déclara Tess. Vous avez faim ?

Cale hocha la tête.

— Vous pouvez faire un brin de toilette ici, ajouta-t-elle.

Une bassine d'eau était posée suffisamment près du sol pour que les enfants puissent l'atteindre.

Cale ôta son chapeau et Molly Rose s'en saisit timidement. Elle gloussa et disparut vers la cuisine avec son butin. Il se plia en deux, s'empara du savon de soude et se débarrassa du mieux qu'il put de la poussière et de la crasse qu'il avait sur les mains. Enfin, il passa ses doigts mouillés dans ses cheveux courts et sur son visage, espérant avoir à présent l'air présentable.

Lorsqu'il entra dans la cuisine, Tess retirait du feu une marmite de haricots. Il s'élança vers elle.

— Attendez, laissez-moi faire !

Tess fit un pas en arrière.

— *Gracias*.

Il posa la marmite sur la table. Ils s'assirent autour, sur des bancs, Cale d'un côté et Tess de l'autre, prise en sandwich entre les deux enfants. Cale tendit la main pour saisir la louche en même temps que Tess et percuta la sienne.

— *Perdón*, marmonna-t-elle sans le regarder.

Elle servit les haricots rouges dans des bols qu'elle donna aux enfants, puis à Cale, avant de s'en remplir un. Puis, elle distribua des parts de tortillas et remplit les tasses à l'aide d'un pichet d'eau.

— Avez-vous des nouvelles de mon père ? demanda-t-elle, levant à présent les yeux vers lui.

Il n'en avait jamais vu d'un tel vert et leur couleur le laissa un instant sans voix. On aurait dit que les collines émeraude d'Irlande si souvent évoquées par Hank s'étaient reflétées dans les yeux de sa fille.

— Non, ça fait quatre ans que je ne l'ai pas vu.

— Il n'a pas été en contact avec vous ? Vous n'avez pas de connaissances en commun ?

— Non, pas de contact. Et si, nous avons des connaissances communes. Nos chemins se sont séparés en 73, juste avant qu'il ne vienne ici pour vous retrouver, après la mort de votre mère. Je suis rarement repassé dans cette région, depuis. Quand il est venu vous voir, il n'est donc pas resté ?

— J'imagine que vous avez assez bien connu Hank, répondit-elle. Alors, vous ne serez pas surpris d'apprendre qu'au lieu de rester avec moi, il m'a emmenée avec lui.

Cale se demanda si sa blessure à la jambe avait découlé de cette décision. Hank n'avait pas mené une vie calme et paisible.

— Pendant combien de temps ?

— Deux ans. Ensuite, il m'a amenée ici. Je n'ai plus de nouvelles de lui, depuis.

— Pourquoi voulez-vous le retrouver, maintenant ?

— J'ai dix-huit ans.

Molly Rose fit tomber une cuillère et Tess se pencha pour la ramasser. Elle l'essuya avec un chiffon et la rendit à l'enfant.

— Je ne peux pas vivre ici indéfiniment, quelle que soit l'ampleur de l'hospitalité dont Tom et Mary font preuve envers moi.

— Si, tu peux, intervint Robbie. On ne veut pas que tu partes.

— Je ne vais pas partir, lui répondit-elle, avant de se tourner vers Cale. Mais je dois savoir où se trouve mon père. Il est la seule famille qui me reste. Ensuite, je pourrai prendre une décision concernant mon avenir.

— Est-ce que tu vas épouser l'autre monsieur, Esteban ? demanda Robbie.

— Non Robbie, je ne vais pas l'épouser.

— Si tu attends que je sois assez grand, on pourra se marier.

Le sérieux de son jeune visage témoignait de son engagement. Tess lui sourit avec indulgence et Cale se surprit à contempler son charme naturel.

— Alors, je vais attendre.

— C'est vrai ? demanda Robbie, un immense sourire rompant instantanément le sérieux de son expression.

Il enfourna une bouchée de tortilla.

Et voilà, le destin de Tess était scellé ! Cette pensée amusa Cale.

Les enfants se redressèrent en entendant le son d'un chariot arrivant dans la cour. Ils se levèrent, suivis de Tess. Cale les imita et sortit derrière eux. Un homme vint à leur rencontre, suivi de sa femme qui portait un bébé dans les bras.

La Mary Hart de son enfance, avec ses cheveux bruns, était fidèle à ses souvenirs. Elle s'arrêta net en le voyant.

— Cale Walker ?

Un grand sourire illumina son visage. Elle ouvrit un bras, veillant sur le bébé durant leur accolade.

— Content de te revoir, Mary.

— Merci d'être venu, c'est vraiment gentil ! Et Molly… mon Dieu, comment va-t-elle ?

L'empressement d'avoir des nouvelles de la sœur qu'elle avait cru morte pendant dix ans illuminait son visage.

— Très bien. Je sais qu'elle a hâte de te revoir.

— Maman, mais c'est moi, Molly… dit d'une petite voix la fillette qui se tenait à côté de Tess.

— Bien sûr, ma chérie, dit Mary en se penchant pour prendre sa fille dans ses bras. Je parlais de ta tante Molly.

Elle se redressa et se tourna vers l'homme à ses côtés.

— Cale, dit-elle ; voici mon mari, Tom Simms.

Cale serra la main de Tom.

— Ravi de vous rencontrer.

— Pareillement, répondit Tom.

Il était mince et bronzé ; son expression mit tout de suite Cale à l'aise. Il fut soulagé de voir que la relation de séduction qui avait existé entre Mary et lui, par le passé, n'avait laissé qu'une chaleureuse affection.

— Vous avez été présenté à tout le monde ? ajouta Tom.

Cale hocha la tête.

— Sauf au bébé.

Mary se tourna pour montrer le visage de l'enfant.

— Voici Evelyn.

— Elle est ravissante.

— Il faut que j'aille la coucher pour la sieste. Mais j'ai hâte d'entendre les nouvelles !

Cale hésita, puis sortit une lettre de sa poche de chemise.

— Molly m'a demandé de te remettre ceci. Tu préféreras sûrement être seule pour la lire.

L'inquiétude se dessina sur le visage de Mary.

— Je pourrai ensuite répondre à tes questions, à propos de ce qu'il s'est passé, il y a dix ans.

Cale était soulagé par la missive ; il n'avait aucune envie de révéler lui-même ce qu'ils avaient appris, après que Molly, la petite sœur de Mary, avait réapparu au Texas quelques mois plus tôt, bel et bien vivante. Dix ans plus tôt, le ranch des Hart qui se trouvait dans le nord du Texas, avait été attaqué ; Robert et Rosemary Hart, assassinés. Une de leurs filles, Molly, avait été enlevée par des Comanches et tuée à son tour – clouée à un arbre par des flèches, avant d'être brûlée vive. Cale lui-même avait retrouvé le corps de cette enfant de neuf ans, calciné au point de ne plus être reconnaissable. Cette image ne l'avait plus jamais quitté. La croix en or, trouvée aux pieds de Molly, avait permis d'identifier sa dépouille ; pourtant, ce n'était pas elle et son retour – après des années passées chez les Indiens – avait choqué tout le monde. Il avait ensuite été gênant d'apprendre la vérité sur leur parenté : elle et Cale avaient le même père. Mieux valait que Molly révèle elle-même cette information à sa sœur, dans sa lettre.

— Merci, dit Mary en prenant la feuille repliée.

Tom s'approcha et passa un bras autour d'elle.

— Ça va ?

Mary hocha la tête et sourit.

— Laisse-moi coucher Evie, proposa Tess ; comme ça tu pourras prendre ton temps pour lire les nouvelles.

Mary hésita, puis acquiesça en silence. Tess s'avança, effleurant Cale au passage. Il perçut son parfum, celui d'une fleur de romarin au soleil. Elle prit Evie dans son bras libre, s'appuyant de l'autre sur sa canne. Elle disparut bientôt par une autre porte.

Tom déposa un baiser sur la joue de sa femme.

— Prends ton temps.

Mary s'éloigna, les yeux rivés sur le papier.

Tom regarda Cale.

— Ça nous laissera le temps de discuter. Robbie, s'il te plaît ; surveille ta sœur dans la cour.

— Oui, père.

Le petit Robbie prit sa sœur par la main et ils se dirigèrent vers un tas de sable recouvert de jouets en bois, dans un coin de la cour.

Cale suivit Tom dans la cuisine.

— Café ? lui proposa ce dernier.

— Avec plaisir.

Tom prit la théière sur la cuisinière et servit le liquide fumant dans deux tasses en étain.

— Content d'enfin vous rencontrer, dit Tom. Mary vous porte en haute estime.

— Je suis ravi de voir qu'elle s'en est bien sortie.

Cale vit à l'expression de Tom qu'il comprenait l'allusion. Les filles Hart – Mary, Molly et Emma – avaient enduré un sacré traumatisme, à la mort de leurs parents. Maintenant que Matt Ryan avait épousé Molly, il revenait aux autres de s'occuper de ses sœurs.

Cale avait chevauché jusqu'à Fort Sumner en compagnie de Nathan Blackmore et de Logan Ryan. Nathan, un Texas ranger, était ensuite parti pour le Grand Canyon, sur la piste d'Emma qui s'était enfuie de San Francisco. Logan avait poursuivi sa route vers Las Vegas, au Nouveau-Mexique ; il voulait s'assurer que Claire, l'amie de Molly, se portait bien. Quant à Cale, il était venu jusqu'ici pour délivrer la lettre de Molly, mais aussi pour aider Tess Carlisle, à la demande de Mary.

— Il faut qu'on parle de Hank Carlisle, déclara Tom sans préambule.

— Vous savez où il se trouve ?

— Pas exactement, mais j'ai peut-être une piste. Je n'en ai rien dit à Tess. Elle est si déterminée à le retrouver qu'elle serait partie toute seule à sa recherche. Mary a réussi à la convaincre de vous attendre. Je connais Hank et je sais quel genre d'hommes traînent avec lui. Je ne pense pas que Tess devrait s'en approcher.

— Je suis bien d'accord. Pourquoi l'a-t-il laissée ici ?

Tom hésita ; il but une gorgée de café.

— Il y a deux ans, il est arrivé ici avec Tess.

Il fixa le contenu de sa tasse un moment.

— Elle était en mauvais état.

— Que lui était-il arrivé ?

Tom secoua brièvement la tête.

— Je n'en sais rien. Tess ne l'a jamais dit. Elle en a parlé un peu à Mary, mais sans entrer dans les détails. Elle avait été salement battue et elle avait reçu une balle dans la jambe. Le responsable quel qu'il soit… n'y avait pas été de main morte. Heureusement, elle n'était pas tombée enceinte. Hank m'a demandé de m'occuper d'elle et de faire profil bas ; après quoi, il est parti. On ne l'a pas revu depuis. Les premiers mois, il envoyait de l'argent, mais sans jamais dire où il se trouvait. Ça fait maintenant plus d'un an que je n'ai pas de nouvelles de lui. Peut-être que ce fils de pute est mort. J'en sais rien. Je me demande s'il a poursuivi celui qui s'en est pris à Tess. Le connaissant, il l'aurait tué plutôt dix fois qu'une.

Cale était du même avis : Hank Carlisle était sans pitié. Il s'en était tout de suite rendu compte et avait fini par prendre ses distances d'avec son mentor pour cette raison – entre autres. À cause de Saul Miller, aussi.

— Que pouvez-vous me donner comme piste ? lui demanda Cale.

— Il y a environ six semaines, en ville, j'ai entendu un fournisseur parler d'une petite enclume qu'il avait expédiée à Tubac, à un certain Henry Worthington. J'ai jeté un coup d'œil au bon de commande qui mentionnait un autre nom, celui de Carleton Perry. Quand on recevait de l'argent pour Tess, le nom du destinataire n'était pas Hank, mais Perry ; alors, j'ai supposé qu'il s'agissait de lui.

— Bien vu, dit Cale d'un ton calme.

Hank avait parfois utilisé *Carleton Perry* comme pseudonyme.

— Merci beaucoup d'être venu. Je serais bien parti à la recherche de Hank moi-même, mais je ne veux pas laisser Mary et les enfants tout seuls.

— Avez-vous eu des problèmes avec les Apaches ?

— Non. À entendre tous les commérages qui circulent à Tuscon, on se croirait dépassés par les événements. La vérité, c'est qu'il y a parmi les locaux des hommes qui font des affaires et se plaisent à remplir les journaux territoriaux d'exagérations, quand ce ne sont pas des mensonges purs et simples. Ça justifie alors une forte présence militaire, qui amène plus de clients pour acheter leurs produits. Cela dit, depuis que Geronimo est sous les verrous à San Carlos, la tension semble avoir un peu diminué.

Cale comprenait.

— Comment vont les affaires, pour vous, avec le ranch ?

— Je tiens le coup. Fort Lowell nous achète presque tous les bœufs. Je ne cache pas qu'on tire tous profit de la présence militaire. Mais pour tout vous dire, j'ai décidé de vendre le ranch pour partir vivre en ville. On m'a déjà fait une offre et j'ai peut-être l'opportunité d'acheter un moulin à farine. Je pourrais offrir à Mary une maison plus confortable et Robbie pourrait aller à l'école. Mary n'en dit rien, mais je pense qu'elle souffre de solitude, ici. Avoir Tess auprès de nous s'est révélé une bénédiction au-delà de toutes nos attentes. Écoutez… je n'ai pas bien connu Hank, poursuivit Tom. Il y a quelques années, Mary s'était liée d'amitié avec Isabelle, la *madre* de Tess, et on se croisait tous de temps en temps. J'aimais bien Hank, malgré son manque d'engagement vis-à-vis de sa famille. Mais soyez prudent. Ce qui est arrivé à Tess pourrait conduire à d'autres ennuis.

— Je comprends, dit Cale. Si Hank est en vie, je le trouverai. Je partirai dès l'aube, demain, avant que Tess ne se réveille.

— Elle ne va pas apprécier d'être laissée de côté.

— En ça, elle ressemble à Hank.

Tom se mit à rire.

— Ça, c'est bien sa fille !

CHAPITRE DEUX

La tête baissée, Tess quitta sa cachette, derrière la porte entrouverte de la cuisine. Écouter en douce n'avait pas été son intention. Elle avait mis Evie à la sieste plus rapidement que d'habitude et avait voulu faire la vaisselle du déjeuner. Mais en entendant Tom et Cale parler de Hank, elle avait hésité à entrer dans la cuisine.

Tess n'avait pas connu beaucoup d'hommes convenables, mais Tom Simms était fort, honnête et dévoué à sa femme et à ses enfants. Elle avait de l'estime pour lui, ce qui était rare de sa part, surtout envers les mâles de son espèce.

Mais Tom lui avait caché des choses à propos de son *padre*. Il n'avait même pas donné une raison tangible d'avoir agi ainsi. Il avait sans aucun doute voulu la protéger, mais elle avait le droit de prendre ses propres décisions. Ce n'était pas comme si elle avait une immense famille pour se soucier d'elle.

Elle pensa à Robbie et à Molly Rose. Même si elle les aimait plus qu'elle n'aurait cru possible d'aimer, elle n'était pas de leur famille. Après avoir perdu sa *madre* et son *abuela*, elle avait cru impossible d'éprouver de peine plus dévastatrice. Mais ensuite, il y avait eu Saul Miller. Elle serra les mâchoires et chassa cet homme de ses pensées ; il ne méritait pas de les monopoliser.

Avec précaution et sans faire de bruit, elle prit appui sur sa canne et s'éloigna vers sa chambre, à l'autre bout de la maison en adobe. Elle tenait à une main la croix en argent qui pendait à son cou. C'était le seul souvenir qui lui restait de son *abuela* bien-aimée – en dehors d'un riche héritage d'histoires.

Demain matin, elle partirait, que ça plaise ou non au señor Walker. Il le fallait.

Cale n'était pas comme elle l'avait imaginé. Elle ne l'avait vu qu'une fois, de loin, quand elle avait douze ans. Il était jeune, à l'époque ; malgré tout, elle avait cru qu'il serait plus âgé, comme Hank.

Elle entra dans sa chambre et se mit à préparer un sac de vêtements, sentant la frustration monter en elle.

Le physique de Cale n'allait pas avec les histoires qu'elle connaissait de lui et dont elle faisait souvent le récit à Robbie et Molly Rose. Il était grand et blond, ses cheveux courts paraissant plus ou moins clairs, selon qu'il se trouvait dans l'ombre ou la lumière. Elle avait du mal à l'imaginer guérisseur, chez les Apaches. N'aurait-il pas dû avoir l'air plus grave, plus spirituel, dégager quelque chose de sacré ?

Elle aurait bien voulu le questionner, mais son dégoût pour tout ce qui concernait les *hommes* l'obligeait à tenir sa langue. Elle fourra ses vêtements en boule dans son sac, sans se soucier de les froisser. Si Esteban savait combien il la répugnait, il aurait sûrement arrêté de la courtiser depuis longtemps. Elle était trop abîmée, de toute façon ; et il ne voulait pas d'elle à ce point… il la désirait simplement parce qu'elle le repoussait toujours.

Elle s'immobilisa et respira un bon coup pour clarifier ses esprits.

Ne sachant quelle distance il lui faudrait parcourir, elle devrait partir avec le nouvel hongre, Gideon. Si elle en parlait à Tom et Mary, ils insisteraient pour qu'elle reste avec eux, en sécurité. Elle devrait leur laisser un mot en promettant de leur rapporter le cheval plus tard. Elle ne pourrait pas non plus dire au revoir à Robbie et Molly Rose ; si elle le faisait, ils en parleraient à leurs parents. Le chagrin lui serra la gorge et des larmes lui montèrent aux yeux. Elle aurait aimé pouvoir leur expliquer son départ. Mais elle reviendrait, une fois qu'elle aurait trouvé Hank et qu'elle aurait mis les choses au clair entre eux.

Elle ajouta dans le sac une couverture, une brosse à cheveux et un miroir, avant de cacher le tout. Cette nuit, elle prendrait de la nourriture dans la cuisine et remplirait une sacoche de selle qu'elle irait chercher dans la sellerie de la grange, sans oublier plusieurs gourdes d'eau. Elle s'assit au bureau, dans le coin de la chambre, pour écrire une lettre à Tom et Mary. Elle jeta un coup d'œil à la pile de livres posés là. Elle eut un élan vers eux ; elle aurait aimé les emporter, mais c'était impossible. Ils seraient trop encombrants. Pourtant, être privée d'histoires était presque aussi terrible que de manquer d'eau ou de nourriture. Elle s'en nourrissait littéralement, spirituellement parlant, surtout depuis ces deux dernières années où elle avait lutté pour se reconstruire, après l'incident.

Elle pouvait peut-être en emporter au moins un. Ses yeux tombèrent sur Tennyson.

Elle entendit l'accent irlandais de Hank lui murmurer à l'oreille.

Ô, beau merle ! Chante-moi ta douce mélodie !

— *Papá*… murmura-t-elle. Pourquoi ?

La question resta en suspens dans les airs, comme tant de fois auparavant.

Tess aidait Mary qui préparait le dîner dans un silence inhabituel. Ça avait peut-être quelque chose à voir avec la lettre que señor Walker lui avait remise plus tôt… Découvrir que sa sœur Molly était en vie, après l'avoir cru morte toutes ces années, l'avait d'abord plongée dans un état d'euphorie ; puis, elle avait ressenti un énorme sentiment de culpabilité, se reprochant de n'avoir rien fait.

— C'étaient de bonnes nouvelles, dans la lettre de ton *hermana* ? lui demanda Tess.

Mary hésita.

— Cette lettre explique beaucoup de choses.

Elle pinça les lèvres.

— Apparemment, je serais en famille avec Cale, maintenant.

— Vraiment ? demanda Tess, surprise.

— En quelque sorte. Il y a longtemps, ma mère a eu une relation avec le père de Cale et Molly est née de leur union. Elle est donc la demi-sœur de Cale.

En réfléchissant à la tournure des événements, Tess comprit que cette révélation pouvait être malvenue.

— Je suis vraiment désolée, Mary. Et qu'en est-il d'Emma ? demanda-t-elle, faisant référence à la plus jeune sœur de Mary. Elle aussi est la sœur de Cale ?

— Non. Visiblement, ça ne concerne que Molly. Mary écrit aussi qu'ils ont découvert qui a assassiné mes parents : un homme qui avait travaillé pour mon père. Il avait tenté de prendre Emma de force, alors qu'elle n'avait que huit ans. Molly l'avait surpris et avait menti à papa en disant que l'homme s'en était pris à *elle*.

Tess se glaça. Elle ne savait que trop bien de quoi parlait Mary.

— Donc, poursuivit Mary, ce type est revenu pour attaquer notre ranch et il a tué nos parents. Il a enlevé Molly pour se venger d'elle, mais ils ont été pris de court par des Comanches qui ont emmené Molly avec eux. Il y avait déjà une autre fillette avec les Indiens ; c'est elle qu'ils ont tuée et qu'on a tous prise pour Molly. Quelle histoire… !

— Sí, répondit Tess. Quand Evie sera un peu plus grande, tu pourras aller au Texas voir Molly. Tu pourras présenter Molly Rose à son homonyme.

Mary se détendit légèrement.

— Oui. J'ai tellement hâte ! Si seulement Emma répondait à ma lettre… je me demande si elle est déjà au courant.

Elles appelèrent les hommes et les enfants à table. Señor Walker vint s'asseoir à ses côtés. Ils commencèrent à manger les pommes de terre bouillies, les poivrons et la viande de bœuf qu'il y avait dans leurs assiettes.

— Alors, parle-moi de Molly, dit Mary en s'adressant à Cale.

— Elle n'a pas beaucoup changé. Elle aime toujours autant crapahuter dehors.

— Dans sa lettre, elle dit qu'elle a épousé Matt Ryan, dit Mary en riant. Je n'aurais jamais imaginé ces deux-là ensemble !

— Eh bien, il tournait autour d'elle comme un faucon. À mon avis, aucun de nous n'aurait pu les séparer. Je sais qu'elle était désolée de se marier sans qu'Emma et toi soyez présentes.

Mary se tourna vers Tom.

— Je comprends.

— Elle ne pouvait probablement pas attendre plus longtemps que toi à l'époque, dit Tom en lui faisant un clin d'œil.

Mary rougit et Tess réprima un sourire.

— Le temps pressait, expliqua Mary à Cale.

Le regard que Cale adressa à Tom n'échappa pas à Tess.

— C'est une bonne chose que tu aies fait ce qu'il fallait, dit-il.

— Telle avait toujours été mon intention, répondit Tom en

jetant à sa femme un coup d'œil dans lequel Tess perçut, une fois de plus, la force de l'amour qui existait entre eux.

Malgré ce qu'il s'était passé, malgré le goût amer que les hommes en général lui inspiraient, la relation de Tom et Mary lui donnait un petit espoir concernant ce qui pouvait vraiment exister entre un homme et une femme.

Mary détacha de son mari son regard plein d'affection et reporta son attention vers Cale.

— Raconte-nous ce que tu as fait ces dix dernières années. Quand on a déménagé pour San Francisco, Emma et moi, on a entendu dire que tu t'étais engagé dans l'armée.

— Ouais, c'est exact. J'étais en poste à Camp Bowie.

— Vous avez combattu des Apaches ? demanda Tess.

— Quelques-uns.

— Mais vous avez également vécu parmi eux. Hank m'a raconté des histoires vous concernant.

— Elles sont véridiques ? demanda Mary.

Cale s'immobilisa un instant, sa fourchette en suspens au-dessus de son assiette ; son regard allait d'une femme à l'autre.

— Je ne sais pas ce qu'on vous a dit, exactement. Mais en effet, j'ai vécu dans une tribu de Nednais pendant un certain temps, après avoir été attaqué par un puma.

— Pourquoi le puma t'a attaqué ? laissa échapper Robbie, les yeux écarquillés, sautant pratiquement sur son banc. Il a essayé de te manger ?

— Eh bien, je ne pense pas qu'il voulait me manger. Parfois, les animaux qui se font surprendre ont des réactions un peu violentes. Je suppose que c'est ce qu'il s'est passé avec celui-là. J'ai eu de la chance que les Apaches me trouvent. Ils l'ont fait fuir et m'ont aidé à m'en remettre.

— Tu es devenu un doktur ? demanda Molly Rose.

Cale sourit et Tess risqua un coup d'œil vers lui.

— Je crois que ta tante Tess t'a déjà raconté cette histoire.

Elle détourna les yeux, le rouge aux joues.

— Elle t'a dit que j'étais devenu un *di-yin*. C'est la vérité. C'est le nom qu'on donne aux guérisseurs apaches.

— Pourquoi t'ont-ils intégré comme l'un des leurs ? demanda Mary.

— J'ai été marqué par le puma. Dans leur système de croyances, j'ai reçu un don de pouvoir. Dans un sens, ça n'a rien à voir avec le fait d'être apache. C'était un signe extérieur de reconnaissance par le monde des esprits. Pendant ma convalescence, on m'a appris ce que ça signifiait.

— Tu peux faire tomber la pluie ? demanda Robbie.

— Non. Les sorciers ont différents types de pouvoirs. Faire tomber la pluie ne fait pas partie des miens.

— Quel genre de *medicina* possédez-vous ? demanda Tess.

— C'est difficile à expliquer. Je pense que le meilleur moyen de l'imager est de dire que je vois des connexions.

— Hein ?! fit Robbie en fronçant les sourcils.

— Voilà, dit Cale ; parfois, moi aussi je dis : *hein ?!*

Tom poussa l'assiette de Robbie plus près du garçon, puis leva les yeux vers Cale.

— Vous êtes toujours chasseur de primes ?

— De temps en temps. Dernièrement, je suis allé dans le Colorado, près de Trinidad. J'ai apprécié le climat plus froid.

Ça fit rire tout le monde.

Ils finirent de manger et débarrassèrent la table. Ensuite, ils sortirent dans la cour et Tom fit un petit feu au centre, dans un creux encerclé de pierres. Tess s'assit en face de señor Walker. Robbie et Molly Rose se serrèrent contre lui comme deux chatons cherchant à se réchauffer. Leur timidité envers l'étranger s'était visiblement envolée. Tom et Mary s'assirent à la droite de Tess et Cabal s'installa à sa gauche. Comme elle lui grattait les oreilles en se penchant vers lui, il lui lécha le visage.

— Tess pourrait peut-être nous raconter une histoire, dit Mary. Elle vient d'une lignée de femmes appelées *cuentistas*, les conteuses.

Puis, d'un ton presque solennel, elle ajouta :

— Les Gardiennes des Traditions.

Sous le regard attentif de Cale, Tess fouilla dans sa bibliothèque mentale, à la recherche d'une histoire appropriée. Elle racontait souvent la première qui lui passait par la tête ; même si elle paraissait inadéquate, Tess pensait que les esprits la lui présentaient à dessein.

— Raconte celle de l'homme vert ! dit Robbie.

Tess considéra sa demande. C'était une des histoires préférées de Hank et elle l'avait apprise de son *padre*, quand elle était petite. Elle avait toujours pensé avoir des compétences particulières en tant que conteuse. Elle avait non seulement reçu un riche héritage mexicain de son *abuela*, mais aussi des histoires de son *papá* irlandais.

— D'accord, répondit-elle. C'est l'histoire de Sir Gawain et du chevalier vert.

Elle se tut un instant pour laisser tout le monde s'installer au mieux.

— Le premier jour de la nouvelle année, tous les chevaliers du roi Arthur étaient réunis à Camelot, le célèbre château où il vivait. Alors qu'ils festoyaient et s'échangeaient des cadeaux, un chevalier vert géant entra dans la salle et proposa un jeu. N'importe lequel des hommes présents pouvait le mettre à terre en un coup, à la condition que le géant puisse lui rendre la pareille dans un an et un jour. Sir Gawain s'avança et accepta le défi. Il était le plus jeune des chevaliers du roi Arthur, en plus d'être son neveu. En un coup d'épée, Gawain coupa la tête du chevalier vert.

Tout excité, Robbie hocha la tête pour corroborer ses dires. Tess sourit. Un air amusé passa sur le visage de señor Walker. Elle reporta son attention sur les flammes, s'assurant de ne pas perdre la magie de l'ambiance. Son *abuela* le lui avait appris. Une histoire n'était pas une histoire si on ne lui insufflait pas de l'esprit.

— Gawain était certain d'avoir tué le chevalier vert ; pourtant, il n'était pas mort. Le géant ramassa sa tête et rappela à Sir Gawain de le retrouver dans un an et un jour à la chapelle verte. Après quoi, il s'en alla. Bientôt, la date du rendez-vous approcha et Gawain partit à la recherche de cette chapelle. En chemin, il connut de nombreuses batailles et autres aventures qui finirent par le mener à un magnifique château. Il rencontra le seigneur des lieux, appelé Bertilak. Il fit également la rencontre de sa très belle femme.

— Comment elle s'appelle, déjà ? demanda Robbie. Je ne m'en souviens plus…

— Lady Bertilak.

— C'est facile à retenir, commenta Mary.

Molly Rose grimpa sur ses genoux.

— Quand Sir Gawain fit part à Lord et Lady Bertilak de son rendez-vous du jour de l'an à la chapelle verte, poursuivit Tess, le seigneur lui répondit en riant que ladite chapelle se trouvait non loin de là. Il l'invita à séjourner au château en attendant le jour J, ce que Gawain accepta. Le lendemain, avant de partir à la chasse, Lord Bertilak proposa un marché à Gawain : il lui donnerait son butin du jour, en échange de ce que Gawain aurait acquis ce jour-là.

Robbie gloussa.

— Ils vont faire des bêtises !

— Chut, Robbie, chuchota Mary. Écoute !

— Quand Lord Bertilak s'en alla, sa femme essaya d'embrasser Gawain, mais il la repoussa. Finalement, il accepta un seul baiser, mais rien d'autre. Lorsque Lord Bertilak revint, il donna à Gawain le cerf qu'il avait tué ; alors Gawain lui donna en retour ce qu'il avait reçu ce jour-là.

Robbie ricana.

— Qu'est-ce que Gawain donne à Lord Bertilak ? lui demanda Tess.

— Un baiser, répondit-il en s'enroulant sur lui-même, plié de rire.

Tous les adultes rigolèrent aussi.

— Exactement, répondit Tess. Le lendemain, Lady Bertilak tenta à nouveau d'embrasser Gawain et parvint à lui faire deux baisers. Donc, lorsque le seigneur revint de la chasse avec un sanglier qu'il offrit à Gawain, il obtint en échange deux baisers.

Voyant Robbie continuer à rire, le visage de Tess se fendit d'un grand sourire.

— Le matin du troisième jour, Lady Bertilak vint encore trouver Gawain, mais au lieu de l'embrasser, elle lui offrit une bague en or qu'il refusa. Alors, elle lui proposa, à la place, une ceinture de soie verte en lui disant qu'elle le protégerait de toute atteinte physique. Il accepta. Elle s'arrangea pour lui donner aussi trois baisers. Ce soir-là, quand Lord Bertilak s'en retourna avec un renard qu'il donna à Gawain, il se vit offrir en échange trois baisers. Mais Gawain garda la ceinture pour lui. Le lendemain, lorsqu'il se rendit à la chapelle verte, il la portait sur lui. Le chevalier vert était là, armé d'une hache très bien aiguisée. Comme convenu, il eut le droit de porter un coup à Gawain, mais ne parvint pas à le décapiter. Gawain était protégé par la ceinture. À ce moment-là, le chevalier vert se révéla n'être nul autre que Lord Bertilak lui-même. Il raconta à Gawain que Morgan le Fay, la sœur machiavélique du roi Arthur, était à l'origine de toute cette aventure.

— Les sœur sont ma-ki-véliques, intervint Robbie en regardant Molly Rose qui lui tira la langue.

— Gawain était bien embarrassé ; mais Bertilak et lui se quittèrent en bons termes. Gawain retourna à Camelot, portant toujours la ceinture comme signe extérieur de la honte qu'il ressentait de n'avoir pas respecté les règles du jeu. À partir de ce jour, les chevaliers de la Table ronde portèrent une ceinture verte en souvenir des aventures de Gawain. Fin.

— C'est une bonne histoire, dit Robbie. Moi, j'aurais suivi les règles !

Tom ébouriffa les cheveux de son fils.

— Mais alors, tu aurais été décapité. Ça ne m'aurait pas beaucoup plu…

— Il a raison, intervint señor Walker. Un homme avisé sait reconnaître quand quelqu'un essaye de lui faire du mal en inventant trop de règles.

— Ça veut dire que maman essaye de me faire du mal avec toutes *ses* règles ?

Tout le monde sourit.

Mary se leva et lui fit face.

— Très bien, au lit, maintenant !

— Je t'accompagne, dit Tom. Evie a sûrement faim, à l'heure qu'il est.

— Et c'est toi qui vas la nourrir ? le taquina Mary.

— Non, mais je vais te l'amener, répondit-il, avant de se tourner vers Cale. Bonne nuit.

Señor Walker hocha la tête.

— Bonne nuit, Cale, dit Mary. Bonne nuit, Tess.

Robbie et Molly Rose vinrent faire un câlin à Tess qui les serra contre elle. Elle n'aurait pas d'autre moyen de leur dire au revoir.

— *Buenas noches*, Sir Robbie et Lady Molly, leur murmura-t-elle.

— *Buenas noches*, Lady Tess, répondit Robbie.

La gorge nouée, elle refoula ses larmes. Tout le monde s'éloigna, la laissant seule avec Cale.

— Vous êtes une bonne conteuse, dit-il. Je me souviens de cette histoire. C'était une des préférées de Hank.

— Sans doute à cause de la moralité douteuse qu'elle renferme.

Elle fixa les flammes jusqu'à être certaine de ne plus avoir les yeux mouillés.

— Hank ne croyait qu'en la survie, dit Cale. Enfreindre les règles ne le dérangeait pas et vivre dans l'ombre lui convenait bien.

— Et vous ?

Elle l'épingla du regard pour appuyer sa demande. Son désir d'avoir une réponse l'étonna.

Le regard qu'il lui adressa la fit frissonner. Cale Walker ne ressemblait à aucun des hommes qu'elle avait rencontrés. Elle le perçut instantanément, au plus profond d'elle-même. Une tension presque physique se réveilla dans son ventre, l'attirant vers lui. Pourtant, cette réaction mit ses sens en alerte et provoqua chez elle un rejet tout aussi fort.

Elle ne pourrait jamais permettre à un homme de l'approcher. Elle était bien placée pour connaître le coût de ce genre d'erreur.

— Parfois… répondit-il. Le monde n'est ni tout noir ni tout blanc.

— Ça, je le sais. Alors, quel est votre plan ? Comment comptez-vous retrouver mon père ?

Elle savait très bien qu'il lui cacherait la vérité.

— Je n'en suis pas sûr. La nuit porte conseil ; on pourra décider quoi faire demain.

— Dans ce cas…

Elle prit appui sur sa canne pour se lever. En un instant, il fut debout à côté d'elle, l'aidant à retrouver son équilibre en la tenant par le bras.

— Tout va bien, je vous assure. Alors, à demain matin, je suppose.

Une certaine ambivalence passa sur les traits du visage de Cale, puis disparut.

— À demain matin, miss Carlisle.

Elle s'éloigna de lui et de sa prestance, ressentant toujours la chaleur de sa main sur son bras.

Maudit soit-il !

Maudits soient-ils, tous autant qu'ils sont !

Elle trouverait Hank toute seule.

CHAPITRE TROIS

Cale quitta la demeure des Simms juste avant l'aube. Il se dirigea vers l'ouest, guidant Bo en silence dans l'obscurité. Il comptait se rendre à Tuscon pour acheter d'autres provisions. Heureusement, Tom expliquerait son départ précipité – particulièrement à Tess.

Il se demanda ce qu'il adviendrait d'elle. Hank l'aimait, ça ne faisait aucun doute ; il avait parlé d'elle très souvent, et de sa mère, Isabelle. Mais il n'avait jamais été capable de poser ses valises et de rester tranquille assez longtemps pour leur offrir la stabilité qu'elles méritaient certainement.

Cale songea à l'agression de Tess. Il fit mentalement la liste de plusieurs hommes qu'il avait connus, lorsqu'il traînait avec Hank. Jim Bennett, Walter Lange et, bien sûr, Saul Miller. La présence de Miller et l'incapacité de Hank à le cadrer avait poussé Cale à tourner le dos à son mentor sans regarder en arrière. Chacun de ces types aurait été capable de commettre un acte aussi violent ; mais si Cale devait en choisir un à mettre en tête de liste des suspects, ce serait Saul.

Il secoua la tête et traita Hank de tous les noms. Il n'aurait jamais dû emmener sa fille dans la nature, pendant qu'il travaillait. Les hommes – et les femmes – qu'il fréquentait avaient dû la mettre en danger bien plus que de raison.

Hank, petit enfoiré ! Comment as-tu osé ?

Arrivé à Tuscon, Cale s'arrêta chez un marchand pour acheter de la farine, du café, des haricots, de la viande séchée, des fruits et du tabac. Il remplit deux récipients à poignée et quatre gourdes d'eau, avant d'acheter un sac d'avoine pour Bo et plusieurs boîtes de cartouches pour sa Winchester et ses deux colts. Il était à sec, après son voyage depuis le Texas. Ses achats terminés, il s'aperçut que Bo ne pourrait pas tout porter ; aussi se rendit-il aux écuries de la ville pour acquérir une mule. Une seule était assez jeune à son goût : un mâle à l'allure sereine appelé Moses et qui avait la robe d'un cheval bai. Il avait de grandes oreilles, au sommet de sa tête épaisse, qu'il tournait en tous sens et Cale s'arrêta pour le regarder dans les yeux. Ce qu'il y vit lui plut.

Le soleil disparaissait sous la ligne d'horizon, à l'ouest, lorsque Cale quitta Tuscon en direction de Tubac, une ville à environ quatre-vingts kilomètres au sud. Moses marchait derrière lui, portant les provisions. S'ils avançaient bien, ils arriveraient à destination le lendemain, en fin de journée.

À environ trois kilomètres de la ville, il tomba sur une charrette immobilisée. Elle penchait à gauche à cause d'une roue enfoncée de trente centimètres dans une ornière creusée par la boue. La terre avait rapidement séché, emprisonnant le rouage. Une jeune femme se tenait sur le côté, tandis qu'une autre, de dos à Cale, s'efforçait de tirer sur la roue. Se rapprochant, il fut stupéfait de la reconnaître.

Tess !

— Mais qu'est-ce que vous faites ?! lui demanda-t-il.

Elle lui lança un regard noir par-dessus son épaule, avant de reprendre ses efforts. Son expression aux lèvres pincées allait de pair avec sa tenue guindée ; elle portait une jupe à carreaux sur un jupon qui tombait jusqu'à ses pieds bottés, et une chemise ivoire à manches longues, boutonnée jusqu'au cou. Ses cheveux étaient rassemblés à la base de sa nuque en une natte serrée et un chapeau à larges bords lui couvrait la tête. S'il ne l'avait pas reconnue, il l'aurait prise pour une institutrice.

Il mit pied à terre, adressa un hochement de tête à l'autre femme qui l'observait de loin, et fit la première chose qui lui vint à l'esprit : il glissa ses mains sous les bras de Tess et la souleva pour l'éloigner du chariot coincé.

— Vous vous fatiguez pour rien, lui dit-il.

Elle le regarda avec un dégoût évident qu'il ne sut pas à qui attribuer… au chariot ou à lui-même.

Il prit une corde accrochée à la selle de Bo qu'il attacha à l'anneau d'attelage en bois, à l'arrière, puis utilisa son cheval pour libérer la charrette.

— Oh, merci ! dit la jeune femme. Mon mari est retourné à la ville sur notre monture pour chercher de l'aide, mais il ne devrait plus tarder à revenir, maintenant.

— Alors, nous ferions mieux de l'attendre avec vous, dit Cale.

— Je vous en serais très reconnaissante, mais ne vous sentez pas obligés.

— Aucun problème. Ça nous donnera l'occasion de parler, miss Carlisle et moi.

Il défia son regard mutin.

L'autre femme entreprit de remettre en place le contenu de la charrette. Cale se tourna vers Tess qui restait plantée sur place, appuyée sur sa canne.

— Que faites-vous par ici ? lui demanda-t-il.

Elle leva le menton.

— Je suis en route pour Tubac.

— Sans blague !

— Tom et vous, vous croyez pouvoir m'empêcher de retrouver Hank.

— On essaye seulement de vous protéger.

— Je ne veux pas de protection. Ça n'a fait aucune différence, par le passé ; pourquoi en serait-il autrement aujourd'hui ?

— Donc, vous acceptez les dangers que vous encourez ?

Son regard s'obscurcit.

— J'ai vu la mort en face, señor Walker. Il est temps pour moi de ne plus vivre dans la peur.

Sa confession prit Cale de court. Il comprit alors ce qui la motivait : un mélange de rage, de rancune et de détermination vengeresse.

— Dans ce cas, nous devrions faire la route ensemble, dit-il.

C'était le seul moyen qu'il avait de veiller sur elle.

— J'avais cru que ce serait le plan, initialement. Avec Tom, vous avez changé les règles hier.

— C'était une erreur de ma part.

— Au moins, vous le reconnaissez, dit-elle. La plupart des hommes n'en font pas autant.

Elle se détourna de lui pour attendre le retour du mari de la jeune femme, qui les retrouva quelques heures plus tard. Ensuite, ils se mirent tous deux en route pour Tubac.

Ils progressèrent à un bon rythme toute la journée. Même si Tess était contente que Cale ne soit pas le genre d'homme à traînasser, chevaucher autant d'heures d'affilée l'épuisa. Elle n'était pas habituée à parcourir d'aussi grandes distances, du moins, plus depuis l'époque où elle était avec Hank, quelques années en arrière. Elle n'avait jamais mesuré combien son *papá* avait l'esprit nomade, avant de l'accompagner dans ses chasses aux primes, poursuivant ses rêves infinis de… quoi, elle ne l'avait jamais vraiment compris.

Depuis cette époque-là, c'était la première fois qu'elle quittait la maison pour entreprendre un voyage. Elle n'avait plus, jusque-là, quitté le foyer des Simms, brisée en mille morceaux comme elle l'avait été par l'agression. Elle avait progressivement retrouvé un semblant d'équilibre qui lui permettait de vivre d'un jour à l'autre. Mary était devenue comme une sœur pour elle, l'aimant d'un amour qu'elle n'avait plus ressenti, depuis la disparition de son *abuela*. Mais en définitive, c'étaient les enfants qui l'avaient sauvée. Robbie et Molly Rose lui avaient permis de renouer avec une partie d'elle-même, une part enfantine capable de s'émerveiller et de trouver des sources de bonheur dans les petites choses de la vie : une nuit remplie d'étoiles, une bataille de boue sous la pluie, un baiser innocent sur la joue…

Pourtant, elle avait quitté tout ça pour se retrouver là, au beau milieu de nulle part, avec un homme qu'elle connaissait à peine. Elle espérait avoir pris la bonne décision. Elle espérait aussi que ce voyage lui permettrait de comprendre pourquoi Hank l'avait abandonnée, pourquoi il n'était pas revenu depuis plus de deux ans ; et, peut-être, s'il l'aimait toujours.

Cale descendit de cheval.

— D'après moi, on est encore à une journée de Tubac, au bas mot. On va camper ici, cette nuit.

Tess jeta un regard alentour, tandis qu'il guidait son cheval et sa mule vers une saillie rocheuse. Le paysage était plat, sec et désolé. Mais elle avait vécu sa vie entière dans ce décor, et plutôt que de se sentir apeurée par les grands espaces vierges, un élan de liberté la regonfla.

Il était temps pour elle de prendre sa vie en main.

Il n'y avait pas d'eau, ici. Plus tôt dans la journée, ils avaient profité d'un commerce délabré, sur le bord de la route, pour remplir leurs gourdes et leurs bidons.

Tess descendit de cheval et grimaça en mettant pied à terre. Elle était toute courbaturée et sa jambe invalide lui faisait mal. Elle serra les dents pour ne pas émettre le moindre son. Elle ne voulait pas que señor Walker la pense incapable de bien se tenir. Elle s'empara de sa canne en la détachant d'une boucle, sur le côté de sa selle. Elle pouvait parfois s'en passer pendant quelques minutes, mais à présent, sa jambe était trop douloureuse. Elle devait s'en servir.

Cale s'occupa des selles et du matériel. Il donna à boire aux bêtes dans une casserole en cuivre cabossée. Tess emporta son sac et ses sacoches jusqu'au campement improvisé et partit ramasser des morceaux de mesquite pour faire un feu. À son retour, les animaux étaient sécurisés et semblaient satisfaits.

— Je peux m'en occuper, dit Cale en lui prenant le bois qu'elle portait à un bras. Pourquoi ne pas vous reposer ?

— Je sais que je suis quelque peu limitée, señor Walker, mais je peux quand même aider.

Il se tenait si près d'elle qu'elle pouvait sonder le bleu clair de ses yeux. Troublée, elle détourna le regard.

— Vous êtes grande, pour une *Mexicano*.

— Ce sont mes origines irlandaises, je suppose. J'ai dépassé *mi madre* et *mi abuela*.

Il sourit en posant un genou à terre pour empiler le bois sur les brindilles. Il fit craquer une allumette et souffla sur la flamme jusqu'à ce que le feu prenne.

— Vous avez les yeux de Hank.

— Je prends ça pour un compliment.

— Ils sont plus jolis sur vous.

En le regardant, Tess ressentit une certaine irritation. Ou était-ce de l'impatience ? Elle ne savait pas vraiment. Cale Walker était plus jeune qu'elle ne l'avait imaginé. Ses larges épaules se contractaient quand il s'affairait. Il se déplaçait comme un puma, avec une grâce et une force naturelles.

Comment serait-il, sans sa chemise qui cachait ses muscles et sa peau ?

Cette idée la tira brutalement de ses divagations.

Elle n'avait jamais pensé aux hommes ; pas de cette façon, pas depuis l'agression… même jamais, en fait. De telles ruminations la dégoûtèrent. Ce que les hommes faisaient aux femmes, se servant d'elles, les blessant, l'empêchait d'imaginer pouvoir en désirer un, en aimer un de cette façon-là. Mais alors, elle pensait à Tom et Mary. Elle avait vu la manière qu'avait parfois Tom de regarder sa femme et elle en avait eu le souffle coupé. Cet amour, ce désir, cette soif… ça attisait sa curiosité tout en lui faisant peur. Elle préférait enfouir tout au fond d'elle toute conscience de la gent masculine et toutes les sensations de son propre corps s'éveillant à sa vie de femme.

— Je ne sais pas quel repas on va réussir à préparer avec un feu si petit, dit Cale.

— J'ai de la nourriture prête à consommer, du moins pour ce soir.

Prenant appui sur sa canne, Tess se dirigea d'un pas raide vers ses affaires et s'assit par terre. Elle se retint de soupirer de soulagement en se posant enfin. Elle plia sa jambe droite, mais pas l'autre – elle la replierait plus tard pour mieux la détendre. D'habitude, ça lui demandait un peu de massage musculaire au préalable.

— Gâteaux et fromage, annonça-t-elle en dépliant le tissu dans lequel elle avait empaqueté les vivres et tendit la moitié du contenu à Cale. Ils ne se conserveraient pas bien jusqu'à demain, alors on ferait mieux de les manger ce soir.

Cale prit la nourriture avec ses longs doigts.

— Je ne vais pas me faire prier.

— Je vous ai vu, une fois, dit Tess. Quand vous étiez avec Hank, au début. C'était à Tuscon ; il recrutait des hommes pour partir à la recherche de quelque *bandito*, sur la route de Phoenix. Je devais avoir douze ans.

Cale rigola, mais Tess trouva son rire un peu caustique.

— C'était il y a longtemps. Comment pourriez-vous savoir que c'était moi ?

Parce que, même à l'époque, vous aviez quelque chose de spécial.

— Hank parlait toujours de vous. Je pense que vous étiez le *favorito* de ses protégés.

— C'est un mot drôlement fantaisiste, pour parler de ce que Hank nous proposait, à nous les jeunes !

— Vous n'étiez plus si jeune. Vous aviez quoi… vingt ans, vingt-et-un ans ?

— Oui ! Je venais de quitter l'armée. Je ne voulais pas rentrer chez moi, au Texas. J'ai rencontré Hank et travailler pour lui m'est apparu comme une bonne opportunité. Il était plus malin que la plupart des hommes.

Tess se détourna.

— Je n'en sais rien. Il se vantait d'avoir un instinct extraordinaire auquel il devait soi-disant d'être toujours en vie et de trouver les types qu'il traquait.

Elle baissa les yeux sur la nourriture dans ses mains.

— Mais il n'était pas infaillible.

— Vous avez envie d'en parler, Tess ?

Cale avait fini son repas et lui portait toute son attention.

— Tom m'a dit qu'on vous a tiré dessus.

Elle leva soudainement les yeux vers lui, en état de choc. Une sensation de panique se réveilla dans son ventre et s'amplifia.

Est-il au courant de tout ?

— Vous pouvez me faire confiance, poursuivit-il.

Incapable de parler, elle secoua la tête. Elle avait parlé du viol à Hank, le lendemain de l'agression, et sa réponse avait été de la déposer chez Tom et Mary et de ne plus jamais revenir. Si elle s'était confiée à Mary, c'était uniquement à cause de la menace d'une grossesse qui, par la grâce de Dieu, n'avait pas eu lieu. Que Tom ait été au courant et qu'il ait pu le raconter à

Cale la rendit furieuse. Cependant, sous cette réaction à chaud se trouvait la vraie cause de son malaise : la honte.

—Je suis vraiment épuisée, dit-elle.

Elle s'allongea sur son lit de fortune en tournant le dos à Cale Walker. Des larmes coulèrent du coin de ses yeux qu'elle ferma avec force pour stopper l'éventuelle effusion d'une peine infinie.

Elle était surentraînée à cette pratique.

CHAPITRE QUATRE

Cale menait Bo le long du sentier battu, en direction de Tubac. Moses les suivait, au bout de sa longe. Cale pensait à la femme chevauchant derrière eux. Il n'avait passé que deux années avec Hank, à traquer des criminels ; mais ç'avait été suffisant pour finir par considérer l'Irlandais comme étant le père qu'il aurait aimé avoir. Dieu savait que le sien n'avait pas été à la hauteur ! Hank lui avait souvent parlé de Tess et d'Isabelle, mais ne les lui avait jamais présentées. Par contre, Cale avait rencontré l'*abuela*, une fois ; elle s'appelait Dolores.

Hank disait de sa fille qu'elle était aussi lumineuse qu'un soleil et connectée à la terre comme l'avait été sa propre mère, en Irlande. Il s'émerveillait de sa curiosité, de son goût insatiable pour les histoires et de ses éclats de rire, lorsqu'elle l'entendait raconter le récit des événements ridicules dont il avait été témoin lors de ses voyages.

Où était passé cette fille-là, à présent ?

Il n'aurait pas dû parler de son agression, la veille, mais ça lui avait échappé. Il avait dû se retenir d'insister pour faire seul toutes les tâches nécessaires au campement, voyant que Tess avait du mal à se mouvoir avec sa jambe abîmée et sachant que les heures passées à cheval devaient rendre ses efforts encore plus pénibles. Il avait des compétences, en matière de guérison, qu'il tenait des Apaches ; il aurait voulu lui offrir son aide, mais avait senti que ce ne serait pas bienvenu.

Il s'était donc détourné, en lisant la douleur sur son visage ou quand elle avait peiné à accomplir de simples tâches, comme de se préparer une couche pour la nuit. Autrement, il aurait insisté pour qu'elle arrête et le laisse faire à sa place. Même en sachant que la surprotéger ainsi ne l'aiderait pas, il avait trouvé très difficile de réprimer ses instincts.

Il lui jeta un coup d'œil par-dessus son épaule. Elle était toujours accoutrée comme une institutrice, mais avait au moins relevé ses manches jusqu'aux coudes. C'était le mois d'août et il faisait chaud. Son chapeau était baissé sur son visage et fermement attaché par des cordons, mais ses cheveux noirs s'étaient dénoués de sa tresse et tombaient à présent librement dans son dos.

À cheval, le mauvais état de sa jambe était imperceptible et Cale ne put s'empêcher de penser qu'elle devait apprécier cette mobilité. Elle se tenait bien et ses courbes féminines étaient apparentes, malgré ses efforts pour les cacher. Elle n'avait plus douze ans.

Il s'imagina l'avoir rencontrée six ans plus tôt, avant que la vie ne la dévaste pour la laisser comme coincée dans un étau.

Le soir venu, il fit un meilleur feu et ils purent déguster des haricots et des biscuits.

Tess but une gorgée de café corsé, dissimulant rapidement une grimace.

— Pourquoi avez-vous cessé de faire la route avec Hank ?

Les raisons étaient à la fois simples et complexes. Inutile de relater les circonstances ; il était question d'une partie de la vie de Hank que sa fille ferait mieux de ne jamais entendre.

Cale offrit une réponse qui pouvait suffire.

— Il est parti pour aller vous chercher.

— Mais vous n'êtes jamais retourné avec lui.

— J'ai décidé de passer à autre chose.

— Pourquoi ?

— C'est une longue histoire.

Il remit du bois dans le feu et l'odeur âcre du mesquite lui rappela les nuits passées sur la route avec Hank.

— Et si vous me racontiez ce qui s'est passé, il y a quatre ans ? lui demanda-t-il.

— Il y a eu un incendie.

— Ça, je le sais. C'était dans le télégramme qui a fini par remonter jusqu'à Hank. Comment est-ce arrivé ?

— Hank n'a pas épousé *mi madre* avant l'année de mes trois ans. Il disait qu'au début, il ignorait s'il pouvait le faire, à cause des lois et tout… mais *madre* n'a pas lâché le morceau et se disputait toujours avec lui à ce propos – du moins, c'est ce qu'il m'a raconté. Connaissant *mi madre*, je veux bien le croire. Alors, ils se sont mariés. Finalement, aucune loi n'empêchait un Blanc d'épouser une Mexicaine ; malgré tout, on n'était pas bien vues par les habitants de la ville. Je me suis demandé si c'était ce qui rendait maman si amère.

Tess posa son assiette de côté et lissa sa jupe.

— Elle buvait trop, ajouta-t-elle. Elle avait toujours trop bu, mais au fil des ans, le fait que Hank passe tellement de temps loin d'elle pesait sur ses épaules. Elle est devenue difficile à vivre.

— Je n'ai jamais eu l'opportunité de la rencontrer, dit Cale. Je suis désolé d'apprendre que leur relation était compliquée.

Mais en connaissant Hank – un homme tenace et malin qui pouvait se montrer impitoyable – il concevait facilement qu'Isabelle n'ait pas choisi la facilité en se liant à lui.

— J'avais *mi abuela*, poursuivit Tess. Dolores Rios Campos était ma protectrice, mon professeur, ma…

Elle se tut, la gorge nouée.

— J'ai rencontré votre *abuela*, une fois.

— Vraiment ?

— On était à Tuscon, il y a des années de ça, sur la piste d'un type qui enlevait des filles pour les vendre au Mexique. Votre *abuela* nous a rejoints, un soir, pour nous confier des informations sur le lieu où il se cachait.

— Comment était-elle au courant ?

— Je ne sais pas vraiment. Elle a surtout parlé à Hank ; mais ensuite, elle a pris le temps de regarder chacun d'entre nous. Pour une raison que j'ignore, elle est restée à me dévisager. Elle m'a appelé *el puma*.

— Mais… c'était avant l'attaque !

— Ouais. Bizarre.

Tess eut l'air nostalgique.

— Elle avait parfois un pied dans l'autre monde.

Cale demanda doucement :

— Comment s'est produit l'incendie ?

Tess hésita, puis raconta :

— Isabelle était ivre ; elle l'a déclenché en faisant tomber une bougie. On n'avait pas les moyens d'acheter du kérosène pour les lampes. Notre petite maison était en adobe. La fumée a été fatale. J'ai essayé, j'ai vraiment essayé de les sauver…

En un instant, Tess avait tout perdu.

— Je suis désolé, Tess.

— Il a dû y avoir une sorte de querelle entre Hank et vous ; alors, pourquoi êtes-vous ici ? demanda-t-elle, souhaitant visiblement changer de sujet. Pourquoi êtes-vous venu m'aider ?

Il fixa les flammes et passa ses doigts dans ses cheveux courts.

— Malgré la façon dont les choses se sont terminées, je me sens redevable envers Hank, pour plusieurs raisons. Quand Mary a envoyé cette lettre aux Ryan en me demandant de vous aider, il m'a simplement paru juste de le faire. Il est peut-être temps pour Hank et moi de faire la paix.

Il plongea dans les yeux verts de Tess qui reflétaient en partie Hank, mais dans lesquels pointait un peu de la femme que Tess Carlisle pouvait être. Cale n'avait passé que quelques jours en sa compagnie ; cependant, s'il percevait le mur qu'elle avait érigé autour d'elle comme s'il était réel, il y avait des moments où il discernait en elle une étincelle. Ses convictions semblaient vouloir éclater au grand jour. Ça le rendait curieux. Elle le rendait curieux.

— Il est temps, pour moi aussi, de faire la paix avec Hank, dit-elle.

Le troisième jour les amena à Tubac, où l'ensemble des habitations en adobe était en piteux état et où l'on voyait les vestiges de l'occupation espagnole des années 1700. Se détachait surtout la grande silhouette délabrée du fort. L'altitude ici était plus élevée et apportait un soulagement bienvenu, après la chaleur. Des peupliers touffus bordaient la rivière Santa Cruz.

Cale eut l'impression d'être en vacances avec Tess.

Il l'installa dans une pension de famille, paya pour un bain, puis mena les chevaux aux écuries de la ville. Il tenta, ce faisant, de découvrir quelque information sur l'endroit où pouvait se trouver Hank. Tess serait fâchée de savoir qu'il le faisait sans elle, mais le voyage lui avait déjà fait payer un prix fort. Ses cernes sombres et sa constance à frotter sa jambe invalide toute la journée, tout au long de la chevauchée, en avaient donné une petite idée. Il avait donc voulu qu'elle se repose ; et fort heureusement, elle ne s'y était pas opposée.

Une visite dans un bureau de poste improvisé dans un coin, au fond d'un saloon, ne lui fournit aucune piste permettant de localiser Henry Worthington ou Carleton Perry. Voyant qu'il ne tirerait rien d'autre de cet établissement, Cale s'en alla voir ailleurs.

Une rapide enquête le mena jusqu'à un taudis au sol en terre dont émanait une puanteur sous-jacente de corps en sueur. C'était la fin de l'après-midi, mais les clients étaient déjà nombreux ; des *Mexicanos*, pour la plupart, qui le regardèrent de travers. Il commanda un bourbon et vida d'une traite le tord-boyau quelconque qu'on lui servit à la place. Il n'était pas d'humeur à batailler avec le type qui s'occupait des boissons, derrière une planche en bois.

Cale observa la composition de la salle, appréciant cette distraction, après avoir passé autant de temps avec Tess. Sa froideur, même s'il la comprenait, le contrariait.

Et constater qu'il en était contrarié l'agaçait de plus belle.

Nul besoin de se lier d'amitié avec elle pour retrouver Hank, il le savait. Il n'avait qu'à être insensible et détaché, lui aussi !

Il reposa son verre que le serveur remplit à nouveau. Il le vida, et ainsi de suite, Tess occupant toutes ses pensées. La pointe d'attirance qui le rongeait comme un coyote mangeant sa patte prise au piège lui donnait à la fois envie de sauver Tess et de la fuir.

Après avoir joué aux cartes et bu plus d'alcool qu'il n'aurait dû, il entendit parler d'un gars qui avait peut-être une piste concernant Worthington. Dans une obscurité totale, il tenta de localiser la maison en adobe du type en question, aux abords de la ville. Tandis qu'il s'en approchait, lui parvint aux oreilles le son distinctif d'une canne frappant le sol. Il fit volte-face.

— Que faites-vous là ? demanda-t-il à Tess.

Elle s'arrêta devant lui, à bout de souffle.

— Je vous cherchais !

L'exaspération qui pointait dans sa voix et ses yeux plissés ne laissait aucun doute quant à sa désapprobation, concernant sa conduite. Cale se sentit comme un petit garçon surpris par sa maîtresse d'école. Il fit un pas en arrière pour l'empêcher de sentir son haleine alcoolisée, mais il était trop tard.

— Vous êtes ivre ?

Elle avança vers lui ; elle sentait l'essence de rose. *Bon sang, quel parfum !* Même dans la nuit noire, il pouvait lire la colère dans ses yeux. Ça lui plut. Il trouva difficile d'ignorer le charme de son odeur, la courbe sexy de sa bouche, l'onctuosité de sa peau, de son visage à son cou, à…

— Juste un peu, avoua-t-il.

— Mais pour quelle raison, bon Dieu ?!

— Il n'est pas facile pour un homme de voyager avec une femme.

À ces mots, elle se figea.

Merde, alors ! Il n'aurait pas dû dire ça.

— Écoutez, je ne le disais pas dans ce sens-là. Ces derniers jours ont juste été un peu longs.

Elle recula et il essaya de faire abstraction de son allure séduisante, avec ses cheveux détachés qui tombaient en cascade sur ses épaules.

— Que faites-vous ici ? lui demanda-t-elle en désignant l'habitation d'un mouvement de tête.

— Je remonte la piste de Hank.

— Dans ce cas, je vais vous aider.

Ne sachant pas quoi dire, il hocha la tête. Il se dirigea vers la porte et toqua.

Un vieux Mexicain vint ouvrir.

— Êtes-vous Juan ?

— *Sí.*

— Je m'appelle Cale Walker, et voici Tess Carlisle.

À ces mots, l'homme observa Tess plus attentivement.

— Vous êtes la fille de Hank ?

Il se mit à discuter avec elle en espagnol. Juan était petit et sec, il avait les cheveux poivre et sel, et de profondes rides se déployaient à l'extrémité de ses yeux.

— Traduisez, s'il vous plaît, lui souffla Cale, dans sa barbe.

— Il peut nous montrer où se trouvait Henry Worthington il y a quelques mois, dans les collines, vers l'est. Hank est peut-être avec lui, mais Juan n'en est pas certain.

Après d'autres échanges, elle ajouta :

— Il ne veut pas d'argent. Il dit que Hank lui a rendu un service, autrefois, et qu'il rend ainsi la pareille à sa fille. Il nous donne rendez-vous à la pension pour chevaux, demain matin, à sept heures tapantes.

Juan intervint dans sa langue maternelle.

— Il dit que huit heures trente serait préférable, traduisit Tess. Parce que vous allez avoir besoin de sommeil pour dessoûler.

— Je ne suis pas soûl.

Au regard de Tess, il était évident qu'elle ne le croyait pas. Elle serra la main de Juan.

— *Gracias*.

Elle tourna les talons et s'éloigna en s'aidant de sa canne, sa jupe à carreaux ondulant autour d'elle.

Cale salua Juan d'un hochement de tête et courut un peu pour rattraper Tess, chancelant légèrement sous l'effet de l'alcool.

— Attendez-moi, Tess !

Elle s'arrêta.

— Vous voulez peut-être que je vous prête ma canne ?

— Non merci. Je ne veux pas que vous marchiez seule, c'est tout.

— Je suis venue ici toute seule.

Il lui emboîta le pas, mettant toute son application à marcher droit.

— Vous ne faites vraiment pas facilement ami-ami, hein ?

— Je ne savais pas que l'amitié entre nous avait une importance à vos yeux.

— Eh bien, ça ne me plaît pas, quand on ne s'entend pas bien.

— On ne se connaît que depuis quelques jours, señor Walker.

— Attendez, attendez…

Mangeait-il à moitié ses mots ? Il n'aurait su dire.

— Il faut que vous m'appeliez Cale.

— Parce que vous m'appelez Tess ?

— Je devrais vous appeler miss Carlisle ?

— Ce serait plus approprié, vous ne croyez pas ?

Cale rigola.

— Mais vous et moi sommes presque de la même famille, à cause de Hank !

Tess s'immobilisa.

— Donc, vous vous voyez comme mon frère ?

Oh que non !

Au moins, il eut assez de jugeote pour ne pas le dire tout haut.

Décidément, il avait abusé de l'alcool. Ça lui arrivait rarement. Il buvait parfois, mais sans dépasser ses limites.

D'un seul coup, il se sentit enflammé de désir pour cette femme. Incapable de détacher ses yeux des siens, il voulut mettre les choses au clair, concernant cette frontière.

— Je ne suis pas votre frère, Tess.

Elle écarquilla les yeux et entrouvrit la bouche, comme si elle était sur le point de dire quelque chose. Il ne fallut pas plus à Cale que ce moment d'hésitation pour savoir qu'elle n'était pas insensible au courant qui passait entre eux.

Elle savait qu'il la désirait.

CHAPITRE CINQ

Tess chevauchait aux côtés de Juan, et Cale les suivait avec la mule. Ils avaient quitté Tubac et se dirigeaient vers une vallée à l'est. Elle inclina son chapeau pour protéger ses yeux du soleil aveuglant.

— Comment connaissez-vous mon père ? demanda-t-elle en espagnol.

— L'Irlandais m'a sauvé la peau, un jour, répondit le robuste Mexicain à la dentition déplorable, tenant ses rênes dans ses mains potelées. Je suis tombé dans une embuscade, en dehors de la ville. Il s'est interposé.

Cale poussa son cheval à la hauteur de celui de Tess. Elle ne pouvait se résoudre à lui prêter la moindre attention. Mal à l'aise après la soirée de la veille, elle avait choisi d'ignorer que Cale l'avait regardée comme Tom dévisageait parfois Mary.

— Je ne savais pas que les Irlandais étaient si violents ! ajouta Juan en anglais.

— Ça suffit, intervint Cale.

Tess regarda droit devant elle en répondant :

— Inutile de vouloir me cacher qui est *mi padre*. Je le sais déjà.

Du coin de l'œil, elle vit Cale rajuster son chapeau.

— Tess, j'aimerais tellement que vous me laissiez le soin de rechercher Hank tout seul !

Elle glissa enfin un regard vers lui et remarqua son apparence hagarde.

— Vous devriez vraiment éviter de boire autant, quand on est en ville.

— Je suis bien d'accord avec vous.

Un sourire fin et charmant se dessina sur ses lèvres et provoqua une légère palpitation dans le ventre de Tess.

— C'est vraiment si difficile, de voyager avec moi ? demanda Tess.

La question lui avait échappé. Il la regarda bien en face.

— Non. Mais, dites-moi… avez-vous quelques compétences ?

Choquée, elle resta sans voix. *Est-ce qu'il me prend pour une prostituée ?*

— Vous savez vous servir d'une arme à feu ? ajouta-t-il. Avez-vous un pistolet ? Ou un couteau, peut-être ?

Bon, elle avait donc mal interprété sa question ; son indignation s'évanouit.

— J'ai fait la route assez longtemps avec Hank pour savoir utiliser une arme ou deux. Et j'ai un Remington six coups.

Le révolver était caché dans son sac.

— Capsules à percussion ou cartouches ?

Elle tenta de dissimuler son irritation, mais en vain.

— Cartouches.

— Vous en avez aussi ?

— Oui.

Qu'il puisse la croire mal préparée l'agaçait. Elle n'était pas stupide. Elle savait très bien ce qui pouvait arriver dans les contrées sauvages.

— Une femme armée, c'est jamais bon, dit Juan. Quand elle se met en colère, elle peut vous tirer dans les cou…

Il s'arrêta.

— Mes excuses, miss Theresa.

— Inutile, répondit Tess.

Elle avait souvent rêvé de braquer une arme sur cette partie de l'anatomie de Saul Miller.

— Je suppose que le mieux est encore d'éviter d'énerver une femme armée, dit Cale.

Il détourna son visage d'elle, mais elle le surprit qui souriait. Elle regarda droit devant et s'appliqua à faire comme s'il n'était pas là.

Ils chevauchèrent toute la matinée, jusqu'à ce que Juan arrête enfin sa monture.

— C'est ici que j'ai vu pour la dernière fois le vieux fou grincheux, celui qu'on nomme Worthington, dit-il. L'Irlandais était avec lui.

Il n'y avait là que le désert, quelques broussailles et le soleil écrasant.

— Où ça ? demanda Tess.

Juan haussa les épaules.

— Je ne peux rien vous dire de mieux. Le vieil homme était persuadé d'être pourchassé par des esprits et l'Irlandais appréciait sa *tiswin*.

— Qu'est-ce que c'est ? demanda Tess.

— De la liqueur, répondit Cale.

— On ne se demande pas comment vous savez ça…

Elle regretta tout de suite le ton acerbe de sa voix. Elle se sentit mal à l'aise. Avaient-ils raison de se fier à Juan ?

Elle tourna les yeux vers Cale. Son regard impénétrable la crispa.

— Merci pour votre aide, Juan, dit-il. Je pense qu'on pourra se débrouiller, à partir de là.

Juan hésita.

— J'espère que vous le trouverez. Je suis désolé de ne pas avoir de meilleure piste.

— C'est comme ça, quand on cherche un fantôme.

Le Mexicain rigola.

— Il y a *muchos espíritus*, par ici.

Il fit tourner son cheval pour rebrousser chemin vers Tubac.

— *Adios, amigos !*

Il partit en leur faisant signe de la main. Il gravit une butte, puis disparut derrière.

Tess soupira.

— Comment allons-nous trouver le moindre indice sur l'endroit où se trouve Hank, dans un lieu pareil ?

Cale avait les yeux rivés sur un point, au loin, vers le sud.

— Pour l'instant, c'est le cadet de nos soucis.

Le malaise de Tess se mua en inquiétude.

— Qu'y a-t-il ?

— Faites comme si de rien n'était. On nous observe.

— Qui ?!

— À mon avis, des *amigos* de Juan. Il était trop aimable pour être honnête.

— Dans ce cas, pourquoi l'avoir suivi jusqu'ici ?

— Je ne suis pas totalement sûr de ce que j'avance. Et je pense qu'il connaît vraiment Hank.

— Que devons-nous faire ? demanda-t-elle, se retenant de regarder tout autour d'elle pour localiser les adversaires potentiels.

— Avez-vous votre arme à portée de main ?

Tess avachit les épaules.

— Elle est au fond de mon sac. Et elle n'est pas encore chargée.

Cale fit avancer Bo près de son cheval. Il détacha sa sacoche et la lui tendit. Elle l'ouvrit et fouilla dedans, à la recherche du révolver et de la boîte de munitions. Quand elle les eut trouvés, Cale les lui prit des mains. Il examina l'arme et, avec aisance, mit les cartouches en place. Elle se tortilla sur la selle pour rattacher le sac. Il lui tendit le Remington.

— Gardez-le à portée de main, dit-il.

— Est-ce qu'on va se cacher ?

— Non. J'ai une idée.

Cale improvisa rapidement un campement et fit un feu, après avoir planté des piquets pour attacher Moses et les chevaux. Tess observa ses allées-venues d'un regard sceptique, les traits de son visage tendus ; mais il l'ignora et se prépara à recevoir de la visite.

Deux cavaliers apparurent dans un nuage de poussière, au loin.

Tess suivit le regard de Cale.

— Pourquoi ne pas essayer de les semer ? demanda-t-elle.

— Ça pourrait marcher. Ou pas.

Il avança vers elle.

— Asseyez-vous.

Elle le dévisagea.

— Pourquoi ?

— Faites-moi confiance, Tess. Si on s'enfuit et qu'ils nous poursuivent, ils pourraient très bien nous descendre avec les longs fusils qu'ils portent.

Elle devint blanche.

— Je vais vous attacher, poursuivit-il.

— Quoi ?!

— Je ne serrerai pas la corde, c'est pour faire semblant. J'aimerais vraiment ne pas avoir à en débattre. On n'a pas beaucoup de temps.

Le tempérament fougueux qu'elle cachait bien fit surface un instant, mais elle retrouva son sang-froid et s'assit en ne pliant que sa jambe droite.

— Il faudra vraiment que vous me laissiez jeter un coup d'œil à ça… murmura-t-il.

Il prit ses poignets et les posa sur ses genoux, puis enroula une corde autour d'eux, sans toutefois l'attacher. Il posa le Remington sur sa jupe, avant d'ôter le chapeau qu'elle portait pour dissimuler l'arme en le posant dessus.

— Ne dites rien, laissez-moi leur parler, lui dit-il.

Il se releva. Deux hommes à cheval tiraient sur leurs rênes pour s'arrêter à moins de trente mètres.

— Je peux vous aider, les gars ? demanda Cale.

Ils avaient l'air jeunes, mais plutôt bruts de décoffrage. Ils étaient barbus et portaient des vêtements trempés de sueur. Cale avait vu juste, pour les fusils ; ils étaient accrochés sur les flancs de leurs montures. Les types avaient aussi des pistolets autour des hanches.

— Eh bien, vous vous êtes sacrément éloignés, la dame et vous. V's êtes au milieu de nulle part, dit celui de droite en crachant une boulette de tabac qu'il avait dans la joue. Qu'est-ce que vous faites là, tout seuls ?

— On ne fait que passer.

— C'est votre femme ?

Cale mimait une posture décontractée, les mains non loin des colts attachés à sa ceinture.

— Non. C'est ma prisonnière.

— Qu'est-ce qu'elle a fait ?

Tobacco parut vraiment intéressé.

— Je pense que ça ne vous regarde pas.

Tobacco cracha à nouveau.

— Le truc, c'est qu'on est un peu comme qui dirait *aux commandes*, ici. Vous traversez notre territoire. Donc, vous devez payer.

— J'en doute.

— Vous nous manquez de respect, monsieur ?

— Ces terres ne vous appartiennent pas, répondit Cale. Et ce que vous faites s'appelle du harcèlement.

— Bon, je pense que si vous nous donnez la fille, on sera quittes et vous pourrez poursuivre votre chemin. Vous dites que c'est une prisonnière. Alors, ce qui lui arrive n'a pas d'importance, non ?

Cale secoua la tête.

— Vous n'êtes pas très malins, hein ? C'est une prisonnière *apache*. Je l'amène à Camp Bowie pour l'interroger. La tribu à laquelle on l'a enlevée est à nos trousses, à l'heure qu'il est.

Tobacco se redressa sur sa selle et regarda aux alentours, le visage inquiet.

— Vous pouvez la prendre, poursuivit Cale ; mais je suppose que je n'ai pas besoin de vous décrire ce que les Indiens vous feront, s'ils vous attrapent. Et ils finiront par vous attraper.

— Pourquoi se préoccuperaient-ils d'une Mexicaine ?

— C'est une des femmes de Geronimo.

Le choc de l'information se lut sur le visage de Tobacco.

— Non, c'est faux ! Vous mentez. En plus, j'ai entendu que cet enfoiré était sous les verrous, à San Carlos.

— Elle n'en est pas moins sa femme. Si vous l'emmenez pour la vendre au Mexique, vous vous attirerez beaucoup d'ennuis inutiles.

Tobacco fronça les sourcils. Visiblement, il ruminait la tournure inattendue des événements.

— On devrait laisser tomber, Tobias, dit l'homme à côté de lui. Juan nous trouvera une autre fille plus tard.

Il se tortilla sur sa selle et son cheval piaffa de nervosité.

— Je n'aime pas ces Apaches, marmonna-t-il. Ça vaut pas l'coup.

Tobacco grogna, dégoûté.

— Ouais, t'as sûrement raison.

Il se tourna vers Cale.

— J'espère que vous ne vous ferez pas scalper avant d'atteindre Bowie, m'sieur !

En tirant sur leurs rênes, les deux gars firent tourner leurs chevaux pour rebrousser chemin et décampèrent.

Cale resta où il était pour s'assurer qu'ils ne changent pas d'avis.

— Est-ce que toutes vos négociations se déroulent aussi bien ? demanda Tess.

Cale ne quittait pas des yeux le nuage de poussière qui s'éloignait à l'horizon.

— Parfois.

— Hank ne se serait pas montré aussi patient.

— Je sais. Tant que c'est toi qui dégaines le plus vite, il n'y a pas de problème. Mais un jour ou l'autre, la chance tourne.

— Vous croyez que Hank est mort ?

Il baissa les yeux vers elle.

— Franchement ? Je dirais cinquante-cinquante. Ça expliquerait pourquoi il n'a jamais repris contact avec vous.

— Mais alors, cette piste, à Tubac ? Elle ne date que de quelques mois.

— Quelqu'un d'autre pourrait utiliser le pseudonyme que Hank.

— Pourquoi ?

Cale haussa les épaules.

— Je ne sais pas.

Voyant que Tobacco et son acolyte étaient bel et bien partis, il s'agenouilla devant Tess et défit la corde.

— Vous avez été très bien.

Il se permit de soutenir son regard vert l'espace d'un instant.

— J'ai appris à me tenir tranquille, quand j'étais avec Hank. La plupart du temps.

Le désarroi modifia l'expression de son visage. Elle remit

son chapeau, coupant court à la discussion, et saisit son Remington.

Cale eut la claire impression qu'elle faisait allusion à l'agression qui l'avait laissée handicapée pour toujours. Cependant, il savait que toute interrogation ne l'amènerait qu'à se fermer davantage. Il lui tendit la main et l'aida à se relever.

En suivant Cale dans une vallée encaissée, au crépuscule, Tess se détendit. Ils avaient avancé à découvert toute la journée et, après avoir rencontré deux hommes prêts à l'enlever, elle se sentait plus rassurée d'établir un campement à l'abri des regards.

Secouée lors des récents événements, elle avait malgré tout gardé son sang-froid. Elle s'était sentie prête à dégainer le révolver posé sur sa jupe, ce qui lui redonnait confiance en elle. Elle s'était sentie capable de faire face. À la suite de l'agression, en plus d'avoir perdu sa virginité – elle ne s'attardait jamais sur cette réalité, car le désespoir qui en résultait était trop profond – quelque chose d'autre lui avait été retiré, d'encore plus dévastateur : la force d'affronter le monde.

Aujourd'hui, elle en avait regagné un peu.

Cale arrêta Bo et mit pied à terre. Tess en fit autant et, presque instantanément, les chevaux tirèrent sur les rênes, agités.

Adieu, sentiment de sécurité !

— Woh, doucement ! dit Cale en essayant de calmer Bo.

Tess fit un bond, lorsqu'un couple âgé apparut.

— Qu'est-ce que vous faites là ? cria la femme en brandissant un fusil.

Elle s'agrippait à l'arme fermement, de ses doigts osseux,

maigres et sales. Des cheveux gris dépassaient sous son chapeau crasseux, mais ses yeux brillaient de détermination.

— Vous n'êtes pas les bienvenus, dit l'homme qui était tout aussi débraillé que la femme et légèrement voûté, comme elle.

— On ne savait pas que vous étiez là, répondit Cale, essayant toujours de tranquilliser son cheval.

Tess parvint à calmer Gideon en lui parlant à voix basse et en lui caressant l'encolure, sans lâcher sa bride.

— On ne vous veut aucun mal, poursuivit Cale. On cherche seulement un endroit où camper cette nuit.

— Pas ici ! Allez-vous-en ! éructa la femme en secouant le fusil pour être plus convaincante.

Tess ne voulut pas laisser passer une opportunité d'avoir un indice concernant son *papá*.

— On est à la recherche d'un homme qui s'appelle Hank Carlisle.

La femme desserra son emprise sur le canon du fusil.

— Qu'est-ce que vous lui voulez ?

— C'est mon père.

— Eh ben, ça alors… ! dit doucement le vieil homme.

Ils dévisagèrent Tess.

— C'est elle, Mariah !

CHAPITRE SIX

Cale contourna Bo pour se rapprocher de Tess.

— Vous connaissez Hank Carlisle ?

— Ouais, je le connais, répondit le vieux.

Ça paraissait tiré par les cheveux, mais après ce qu'il avait entendu dire à Tubac, il devait poser la question.

— Vous ne seriez pas Henry Worthington, par hasard ?

L'homme inclina la tête, probablement pour mieux entendre.

— Si.

— Je m'appelle Cale Walker et voici Tess. On pourrait peut-être camper ici et discuter ensemble ?

Il avait vraiment envie que Mariah baisse ce fusil.

— Je pense que oui, répondit Henry. Allez, Mariah !

— J'sais pas… dit-elle. On a déjà eu tort de se fier à des inconnus.

— Vous n'allez pas nous faire de mal ? demanda Henry.

— Non, bien sûr que non, intervint Tess. On a de la nourriture qu'on serait ravis de partager avec vous.

— Vous avez du café ? demanda Mariah.

Tess acquiesça.

— On a perdu notre boîte de café, il y a une semaine. Vous pouvez rester, si vous nous donnez celui qui vous reste.

Bien qu'il eût préféré leur donner le tabac, Cale accepta le marché en silence.

Mariah baissa son arme. Cale était impressionné qu'elle soit capable de la tenir, tout simplement, elle qui ressemblait plus à un fantôme qu'à une veille femme. Un instant, il se demanda si les *espíritus* ne se jouaient pas de Tess et de lui, isolés dans la nature comme ils l'étaient.

Henry et Mariah étaient-ils vraiment là ou n'étaient-ils que de pâles apparitions bien décidées à profiter d'eux ? D'après les Apaches, les esprits pouvaient traîner sur terre, surtout juste après la mort physique. Cale se dit qu'il ferait mieux de fouiller les alentours, tout à l'heure, pour vérifier que les corps des Worthington ne gisaient pas dans les parages. Il n'avait vu aucun vautour dans le ciel, mais il allait guetter.

Ils déballèrent leurs affaires ; puis, Cale installa Moses et les chevaux. Peu de temps après, ils s'assirent autour d'un feu, en face des Worthington. Ils apprirent qu'ils étaient mariés depuis quarante-huit ans et venaient de l'Ohio. Ils cherchaient de l'or, depuis longtemps. Le soleil du désert avait cramé leurs visages et asséché leurs rides, et Cale était d'avis qu'il leur avait également cuit la cervelle.

— On se cache, le plus souvent, dit Henry. Ces Apaches peuvent pas nous trouver. Par contre, nous, on les voit. Faut être prudent, par ici.

— Pas la peine de nous demander où se trouve l'or, intervint Mariah. On vous dira pas !

— Vous pouvez nous dire à quand remonte la dernière fois où vous avez vu Hank Carlisle ? demanda Cale en décidant de ne pas parler du lien éventuel entre Henry et le pseudonyme de Hank.

Bien que Tess ait préparé un plat savoureux de haricots qu'elle avait fait tremper dans un bidon toute la journée,

Henry apporta près du feu une plâtrée de ce qui ressemblait à des viscères. Il proposa l'accompagnement à Tess qui déclina. Cale en fit autant. Quelque chose lui soufflait de se méfier. Des gens aussi solitaires que ces deux-là pouvaient être très imprévisibles.

— C'était quand ? demanda Henry en regardant Mariah.

— Oh, j'sais pas… répondit-elle. Il y a quelques semaines ou quelques mois. Des fois, Henry lui apporte son courrier.

— Vous savez où on pourrait le trouver, à l'heure qu'il est ? demanda Tess. Il a un campement quelque part ?

— J'en sais rien, répondit Henry. Hank ne parle jamais de ça ; mais il est peut-être dans les Chiricahua.

Il se mit à manger la bouillie saignante dans son assiette avec une cuillère tordue.

— Vous ne voulez vraiment pas de mes haricots, Henry ? demanda Tess d'une voix d'où sourdait le dégoût.

Cale eut aussi l'estomac légèrement soulevé.

— Si, avec plaisir, répondit-il. Quand j'aurai fini ça.

— Dis-leur !

Mariah poussait son mari du coude.

— Dis-leur quoi ? demanda Tess.

— Je mange. Dis-leur, toi, Mariah !

Il aspira bruyamment un morceau de tripe entre ses lèvres.

Tess se détourna en se couvrant la bouche et Cale s'attendit à la voir vomir.

La vieille femme les fixa de ses yeux sombres.

— Très bien. On n'est pas de mauvais bougres. Mais on est sous l'effet d'une malédiction – et c'est à cause de Hank.

— De quoi parlez-vous ? demanda Cale.

— Hank nous en a parlé. Il a dit l'avoir attrapée d'un macchabée. Et maintenant, c'est nous qui l'avons ! Ça apporte beaucoup de malchance.

— Comme quoi ?

— Notre meilleur âne est mort. Henry est en train de le manger.

Tess poussa un petit cri et se couvrit la bouche à nouveau.

— Il y a aussi eu la morsure d'araignée sur ma jambe, poursuivit Mariah. Pendant un temps, j'ai perdu toute sensation. Et puis, il y ces murmures angoissants qu'on entend toutes les nuits. Pas facile de trouver le sommeil.

— Attendez, je sais ! intervint Henry. Possible que Hank soit allé à Camp Bowie !

— Par tous les enfers, répondit Mariah en secouant la tête. Pourquoi quelqu'un voudrait aller là-bas ? Y a des militaires partout. Quelle nuisance !

— Vous ne vous sentiriez pas plus en sécurité, près de la cavalerie ? demanda Cale.

— L'armée, les Apaches, c'est du pareil au même, répondit Mariah. Ils veulent tous votre peau !

Cale ne savait vraiment pas quoi penser de cette conversation. Ils feraient probablement mieux d'aller se coucher. Le tuyau d'Henry, selon lequel Hank se trouvait sûrement à Bowie, n'avait pas plus de valeur qu'un autre, venant du mangeur d'âne.

Mariah reporta son attention sur Tess.

— Maintenant, jeune fille… on veut que vous leviez cette malédiction.

— Comment suis-je censée faire ça ? demanda Tess.

— Si vous êtes la fille de Hank, vous pouvez le faire. Vous êtes de la même famille. Vous avez son sang.

Tess jeta un coup d'œil suppliant à Cale. Il se retint de rire.

— *Bien !* Je vais lever la malédiction.

Son brusque changement de posture surprit Cale. Il la dévisagea.

Se penchant près d'elle, il lui demanda à voix basse :

— Comment comptez-vous faire ça ?

Il la vit gagner en détermination, même si elle devait

s'efforcer de passer outre le dégoût que lui inspiraient les pratiques alimentaires d'Henry.

— Connaissez-vous l'art ancien de conter des histoires ? demanda-t-elle en s'adressant à Mariah et Henry.

— Ouais, j'suppose, répondit Mariah.

— On pense depuis longtemps que les histoires détiennent une magie spéciale, laquelle, quand on les raconte, peut agir sur les gens qui l'écoutent et les protéger. Vous lisez la Bible ?

Cette question laissa Mariah sans voix – une prouesse, aux yeux de Cale, bien qu'il n'ait passé que peu de temps auprès de la vielle folle.

— On ne sait pas lire, avoua Henry.

Tess hocha la tête avec compassion.

— Eh bien, les histoires de la Bible renferment la magie la plus puissante qui soit. Je vais me servir de l'une d'entre elles pour vous délivrer de la malédiction.

Henry et Mariah laissèrent tous les deux échapper un soupir de soulagement en hochant la tête et en fermant les yeux.

— Cette histoire parle de la tentation de Notre-Seigneur Jésus-Christ, commença Tess. Fut un temps où il fut guidé au beau milieu d'étendues sauvages par le Saint-Esprit. C'était un test, vous voyez… pour mesurer la force de sa foi en Dieu. Durant quarante jours et quarante nuits, il jeûna. Vous êtes bien placés pour imaginer combien il devait être affamé.

Henry et Mariah acquiescèrent, suspendus à ses lèvres. Cale les observait, la voix de Tess l'enveloppant lui aussi. Il aimait la façon dont elle se modulait, devenant presque lyrique dans le récit, comme celle d'une actrice. Tess était sûrement consciente de son pouvoir narratif.

— Le diable vint voir Jésus, poursuivit-elle ; il l'exhorta à transformer les cailloux en pain. Mais Jésus répondit : *l'homme ne doit pas se contenter de pain pour vivre, mais de chaque mot sortant de la bouche de Dieu.* Le diable l'amena dans une ville sainte et l'installa au sommet d'un temple, lui disant de se jeter dans le vide ; certainement, Dieu enverrait ses anges pour l'empêcher de s'écraser au sol. Mais Jésus répondit : *tu ne dois pas mettre Dieu ton Seigneur à l'épreuve*. Le diable le conduisit alors au sommet d'une montagne et lui dit que tout ce qu'il voyait serait à lui. Tout ce qu'il avait à faire était de pactiser avec lui. Jésus répondit : *Va-t'en, Satan ! Il est écrit que tu dois vénérer Dieu notre Seigneur et ne servir que Lui*. Le diable s'en alla et les anges descendirent du ciel pour entourer Jésus de leur amour.

Tess resta immobile, assise, pendant que l'histoire faisait son chemin dans l'esprit du vieux couple.

— Ça va lever la malédiction ? finit par demander Henry, à voix basse.

Cale esquissa un sourire. Tess s'était débrouillée pour faire planer la menace du diable jusqu'à leur campement.

— La malédiction est levée parce que vous ne lui donnerez plus aucun pouvoir, répondit Tess d'une voix douce. Jésus n'en donna jamais au diable et le mal n'eut aucune emprise sur lui. Si vous suivez l'exemple de Jésus, alors la malédiction s'évanouira, ne trouvant pas de quoi se nourrir en vous.

Henry la dévisagea en fronçant les sourcils, puis manifesta son accord sceptique en émettant un son vague.

— Ça a l'air tellement simple, miss Carlisle.

Mariah entrecroisait ses doigts décharnés et les faisait craquer.

— Vous êtes sûre que ça va marcher ?

— *Sí*, señora Worthington. Ça va marcher. J'ai déjà levé des malédictions, par le passé.

Mariah Worthington émit à son tour un son dubitatif et Cale se demanda ce qui pouvait se passer dans sa tête.

Cale alla se coucher près de Moses et des chevaux, à environ trois mètres de Tess. Il voyait bien qu'elle cherchait à mettre de la distance entre eux. Visiblement, la réaction qu'il avait eue la veille en était responsable. Il se résigna donc à la compagnie des bêtes.

Il se réveilla brusquement, en pleine nuit. Le ciel était encore plein d'étoiles. Il s'immobilisa pour écouter. Quelqu'un approchait. Il se leva et prit avec précaution un de ses colts. Une silhouette se rapprochait lentement de Tess. Se déplaçant avec agilité pour l'intercepter, Cale appuya le canon de son révolver sur la tête de Mariah, alors qu'elle se précipitait tout à coup en avant, un couteau à la main.

Elle trébucha et il l'attrapa. Tandis qu'elle se débattait contre lui, il l'éloigna de Tess et garda l'arme braquée sur elle pour la maintenir à distance.

Tess s'étira.

— Je n'ai jamais tiré sur une femme, dit Cale ; mais il y a toujours un début à tout.

— Que se passe-t-il ?

Tess se releva tant bien que mal, puis eut un mouvement de recul.

Cale fusilla Mariah du regard.

— Eh bien, répondez, que se passe-t-il ?

Malgré l'obscurité, il voyait la démence dans son regard.

— La malédiction n'est pas brisée. La seule façon de le faire, c'est de… c'est de la tuer ! éructa-t-elle.

Il poussa son révolver contre elle pour l'obliger à reculer.

— Je ne crois pas, non.

Elle fit marche arrière, à contrecœur.

— Je ne veux pas vous faire de mal, dit Cale. Ni à Henry. Mais si vous vous approchez encore de Tess, je vous tuerai.

Mariah défia son regard, le souffle rauque.

— Vous serez maudit aussi ! grinça-t-elle, les dents serrées.

Elle fit volte-face et retourna vers son campement.

Quand Cale fut certain qu'elle ne revenait pas, il se tourna vers Tess.

— Heureusement que vous vous êtes réveillé, murmura-t-elle.

— Ouais, c'est sûr.

Il avait envie de la prendre dans ses bras, mais quelque chose lui disait qu'elle n'apprécierait pas.

— Je pense qu'il faut qu'on dorme ensemble.

Le corps de Tess se raidit comme du fil de fer barbelé mis sous tension.

— Je crois que vous devriez dormir *près* de moi, se reprit-il, désolé d'avoir provoqué son désarroi.

Elle hocha la tête.

— Si j'arrive à dormir… dit-elle.

Il se pencha pour ramasser son nécessaire de couchage. Elle boitilla jusqu'à sa canne. Il l'installa entre les chevaux et lui.

— Apparemment, mon récit n'a pas fonctionné avec eux, dit-elle d'une petite voix, en s'installant par terre.

— Vous pensiez vraiment que ça marcherait ?

Il s'appuya contre la selle de Bo, posée au sol, près de son propre tapis de couchage.

— *Sí*, je l'ai cru.

Elle l'observa dans le noir.

— Une histoire appropriée peut changer le point de vue de quelqu'un. Ça peut secouer son univers aussi sûrement qu'un tremblement de terre. Votre *madre* ne vous racontait pas d'histoire, quand vous étiez enfant ?

— Je ne m'en souviens pas vraiment, je dois dire. Elle est morte quand j'avais six ans en donnant naissance à mon petit frère, T.J.

— Je ne savais pas. Je suis désolée.

— Elle avait la vie dure, avec mon père. Je pense qu'elle n'avait pas beaucoup de temps à consacrer à la fantaisie.

— Donc, vous pensez que je vis dans un monde fantaisiste ?

— Non, Tess, je n'ai pas voulu dire ça. Honnêtement, tout l'espoir et la bonté dont vous faites preuve m'épatent. Ces contrées sont hostiles pour les femmes. Vous l'avez vu de plus près qu'avec une paire de jumelles !

Tess rit d'un rire bref et doux qui plut à Cale. Ça ne devait pas lui arriver souvent. Qu'il puisse susciter cette réaction chez elle le toucha profondément.

— On choisit tout ce à quoi on se confronte dans cette vie, dit-elle. *Mi abuela* me le disait toujours. Quand le soleil se couche, Dieu referme la porte de la journée. Il attend de vous que vous passiez par la prochaine porte, au lever du soleil, propre comme un sou neuf.

— C'est une belle idée. Elle parlait comme un sage.

— Elle en était un. Sa vie n'a pas été facile non plus, au Mexique, quand elle était petite. Et quand elle a donné naissance à ma mère, elle n'avait pas de mari. Lorsque Hank nous a amenées, *mi madre* et moi, de Fronteras à Tuscon, en 1862, Dolores est venue avec nous. Elle n'avait nulle part où aller. Elle était tout pour moi. Ma mère pouvait être un peu froide, mais pas mon *abuela*.

Tess s'essuya les yeux. Cale eut encore envie d'aller vers elle, de la réconforter. Elle l'émouvait de mille façons et ça le déboussolait. Avec n'importe quelle autre femme, il aurait passé du bon temps, puis l'aurait effacée de son esprit ; mais avec Tess, c'était impossible.

— Crois-tu que Mariah me tuera à coups de poignard, cette nuit ? demanda-t-elle tout à coup, changeant de sujet.

— Non, aucune chance.

La colère aiguisait sa voix. La vieille bique était cinglée, si elle croyait pouvoir tuer Tess. Son envie de mettre fin aux jours d'une grand-mère lui rappela l'époque où il faisait la route avec

Hank, quand le bien et le mal avaient leurs propres petits arrangements.

— Il leur manque quelques neurones, à ces deux-là, ajouta-t-il d'une voix plus douce. Vous ne pourrez jamais les raisonner ni les guérir de leurs superstitions, ce qui les rend très dangereux. Mais je vous protègerai, Tess. Je vous le promets.

— *Gracias*. Je pensais vraiment que la seule chose qu'on avait à craindre venant d'eux, c'était qu'ils essayent de manger Moses.

Son humour involontaire fit sourire Cale.

— On devrait peut-être s'en aller maintenant, ajouta-t-elle.

— Attendons quelques heures. Je resterai éveillé. Rendormez-vous.

Tess tira doucement sur le bout de sa tresse.

— Tom Simms est le seul homme que j'aie jamais respecté ; mais vous n'êtes pas loin derrière lui.

Elle s'allongea. Cale s'arrangea pour surveiller au mieux la direction dans laquelle Mariah était partie. Mais il se méfiait de cette vieille bique ; alors, il fit en sorte de pouvoir surveiller *toutes* les directions autour de Tess.

Elle me respecte.

Depuis qu'il avait quitté Hank, ces quatre dernières années, il avait essayé de bien se conduire, d'être juste. Mais ces notions s'embourbaient souvent dans la subjectivité. Il ne l'avait que trop bien appris en vivant avec les Apaches. Tess pensait qu'elle pouvait faire évoluer un point de vue avec une simple histoire. Il était admiratif de son innocence et de la foi qu'elle entretenait encore, même après avoir été brisée.

Cale, quant à lui, était moins optimiste.

Selon les circonstances, il était plus ou moins respectable.

Cette nuit-là, il était prêt à tirer sur une vieille femme.

CHAPITRE SEPT

Fatigué par le manque de sommeil, Cale décida de partir pour Camp Bowie, dans les montagnes Chiricahua. Avec Tess, ils levèrent le camp avant l'aube pour éviter qu'un autre face à face avec Henry et Mariah dégénère.

Ils chevauchèrent à un bon rythme pour mettre à distance ces fous de Worthington. Au bout d'un certain temps, Cale fit ralentir Bo. Tess poussa sa monture à sa hauteur.

— J'imagine que j'ai une bonne histoire à raconter, à propos d'une vieille femme qui a tenté de me tuer… dit-elle en lui adressant un rapide sourire.

Il aimait son aisance, ce matin, mais il avait le ventre encore un peu noué à l'idée de ce qu'il aurait pu se passer, s'il ne s'était pas réveillé.

— Vous accepteriez de me parler de l'époque où vous avez quitté Hank et vécu avec les Apaches ? demanda-t-elle.

Cale réfléchit à sa requête. Il n'en parlait pas souvent, si ce n'était jamais.

— Pourquoi ne pas être revenu chasser des hors-la-loi avec Hank ? poursuivit Tess. Il parlait de vous, parfois. Je pense que vous lui manquiez, même s'il ne l'a jamais dit en ces termes.

— J'ai été grièvement blessé…

— Par le puma qui vous a attaqué. Je connais l'histoire. Je l'ai racontée à Robbie et Molly Rose de nombreuses fois.

— Qui vous en avait fait le récit ?

— Il n'y a rien de plus facile à partager qu'une histoire, répondit Tess. Mais je ne l'ai pas apprise de Hank, si c'est ce que vous vous demandez. En fait, c'est même moi qui la lui ai racontée. Je l'avais entendue de la bouche d'une femme qui vivait au pied des Dragoons. Un Apache avait dû la lui rapporter.

— Qu'a dit Hank, quand il l'a su ?

Tess se pencha en avant pour caresser l'encolure de Gideon.

— Il a dit que vous étiez un *buile*. En gaélique, ça veut dire *loco*. Il pensait que vous étiez complètement fou. Et il vous a traité de… trouillard.

Cale hocha la tête ; ça ne l'étonnait pas. Hank était connu pour son franc-parler.

— Qu'en pensez-vous, Tess ?

— Je pense que vous n'êtes pas un lâche.

Un air de compassion passa dans son regard ombragé par son chapeau. Ses longs cheveux noirs étaient noués à la base de son cou. Son charme exotique venait en partie de son héritage mexicain, mais elle avait aussi la carrure d'une Irlandaise et les jolies courbes d'une femme. C'était une perle rare, qu'elle en soit consciente ou non. Un jour, les hommes tomberaient à ses pieds.

— Et vous, parlez-moi de cet Esteban…

Elle sembla surprise, puis son expression se changea en grimace.

— Il n'y a rien à en dire.

— Est-il votre galant ?

— Non, répondit-elle en fronçant les sourcils de plus belle. Simplement, il n'accepte pas mon indifférence.

— Vous avez le chic pour tenir les gens à distance, non ?

— C'est un crime ?

— Non, dit-il en riant. Mais la vie ne devrait pas être aussi dure pour les jeunes femmes. Que comptez-vous faire, quand notre mission sera terminée ?

— Je ne sais pas vraiment. Hank n'a jamais tenu en place. Honnêtement, je n'ai nulle part où aller. J'envisage d'entrer en noviciat, chez les sœurs de Saint-Joseph de Carondelet, à Tuscon.

Surpris, Cale ne sut quoi dire en l'imaginant portant l'habit, retirée du monde. Mais la curiosité et la compassion prirent le dessus.

— Vous sentez-vous vraiment vouée à une vocation religieuse ?

Elle regarda devant elle, perplexe.

— Pourquoi pas ? Mon *abuela* m'a transmis l'art ancien des conteuses qu'elle avait appris de sa propre *madre* et ainsi de suite. Ça permet de transmettre un peu de sagesse, de soulager les peines d'autrui, c'est un baume pour l'esprit. Mais je peux difficilement gagner ma croûte avec ça ou mettre un toit sur ma tête. Les enfants dont les sœurs s'occupent donneraient un sens à ma vie. Après l'incendie, ce sont elles qui m'ont accueillie, jusqu'à ce que Hank vienne me chercher. Et je pourrais toujours entretenir et développer mes histoires.

— Vous ne pouvez pas laisser les actes d'un seul homme, aussi ignobles soient-ils, vous détourner d'une vie ouverte à toute la joie – et aux épreuves – que cette terre peut vous offrir.

Devant le regard qu'elle lui jeta, il sut avoir dépassé les bornes en mentionnant l'agression ; mais bon sang, il ne voulait pas qu'elle renonce à la vie à cause de ça !

— Vous ne savez pas de quoi vous parlez, grommela-t-elle.

— Tess, à des moments, on a tous besoin d'une parenthèse pour se remettre des événements ; je suppose que j'en ai vécu une, chez les Apaches… mais vous ne pouvez pas vous y enfermer indéfiniment. Vos histoires vous ont sûrement appris ça.

— Le simple fait que vous ayez une opinion sur ma vie ne la rend pas pertinente.

— Très bien. Vous avez raison. Je n'ai pas le droit de vous dire quoi faire.

Comment en étaient-ils arrivés à se disputer ?

Il pouvait sentir le mur qu'elle avait érigé entre eux comme s'il était réellement fait de bois et de boue.

D'accord. Il ne dirait plus rien. Mais intérieurement, il fulminait à l'idée qu'elle puisse se retirer de la vie si facilement. Il avait perçu la flamme en elle, la passion. Il en avait été témoin, même brièvement, quand elle était avec Robbie et Molly Rose ou quand elle racontait ses histoires.

Elle renonçait à elle-même et il fallait qu'il trouve un moyen de rectifier le tir.

Il se demandait ce qu'elle dirait, s'il l'embrassait inopinément.

Elle jugeait ce qui pouvait exister entre un homme et une femme d'après la brutalité d'un seul individu. Si elle se terrait, cette personne ne l'aurait pas détruite une fois, mais deux. Qu'il soit damné, s'il laissait faire ça !

Ce soir-là, Tess ruminait toujours sa colère face aux commentaires de Cale. Il n'avait aucune idée de ce dont il parlait ! Qu'elle enrage justifiait son choix d'interagir le moins possible avec lui. Ils avaient fait route vers le nord-ouest, dépassé le tout nouveau Camp Huachuca et traversé Truquoise, une ville en piteux état au pied des montagnes des Dragoons, où ils avaient nourri et fait boire les chevaux et la *mula*. Ils avaient aussi pu manger un ragoût de lièvre au maïs.

Fatiguée par la longue journée à cheval, Tess avait hâte de

s'allonger pour dormir. Ils ne firent pas de feu, par manque de bois et par sécurité. Cale marmonna dans sa barbe qu'il n'était pas nécessaire d'attirer les Apaches. Tess eut envie de lui demander ce qu'il avait entendu dire à Turquoise, mais n'en eut pas la force.

— Vous m'avez demandé pourquoi j'ai quitté Hank, dit Cale en s'étendant sur son tapis de couchage, non loin du sien.

Malgré son agacement, Tess se savait plus en sécurité près de lui.

— À dix-huit ans, j'ai rejoint l'armée, poursuivit-il. J'étais en poste à Camp Bowie.

Elle roula sur le côté pour le regarder, sa curiosité l'emportant sur son indifférence.

— J'étais un soldat de la trente-deuxième infanterie, compagnie D. Une des premières missions auxquelles j'ai participé était destinée à retrouver une diligence postale qui s'était fait prendre en embuscade par des Apaches, à une quinzaine de kilomètres à l'est du camp. Il y avait un cocher et un conducteur d'attelage, escortés par deux soldats. Quand on est arrivés sur place, un des conducteurs avait été tué et scalpé, mais les trois autres hommes avaient disparu. Deux jours plus tard, un autre détachement est parti à leur recherche. À une dizaine de kilomètres du camp, on a trouvé une *rancheria* apache, qui avait visiblement été récemment occupée. On est tombés sur les trois hommes, tous morts. Ils avaient été torturés. Le chirurgien en poste était avec nous et je n'oublierai jamais la morale qu'il nous a faite, nous obligeant à observer les cadavres en nous disant de ne jamais nous rendre, faute de quoi on subirait le même sort. Il nous a dit de nous battre jusqu'au bout et, dans le cas où on ne pourrait pas s'échapper, de faire en sorte que les Apaches nous tuent. Forcément, j'ai appris à ne pas aimer ces Indiens. Durant les trois années qui ont suivi, j'ai pu voir leur œuvre de nombreuses fois, souvent sur des hommes que je connaissais.

Les silhouettes des genévriers et des agaves qui les entouraient étaient éclairées par la lune. Au loin se dessinaient les sommets des montagnes Chiricahua, démarquant la ligne d'horizon. Tess reporta sur attention sur Cale. Elle se dit qu'il se fondait bien dans ce décor sauvage et dépeuplé.

— Pourquoi avez-vous quitté l'armée ?

— Notre commandant, un certain capitaine Bernard, s'évertuait à poursuivre Cochise et ses guerriers. On a engagé de nombreux combats contre eux, mais en 1871, Bernard s'est acharné. On les a poursuivis vers le nord pendant l'hiver pour enfin les retrouver dans les montagnes de Pinal. On a tué neuf Indiens et blessé quelques autres, mais pas Cochise, évidemment ; alors la victoire n'était pas complète. Ensuite, on a marché pendant plus de sept cents kilomètres et à la fin, j'en ai eu marre. Il y avait de l'incitation au désengagement, parce que le gouvernement essayait toujours de dépenser moins d'argent ; alors, je suis parti.

Il contempla le ciel scintillant de milliers d'étoiles.

— Pourquoi avoir fait chasseur de primes, si vous étiez lassé des poursuites ?

— Ce n'est pas la même chose, si vous êtes à votre compte – même si Hank était aussi exigeant que tous les commandants que j'avais eus. Mais quelque chose m'attirait, chez lui. Je m'étais toujours efforcé de me trouver des points communs avec mon père… j'ai peut-être vu en Hank un homme que je pouvais admirer.

Tess appuya sa tête dans sa main.

— Vraiment ? demanda-t-elle à voix basse.

— Au début, oui. Ensuite, de moins en moins. Les méthodes de Hank étaient coriaces. J'ai beaucoup appris de lui, plus que je ne l'aurais cru, après tout ce que j'avais vu, quand j'étais en poste dans les Chiricahua. Mais il y avait un côté, chez lui, auquel je ne pouvais pas adhérer… et si on faisait certains boulots ici où là en binôme, on faisait souvent équipe avec Saul Miller et Walt Lange, entre autres.

En entendant le nom de Miller, Tess ressentit un élan de panique. Elle s'assit d'un seul coup, le dos droit, et se concentra sur sa respiration jusqu'à ce qu'elle redevienne normale, alors que Cale poursuivait.

— Hank a décrété qu'on devait se rendre au Mexique. Malgré le récent placement de centaines d'Indiens dans des réserves environnantes, il y avait des déserteurs, au sud de la frontière. Les *Mexcicanos* détestaient les Indiens, encore plus que les Américains ; ils donnaient une prime de cent pesos pour chaque scalp indien. Je ne pensais pas que c'était une bonne idée. J'étais bien placé pour savoir combien les Apaches étaient malins, et s'ils vous attrapaient… eh bien, autant prier pour mourir sur le coup ! Et je savais que, même si on avait des chances d'en attraper quelques-uns, il se pouvait tout aussi bien qu'ils nous attrapent en premier.

Tess luttait encore pour se remettre de ses émotions. Elle se sentait à la fois vulnérable et nerveuse.

— C'était avant l'incendie ?

Cale ne répondit pas tout de suite. Il prit le temps de changer de position pour s'asseoir en face d'elle. Tess connaissait déjà la réponse. Elle n'aurait pas dû s'étonner ; mais la douleur n'en fut pas moins pénible pour autant.

— Hank avait reçu la nouvelle de l'incendie quelques jours plus tôt, dit Cale d'un ton plein de délicatesse. Mais sa décision était déjà prise et il était résolu à aller jusqu'au bout. Je suis désolé, Tess.

— Vous n'avez pas à l'être.

Si la date du brasier, le premier octobre, était gravée dans sa mémoire pour avoir fait voler sa vie en éclats, les répercussions étaient confuses. La douleur d'avoir tout perdu l'avait prise de court et seule la gentille hospitalité des nonnes qui l'avaient recueillie avait su lui apporter un semblant de paix. Puis, des jours plus tard, Hank était venu la chercher.

— Que s'est-il passé, avec les Apaches ? demanda-t-elle d'une voix presque inaudible.

— Ça a mal tourné.

Sa voix s'étrangla et il se frotta la nuque.

— Il y a des choses dont je ne suis pas fier, mais celle-là dépasse les autres. On s'est arrangés pour attaquer une *rancheria* par surprise. Des guerriers apaches, des femmes et des enfants…

Il ne finit pas sa phrase.

— Inutile de me décrire la scène, dit Tess qui avait entendu suffisamment d'histoires pour imaginer le carnage.

— Le plan, c'était de ne tuer que les hommes, mais c'est vite devenu le chaos. Hank, Miller et Lange… ils n'ont pas fait de distinction. J'ai arrêté et j'ai fait machine arrière. Je me suis disputé avec Hank, mais certains hommes ne peuvent satisfaire leur soif de sang…

Les yeux de Tess se mirent à brûler, pleins de larmes. Elle battit des paupières pour tenter de les refouler, tout en regardant la silhouette de Cale Walker, cet homme qui se trouvait à la frontière étroite entre deux mondes. Elle ressentait le poids qu'il avait si bien caché. Elle eut très envie de tendre un bras vers lui pour le toucher, mais ses défenses, entêtées, puissantes et hostiles à tout compromis, la maintinrent fermement à sa place.

— Quand ce fut terminé, poursuivit-il, Lange et Miller étaient censés récolter les scalps. Mais ils sont allés plus loin que ça. Ils ont brutalisé les corps, les ont démembrés. Ils ont dit se venger pour toutes les horreurs qu'avaient fait subir les Indiens aux Blancs et aux Mexicains, pendant toutes ces années. Je savais de quoi ils parlaient. J'avais vu si souvent le sort que les Apaches réservaient aux hommes…

Il s'éclaircit la gorge.

— Mais je ne pouvais pas faire comme eux. Je l'ai dit à Hank, mais il n'a pas voulu les arrêter. Alors, je suis parti sur-le-champ. Je lui ai dit que j'en avais fini avec lui. J'ai chevauché dans l'obscurité pendant ce qui m'a semblé des heures. Je n'ai pas entendu le puma arriver. Il a surgi de nulle part, sûrement attiré par l'odeur nauséabonde de la mort qui me collait à la peau. Le combat a été terrible – mon cheval ne s'en est pas sorti – et j'ai cru que c'était la fin. Tout ce dont je me rappelle, après ça, c'est de m'être réveillé dans un campement apache.

— Pourquoi ne vous ont-ils pas tué ? Surtout après ce que vous aviez fait, avec Hank !

Cale secoua légèrement la tête.

— Je ne comprenais pas non plus. Je croyais qu'ils allaient me tuer lentement, me torturer, puis me démembrer. J'avais toutes les raisons de croire qu'ils savaient que j'étais avec Hank pendant l'assaut.

— Ils le savaient ?

— Je n'en suis pas sûr. Mais une des vieilles femmes m'a défendu. Elle s'appelait Cocheta. Pour une étrange raison, elle s'est occupée de moi. Plus tard, quand j'avais récupéré et qu'on était un peu plus en confiance, elle m'a dit que j'avais été marqué par le puma ; que j'avais frôlé la mort. Elle savait que j'avais fait des atrocités dans ma vie, envers son peuple ; mais elle m'a expliqué que quand quelqu'un revient alors qu'il était sur le point de mourir, c'est de bon augure.

Il poursuivit :

— C'est difficile à expliquer, mais j'ai eu l'impression d'avoir une seconde chance, une opportunité de racheter mon âme. J'avais suivi Hank comme un petit chien, me nourrissant de ses louanges et cherchant à en avoir toujours plus ; mais au fil du temps, j'étais devenu quelqu'un dont je n'étais pas fier.

Tess eut de nouveau les larmes aux yeux. Tout comme lui, elle avait désespérément recherché l'attention de Hank.

— Les Apaches m'ont adopté. Je n'ai jamais compris

pourquoi ils m'ont pardonné, mais en vivant avec eux, j'ai changé – tellement, qu'ils m'ont appelé Change of Heart. Cocheta était une guérisseuse et elle a commencé à m'enseigner ce qu'elle savait. Je n'ai jamais vraiment eu de mère. J'imagine qu'elle a pris cette place dans mon cœur.

Tess allongea sa jambe droite pour soulager son membre blessé.

— En quoi consistait son enseignement ?

— Les Apaches croient au pouvoir. Ce pouvoir peut s'obtenir de nombreuses façons, c'est très personnel. Même si j'ai appris des prières et des cérémonies, j'ai dû découvrir tout seul mes propres rituels. Ils croient en la puissance des huttes de sudation, du jeûne et du temps passé dans la solitude.

— Ça marche ?

Tess ne put s'empêcher de se demander s'il pouvait l'aider, et pas uniquement pour sa jambe invalide. Avait-il le moyen de bannir la peur incrustée dans ses os ?

— Je ne pouvais chasser mon scepticisme, parce que j'avais été élevé différemment et tout ça… mais bon, j'ai été témoin de guérisons qui n'avaient aucune explication rationnelle. Et ce sont les Apaches qui m'ont aidé à me remettre du schisme qui avait séparé mon cœur de mon esprit.

Ces mots, prononcés par la voix grave de Cale, touchèrent quelque chose de profondément enfoui en Tess. Des coyotes jappèrent dans la nuit et elle sentit un frisson parcourir son dos.

— Pourquoi n'êtes-vous pas resté avec eux ?

— Je n'étais pas l'un d'entre eux ; je n'aurais jamais vraiment pu l'être. Je voulais retrouver ma vie. Cochise était mort depuis peu et, avec lui, une certaine cohésion entre les Apaches. Les hommes organisaient encore souvent des raids. Les Mexicains et les militaires américains les pourchassaient sans cesse. J'ai aidé comme j'ai pu – pas en participant aux combats, mais en chassant pour rapporter de la nourriture et en faisant du troc pour eux avec les locaux. Mais j'ai fini par quitter le territoire de l'Arizona pour de bon, pour aller dans le Colorado.

— Pourquoi le Colorado ?

— Pour changer de décor. Je chassais quelques fois des hors-la-loi, mais sans jamais plus tuer personne. La plupart du temps, je restais dans des ranchs pour travailler, dans le secteur de la Trinidad. Ensuite, j'ai décidé de retourner au Texas et de faire la paix avec mon père. Et ça, c'est une tout autre histoire.

— C'est là que vous avez appris que la sœur de Mary était aussi la vôtre ?

Cale sourit et Tess comprit qu'il était plutôt content de ce rebondissement dans sa situation familiale.

— Ouais, répondit-il. Je dois dire que la présence de Molly a réussi à amadouer mon père. Il pouvait être un sale type, parfois. Je commence à comprendre pourquoi ma mère nous a quittés, il y a si longtemps. Peut-être qu'à présent, elle peut reposer en paix.

— Parce que vous lui pardonnez.

Son propre désir de pardonner à son *padre* lui enflamma le cœur, avec celui de connaître la vérité.

— Ouais.

— Mais vous êtes revenu ici. Pourquoi ?

Cale plia un bras et mobilisa son épaule en lui faisant faire un mouvement rotatif.

— La curiosité, j'suppose. J'aimerais bien revoir Hank. Il m'a sauvé la peau, une fois ou deux. S'il a des ennuis, je lui suis redevable. Et cette dette vaut pour sa fille.

— Je suis ravie que vous soyez venu, après que Mary vous a transmis ma requête. Vous aviez toutes les raisons de ne pas le faire.

— Quelque chose m'a attiré. Quelle que soit l'issue de nos recherches, Tess, je vous aiderai à trouver un endroit où vous sentir chez vous.

Plus tard, quand le sommeil la gagna, l'idée d'une maison l'inspira.

Mi casa…

LE SOLEIL COUCHANT EMBRASAIT l'horizon à l'ouest, lorsque Cale et Tess entrèrent dans Camp Bowie. Il s'arrêta un instant pour discuter avec le soldat en poste au corps de garde et apprit qu'un ancien camarade, Reed Fitzgerald, était à présent le commandant du camp. Il fit ensuite traverser à Tess la grande place d'armes en pente. Des hommes s'affairaient, mais il y avait aussi des femmes hispaniques et même une poignée d'hommes, de femmes et d'enfants apaches. Pas grand-chose n'avait changé, depuis que Cale avait été en poste ici.

Il avait aidé à construire la plupart des bâtiments, dont une longue bâtisse qui servait de caserne à l'infanterie. Des écuries abritaient des chevaux de cavalerie et des mules de quartier-maître. Plusieurs réfectoires et cuisines étaient à la disposition des hommes enrôlés ; un boulanger et un boucher vivaient sur place. Du pain frais et de la viande étaient le genre de détails qui aidaient à maintenir le moral des troupes. À l'écart du plateau où se trouvait ce camp, il y avait les bâtiments du vieux Fort Bowie. Le soldat lui apprit que les maisons en adobe abritaient maintenant les officiers mariés et la boutique de la vivandière.

Alors qu'ils approchaient du bureau de l'adjudant, Cale remarqua les regards que les hommes lançaient à Tess. Il mit pied à terre, attacha les chevaux et Moses au poteau d'attelage, puis aida Tess à descendre de Gideon en tenant sa taille fine, cintrée dans la même jupe à carreaux qu'elle portait depuis des jours. Il lut dans son regard qu'elle s'étonnait de sa sollicitude, mais il voulait que les mâles présents les croient en couple.

— Je peux descendre de cheval toute seule, dit-elle.

— Je vous ai vu grimacer, à cause de votre jambe. J'essaye seulement de vous aider.

Oui, c'était une bonne excuse. Il attrapa sa canne et la lui tendit.

— Est-ce qu'être au cœur de l'armée vous transforme en gentleman ?

— Je suis toujours un gentleman.

Il inclina son chapeau et fit un pas en arrière pour lui céder le passage. Après leur discussion de la veille, le mur érigé autour d'elle s'était quelque peu affiné. Elle était restée silencieuse, la journée durant, mais il avait remarqué plus de gentillesse de sa part, dans ses interactions avec lui. Maintenant qu'il lui avait parlé en détail des six dernières années de sa vie, plus qu'il ne l'avait fait avec quiconque, il espérait qu'elle se sente suffisamment en confiance pour se confier à lui en retour.

Reed Fitzgerald ouvrit la porte, arborant un grand sourire sur son visage rougeaud. Il avait des sourcils broussailleux, des joues rondes, une moustache et une barbe épaisse. Il n'avait pas beaucoup changé, depuis l'époque où ils étaient affectés ici, Cale et lui.

— Cale Walker ! mugit-il. Comme je suis content de te revoir !

Cale sourit et ils se firent une accolade.

— Je ne m'attendais pas à te voir commandant !

— Pourquoi est-ce que je voudrais rester au Presidio, à San Francisco, quand je peux gouverner ce petit bout de paradis ?

Ils s'écartèrent l'un de l'autre et Cale posa une main sur les lombaires de Tess, content qu'elle ne tressaille pas à ce contact.

— Voici Tess Carlisle. Tess, Reed Fitzgerald.

— *El placer de conocerte*, répondit-elle.

Fitz lui prit la main.

— Señorita Carlisle, *es un placer*. Appelez-moi Fitz.

Il se tourna vers Cale.

— Qu'est-ce qui vous amène par ici ?

— On cherche un homme, Hank Carlisle, le père de Tess.

Il retira sa main de son dos, à contrecœur.

— Je me demandais si vous l'aviez vu dans les environs.

Fitz réfléchit un moment.

— Ça ne me dit rien, mais je peux vérifier auprès des récentes patrouilles et voir si quelqu'un sait quelque chose.

— Ce serait formidable, répondit Cale.

— Vous devez tous les deux être fatigués. Vous comptez passer la nuit ici ?

Il regarda Tess et ajouta :

— Ma femme est ici et elle me ferait la peau, si elle apprenait que je ne lui ai pas offert l'opportunité de dîner avec une dame !

Tess sourit. Cale se dit qu'elle apprécierait de dormir ailleurs qu'à même le sol. Quant à lui, la sécurité renforcée lui permettrait de fermer l'œil.

— On serait ravis de rester, répondit Cale.

— Je vais demander à mon quartier-maître de vous montrer les logements réservés aux invités.

Il se tut un instant, avant de demander :

— Vous êtes mariés ?

— Non, répondit Cale. Mais on y pense. N'est-ce pas, Tess ?

Elle l'épingla du regard, les sourcils froncés. Il sourit, savourant le rouge qui lui montait aux joues dans la fin de journée qui l'éclairait de sa douce lumière.

— Oh, ma femme serait ravie de discuter mariage !

— Il n'est pas question de mariage, dit Tess.

Fitz haussa un de ses gros sourcils.

— Je devrais peut-être vous mettre dans la même chambre, les tourtereaux, pour arranger ça !

— On n'est pas des tourtereaux, répondit Tess avec un certain tranchant, mais Cale savait qu'elle se retenait pour épargner Fitz.

— Dans ce cas, mademoiselle, dit Fitz, vous devrez rester avec ma femme. Il vaut mieux, avec tous les hommes qui traînent par ici – et vous êtes très jolie, miss Carlisle. Si quelqu'un vous ennuie, venez me le dire tout de suite, d'accord ?

— Personne ne l'ennuiera.

L'amusement que Cale avait retiré de leur échange s'était brusquement métamorphosé en irritation.

— *Gracias*, capitaine Fitzgerald.

— Aucun problème.

Après quoi, Cale ne revit pas Tess avant l'heure du dîner.

CHAPITRE HUIT

Kitty Louise Fitzgerald était une femme robuste au sourire généreux et à l'attitude amicale. Elle plut tout de suite à Tess.

Elle vivait avec son mari, à quatre cents mètres du fort principal, dans une vieille bâtisse en briques d'argile. Une cloison en bois divisait l'espace ; il y avait d'un côté un canapé et un fauteuil aux allures confortables, et de l'autre, un lit. Un poêle à bois trônait dans un coin et un lave-mains à l'opposé de la pièce. Kitty n'avait pas de cuisine équipée à sa disposition, mais elle n'en avait nul besoin, avec le restaurant militaire à côté. Toutefois, les Fitzgerald avaient une table où s'asseoir quand ils buvaient leur café, ce qu'indiquait la casserole posée sur le poêle.

— C'est difficile, de vivre ici, si loin de la ville ? demanda Tess en s'installant sur le canapé.

Kitty rigola. Ses cheveux bruns étaient rassemblés en chignon et ses yeux bleu-vert pétillaient. Elle portait une robe de coton blanc immaculé, dont elle avait remonté les manches jusqu'aux coudes. Malgré l'emplacement du camp, sur les collines, il y faisait encore très chaud à cette période de l'année.

Tess prit conscience de la saleté des vêtements qu'elle portait, en particulier de son caraco et de ses dessous.

— J'aime assez vivre ici, répondit Kitty en s'asseyant à côté d'elle. Le camp est comme une ville miniature, de toute façon.

Elle versa du thé infusé dans une théière en céramique et lui en tendit une tasse.

— Je suis ravie d'être tout près de Reed.

Elle sembla perdue dans ses pensées.

— Vous avez un chéri, Tess ?

L'image de Cale lui vint à l'esprit ; elle répondit :

— Non.

— Eh bien, d'après moi, vous trouverez plus d'un admirateur, pendant votre séjour ici. Comment avez-vous connu Cale ?

— C'est un ami de *mi padre*. Il m'aide à le retrouver. Depuis combien de temps connaissez-vous Cale ?

— Pas depuis aussi longtemps que Reed. Ils étaient en poste ici, il y a plusieurs années. Reed était lieutenant et Cale soldat. Reed a toujours dit beaucoup de bien de lui. Lorsque Cale est revenu du Mexique, après avoir vécu avec les Apaches, c'est Reed qui l'a trouvé.

— Tout le monde savait qu'il avait été chez les Indiens ?

Kitty devint sérieuse.

— Il y avait des rumeurs, évidemment. Je n'étais pas ici, à l'époque. Reed ne savait pas quoi en penser, mais il est resté discret sur ses retrouvailles avec Cale.

— Pourquoi ?

— Parce qu'il y a beaucoup de gens, dans l'armée, qui n'aiment pas les Apaches. C'est leur travail, en fait, d'éradiquer ces Indiens ou de les conduire dans les réserves. Mais les raids continuent, malgré tout. Cale est à cheval sur une ligne floue que seul le Bon Dieu peut juger.

— Que pensez-vous des Apaches ?

— J'en ai rencontré beaucoup, répondit Kitty. La plupart

d'entre eux sont gentils, parfois apeurés. Ils essayent de survivre et d'élever leurs enfants. J'ai toujours tenté de faire valoir mon point de vue chrétien en disant que Dieu aime tous Ses enfants et qu'ils trouveraient du réconfort, s'ils se tournaient vers Lui. Mais ce sont toujours les hommes qui causent problème.

Un soupçon d'ombre voilait le regard pétillant de Kitty. Tess se demandait si cette femme aussi trouvait pénible à supporter les troubles provoqués dans les deux camps. Il aurait été bien difficile de trouver un seul individu dans le sud-ouest de l'Arizona ayant échappé, de près ou de loin, aux raids apaches. Tom et Mary avaient survécu à deux attaques et Tess était présente lors de la deuxième. Ils s'en étaient sortis pour deux raisons : parce que Tom les avait cachés, Mary, Robbie, Molly Rose et elle, dans une cave exigüe, sous une trappe, dont l'emplacement n'avait jamais été révélé à personne ; et parce qu'il avait fait du troc avec les Indiens en proposant des chevaux et du whisky. Heureusement, ils avaient eu le temps de se cacher avant l'arrivée des guerriers. Ils étaient restés à l'abri, angoissés de ne pas savoir si Tom survivrait.

— J'ai vu des Apaches, en entrant dans le camp, dit Tess.

— Oui. Ils viennent quand ils en ont assez et qu'ils ont besoin de nourriture. Ils doivent alors accepter d'aller dans la réserve de San Carlos. Certains hommes signent pour servir d'éclaireurs à l'armée, mais comme vous pouvez l'imaginer, ça ne les rend pas très populaires auprès des leurs. Je ne sais pas comment Reed arrive à gérer tout ça. Comment départager ce qui est juste de ce qui ne l'est pas ? On ne sait pas ce qui se joue, plus haut. Mais Reed est chargé d'assurer la sécurité de cette zone pour les colons, les mineurs, les diligences et pour le transport du courrier, bien sûr. Il passe toujours par ici ; il arrive depuis l'est pour être acheminé jusqu'en Californie. Les Apaches ont toujours aimé tendre des embuscades aux diligences.

— Avez-vous peur pour votre propre vie ?

Kitty réfléchit un instant.

— Non, pas vraiment. Je me sens en sécurité, avec la garnison. Et Reed m'a appris à me défendre. Quand mon heure sera venue, je partirai de bon gré pour reposer auprès de notre Père bien-aimé pour l'éternité. Maintenant, parlons de quelque chose de plus léger. Nous pouvons faire faire une lessive pour vous. Je suis un peu plus ronde que vous, mais j'ai quelques robes dans ma malle qui pourraient vous aller. Elles appartenaient à ma sœur Charlotte, avant qu'elle n'ait une ribambelle de bébés. Elle en a tellement que je n'arrive même pas à retenir tous leurs prénoms !

— *Gracias*. Avez-vous des enfants, avec le capitaine ?

Kitty fit un sourire qui resta figé sur ses lèvres. Elle tapota la main de Tess.

— On en a eu un. Un petit garçon, William. Mais il est mort, il y a quelques années, Dieu ait son âme.

Tess posa sa main sur celle de Kitty.

— *Lo siento mucho*.

Elle ressentait la peine de cette femme et s'émerveillait de la voir rester si gaie, dans cet endroit qui n'offrait pas beaucoup de divertissements ni de perspectives joyeuses.

— Il est enterré ici, poursuivit Kitty. Il y a un petit cimetière, juste derrière. Beaucoup de bons soldats y reposent, avec mon petit William.

Alors, Tess comprit pourquoi Kitty restait là. Une mère ne pouvait supporter d'être séparée de son enfant, même par la mort.

— Bon, assez parlé de tout ça, dit Kitty en se levant. Laissez-moi vous trouver une tenue, après quoi je ferai porter vos vêtements à la laverie. J'imagine que vous aimeriez vous reposer, avant le dîner.

— Merci, Kitty. Votre gentillesse n'a pas de prix.

— Vous avez les plus beaux yeux verts que j'aie jamais vus, Tess.

— Je les tiens de *mi padre*.

Cale et Fitz discutèrent avec plusieurs hommes qui avaient patrouillé dans les environs, ces derniers temps. Cale apprit qu'ils évitaient de croiser Henry et Mariah – selon les rumeurs, ils auraient mangé un gars qui était tombé sur eux et, d'après Cale, ce n'était pas impossible. Apparemment, un homme correspondant à la description de Hank, grand, avec des cheveux d'un roux un peu passé et un accent irlandais, avait été vu à deux reprises. La première fois, le soldat qui patrouillait seul avait croisé la route d'un homme avec deux mules et un cheval. L'étranger transportait tout un bric-à-brac, des vieilleries, des casseroles et un étrange attirail indien. Ils avaient partagé un repas à base de viande de cerf, après quoi l'éclaireur était parti, décidant ne rien pouvoir tirer d'intéressant de cet homme qui s'exprimait dans un charabia répétitif et bizarroïde.

La seconde fois remontait à six mois plus tôt, à l'occasion d'un combat entre l'armée et un groupe d'Apaches, dans les Dragoons. Hank s'était trouvé là, semblant du côté des Indiens, mais à la fin de la bataille, il avait disparu.

Il faisait presque nuit, au moment où Cale et Fitz rejoignirent les quartiers de l'officier marié. En approchant, ils virent Kitty entourée par un groupe de soldats de cavalerie. Un mouvement de la foule révéla la présence de Tess, au centre.

Cale fronça les sourcils.

Elle portait une robe sombre qui soulignait les courbes que ses vêtements précédents n'avaient que suggérées. Ses cheveux noirs lâchement tressés dégageaient l'ovale de son visage et, malgré sa gêne – qu'elle cachait bien et que personne ne remarquait, alors qu'elle sautait aux yeux de Cale – elle souriait. Il fut frappé par sa beauté. C'était une belle femme, mais à présent… eh bien, à présent, ses traits exotiques empêchaient totalement Cale de détacher ses yeux d'elle.

Sa beauté était à couper le souffle.

Elle s'appuyait contre un rocher, sa canne posée à portée de main.

Le voyant s'approcher avec Fitz, elle lui sourit. Il savoura cette attention, aussi brève soit-elle.

— Il n'y avait pas de raison de garder Tess rien que pour nous, n'est-ce pas, chéri, dit Kitty en s'adressant à son époux.

Fitz hocha la tête pour donner raison à sa femme.

Cale s'immisça dans le groupe d'hommes dont la plupart étaient assez jeunes, pour venir se placer à côté de Tess.

— Laissez cette dame respirer un peu, messieurs.

Fitz acquiesça et le groupe se dispersa.

— Et si nous rentrions dîner ? demanda Kitty.

Cale soutint le bras de Tess pour l'aider à se redresser, alors qu'elle prenait sa canne.

— Vous êtes vraiment ravissante, ce soir.

Il surprit son regard timide.

— *Gracias*. La robe est à Kitty.

Cale haussa un sourcil. Kitty n'avait pas du tout le même gabarit que Tess. Il maintint sa main sous son coude, content qu'elle ne retire pas son bras.

— Je sais ce que vous vous dites, chuchota-t-elle. C'était la robe de sa sœur.

Il sourit, heureux de cet air de connivence.

Ils dînèrent dans la maison des Fitzgerald, autour de la table rectangulaire et conviviale. Deux soldats apportèrent le repas depuis la cuisine militaire : du steak, des pommes de terre bouillies, du pain frais au levain avec du beurre et de la tarte aux pommes en dessert. Cale et Tess mangèrent à satiété, appréciant ce repas chaud. Cale fut ravi d'apprendre les dernières nouvelles du fort.

Repus, Tess et Cale étaient assis côte à côte sur le canapé. Tess se sentait à l'aise. Elle appréciait la compagnie des Fitzgerald, mais il fallait bien avouer que l'homme à ses côtés y était pour beaucoup.

Les soldats de la cavalerie, ameutés autour d'elle tout à l'heure, s'étaient fait un plaisir de l'abreuver d'histoires d'Indiens, lui racontant comment ils les tenaient à distance, au péril de leur vie. Tess avait fait de son mieux pour se montrer polie ; elle n'avait pas voulu répondre à l'hospitalité de Kitty en se montrant blessante envers les hommes qui étaient sous les ordres de son mari. Mais à la vérité, elle avait trouvé ces récits horribles et inutiles. Après les aveux de Cale, la nuit passée, la guerre avec les Apaches et ses conséquences dans les deux camps lui donnaient la nausée.

En plus de son aversion pour le sujet, elle avait subi les tentatives de séduction manifestes des jeunes hommes. Elle s'était trouvée dans l'embarras, se demandant ce qu'il se passerait si elle faisait preuve d'un quelconque intérêt. Interpréteraient-ils mal son attention ? Y verraient-ils un prétexte pour la coincer plus tard, la contraindre, ne pas accepter son refus… ? Son cœur s'était emballé à cette idée, alors qu'elle s'efforçait de paraître agréable.

Puis, Cale était arrivé avec le capitaine Fitzgerald et elle avait ressenti un soulagement inattendu. Il était venu se placer près d'elle et, pour la première fois depuis longtemps, elle avait accueilli avec plaisir la présence d'un homme à ses côtés. Elle s'était sentie protégée.

Cale s'appuya au dossier du canapé. Il étendit un bras qu'il posa derrière elle, sur le cadre en bois. Il but une gorgée de whisky. Elle avait décliné la proposition d'une boisson alcoolisée, mais avec sa jambe douloureuse, elle hésitait à revenir sur sa décision. Elle changea péniblement de position pour tenter d'en trouver une plus confortable.

Cale se pencha vers son oreille.

— Vous ne prenez jamais rien, pour ça ?

— Vous voulez dire, comme du laudanum ? Non. Je ne pense pas que vivre en plein délire soit bon pour la santé.

— Qu'est-il arrivé à votre jambe, très chère ? demanda Kitty.

Tess se figea, mais elle ne voulait pas froisser la femme qui s'était pliée en quatre pour elle depuis son arrivée.

— On m'a tiré dessus. C'était il y a deux ans, mais ça n'a pas guéri correctement.

— Oh, Tess, je suis désolée ! Qui a osé vous faire ça ?

Tess hésita. Elle ne l'avait jamais dit à personne, pas même à Tom et Mary. Mais il était peut-être temps pour elle d'arrêter de couvrir le coupable. Elle inspira profondément.

— Il s'appelle Saul Miller.

Cale se tourna brusquement vers elle.

Elle garda son regard braqué droit devant elle.

— Saul Miller ? répéta Reed. Je crois l'avoir déjà vu. Il était dans les parages, il y a quelques mois. Il a débarqué avec trois hommes qu'il avait capturés pour les primes. Il voulait échanger ses chevaux, mais on n'en avait aucun à lui proposer.

Cale se leva et vida la fin de son verre.

— Ce fils de pute… marmonna-t-il dans sa barbe.

Il se mit à arpenter la pièce en se frottant la nuque.

— Pourquoi ne pas me l'avoir dit, Tess ?

— Quelle importance ?

Elle soutint son regard. *Il sait.* Tom n'avait pas dû lui parler seulement de la blessure par balle, mais aussi de l'agression. Elle fut envahie d'un sentiment de honte.

— Comment ça, quelle importance ?!

Il avait un regard féroce et lointain. Elle avait vu le même sur le visage de son *padre*, parfois. Elle eut un mouvement de recul ; elle ne voulait pas être confrontée à la violence qui pouvait se manifester chez les mâles de son espèce.

Comment Kitty faisait-elle pour vivre ici, au milieu de tous ces hommes qui se laissaient régulièrement guider par leurs instincts primaires. À sa place, Tess aurait craint que leur brutalité se retourne contre elle à tout moment. Kitty n'avait-elle pas peur ?

Cale tourna son regard meurtrier vers Reed.

— Tu sais où il est, Fitz ? Où il a pu aller ?

— Non, désolé, je n'en sais rien. Tu le connais ?

— C'était un associé de Hank, il y a des années, pendant leurs chasses à l'homme. Ouais, je le connais.

Il arrêta de faire les cent pas et se posta juste derrière Tess, sa tension se diffusant dans l'atmosphère.

— Mais comment Hank a-t-il pu le laisser t'approcher ?! demanda-t-il à voix basse.

Elle sentait le poids de son regard sur elle.

— Ce qui est fait est fait, dit-elle, sentant sa carapace se refermer autour d'elle.

Les vieilles habitudes ne disparaissent pas comme ça. Cette réaction lui avait permis de survivre, à l'époque, et c'était sa seule façon de se soustraire à la honte, à présent.

— Avez-vous vu un docteur, Tess ? demanda Kitty. Un bon, je veux dire. Il est peut-être possible d'arranger l'état de votre jambe. Avez-vous souvent mal ?

— J'ai appris à vivre avec. Pour ce qui est de voir un docteur, je n'en ai pas les moyens.

— Nous avons un chirurgien militaire, mais il n'est pas là en ce moment, dit Reed. Si vous êtes là, à son retour, je lui demanderai de vous examiner. En attendant, êtes-vous sûre de ne pas vouloir un peu de whisky ? Un petit verre ne vous ferait pas de mal. Parfois, ça m'aide à dormir.

— Reed aussi a des blessures, précisa Kitty à voix basse.

Tess se sentait fatiguée, le poids de la révélation pesait sur ses épaules.

— D'accord, je vais en boire un peu.

Reed se leva, versa l'alcool dans un verre qu'il lui apporta. Elle en but une gorgée et toussa un peu, mais persévéra. Tout valait mieux que de parler avec Cale, surtout devant Reed et Kitty.

— Kitty, et si tu m'accompagnais à la caserne ? demanda Reed. Pour m'aider à tout installer.

— Bien sûr.

Reed et Cale allaient dormir dans une des chambres habituellement occupées par les sergents et Tess partagerait le lit de Kitty, à l'abri dans leur maison.

Le couple quitta la pièce. Tess sentit la chaleur de l'alcool se propager dans son ventre. Elle soupira en laissant retomber ses épaules. Cale vint se poster en face d'elle, à l'autre bout de la pièce.

— Vous n'êtes pas obligée de porter ce fardeau toute seule, lui dit-il.

Elle leva les yeux vers lui et vit dans les siens une résolution d'acier, mais aussi une compassion à laquelle elle ne s'attendait pas.

— Je n'ai personne.

— Je suis là, moi.

— On se connaît à peine.

— C'est votre seul argument ?

Elle ne sut pas quoi dire.

Il traversa la pièce et vint s'agenouiller devant elle. Il prit sa main droite dans les siennes, plus grandes. Son geste était chaleureux, mais bien qu'il fût agréable, une vague de panique se souleva dans le ventre de Tess qui lutta contre l'envie de s'enfuir.

Il dut le sentir.

— Du calme. Je ne vous ferai aucun mal. Je veux vous aider. Connaissez-vous des moyens de vous défendre ?

— Pas vraiment.

— Dans ce cas, je vous en apprendrai.

Elle accepta en silence, les larmes aux yeux, la gorge nouée.

— Et si vous voulez savoir quoi que ce soit me concernant, vous n'avez qu'à demander, ajouta-t-il.

Elle hocha la tête à nouveau. Malgré ses peurs, elle avait vraiment envie de mieux le connaître. Mais entre le choc d'avoir avoué le nom de Saul et le whisky qu'elle avait bu, elle avait eu sa dose pour ce soir.

— Vous devriez aller vous reposer.

Il se leva et l'aida à en faire autant, lui tenant toujours la main. Puis, il se pencha en avant.

Elle se figea, éberluée à l'idée qu'il puisse tenter de l'embrasser, mais il attrapa simplement sa canne et la lui tendit.

Elle ressentit dans sa poitrine un mélange de soulagement et de déception.

— Hank n'a pas su vous protéger correctement. Mais moi, Tess, je saurai.

Envoûtée par son regard aux yeux bleus, elle s'offrit le petit luxe de le croire, d'oser confier ses espoirs et ses rêves à un homme qui ne les briserait pas, de se sentir, pour une fois dans sa vie, en sécurité.

Une larme roula sur sa joue. Cale porta une main à son visage et l'essuya doucement, d'un revers du pouce. La chaleur de son doigt s'imprima sur sa peau. Il lui tenait toujours la main ; il la serra légèrement, avant de se retourner et de quitter la maison.

Tess resta plantée là, en appui sur sa canne. La retenue dont Cale venait de faire preuve toucha une corde sensible en elle. Elle avait senti l'attirance entre eux et elle avait même eu envie d'un contact, mais cet élan avait été proportionnel à son besoin de distance.

C'était trop tôt.

Elle n'était pas prête.

Il était fort possible, d'ailleurs, qu'elle ne soit jamais prête à partager sa vie avec un homme, dans l'intimité. Elle en avait donc conclu qu'entrer dans les ordres pouvait représenter la solution la plus prudente.

Cale était-il vraiment si différent des autres, d'Esteban, par exemple ? On ne pouvait pas dire que ce jeune Mexicain prétentieux s'était mal conduit envers elle. Mais elle avait dû esquiver ses tentatives de contact un nombre incalculable de fois. En y repensant, il était choquant qu'il n'ait pas laissé tomber depuis longtemps. Qu'une femme ose repousser leurs avances devait blesser l'orgueil des hommes.

Même si elle avait eu le même réflexe de recul face à Cale, il l'avait suffisamment apprivoisée pour qu'elle parvienne à ne pas trouver son contact déplaisant. Une minuscule lueur d'espoir naquit dans son cœur.

La voix de son *abuela* résonna dans sa tête. *Ils ont voulu nous enterrer. Ils ne savaient pas qu'on était des graines*. C'était un vieux proverbe mexicain qu'elle citait souvent.

Peut-être qu'un peu de l'ancienne Tess existait toujours. La jeune fille émerveillée, curieuse et malicieuse qu'elle avait été, l'appelait au fond d'elle. *Je suis toujours là. Saul Miller ne m'a pas détruite entièrement.*

Attirée par Cale Walker, cette plus jeune version d'elle-même voulait sortir de sa cachette.

Elle voulait être libérée.

CHAPITRE NEUF

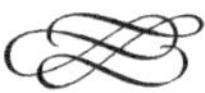

Cale passa la matinée à interroger des soldats au sujet de Saul Miller. Avoir un but l'aidait à garder sa colère sous cloche, mais ça restait difficile. Il n'apprit pas grand-chose, en dehors du fait que Saul avait indéniablement traîné dans les montagnes des Dragoons, à moins de cent kilomètres au sud-ouest de Camp Bowie.

Cale prit une décision : quand cette histoire avec Hank serait réglée, il pourchasserait Miller et lui ferait regretter d'avoir posé un jour la main sur Tess. La satisfaction qu'il tira de cette pensée l'aida à tempérer son humeur. Il partit rejoindre Tess.

Il la trouva en compagnie de Kitty, au comptoir de commerce. Elle portait une robe simple en coton clair. Sa longue natte noire tombait dans son dos. Elles admiraient toutes les deux le contenu d'un étalage.

Kitty l'accueillit d'une voix enjouée.

— Bonjour, Cale !

Tess lui sourit aussi. C'était vraiment beau à voir et la tension qu'il avait entre les épaules se relâcha très légèrement.

— Que faites-vous donc, mesdames ? demanda-t-il en se rapprochant.

— Ils proposent des pommes fraîches, en ce moment, répondit Kitty. On ne peut pas laisser passer ça !

— Je me demandais si je pouvais vous emprunter Tess un moment.

— Bien sûr, mais on compte sur vous pour déjeuner avec nous tout à l'heure !

— Ce sera avec plaisir.

Cale guida Tess en dehors du bâtiment, posant une main légère au bas de son dos.

— Comment allez-vous, ce matin ?

— *Muy bien.*

Elle s'éloigna et il lui emboîta le pas.

— Je pense qu'on devrait rester quelques jours de plus. On pourrait se reposer et décider d'un plan.

— Pour trouver Hank ?

— Entre autres.

— Faites-vous allusion à Saul ?

— Tess, je ne veux plus que vous perdiez une seule seconde à penser à ce type. J'en fais mon problème, à présent. Je vous le promets.

Elle s'arrêta et se tourna brusquement vers lui.

— S'il vous plaît, ne vous mettez pas en danger pour cette histoire. Ça n'en vaut pas la peine.

— Je suis bien plus à même de m'occuper de lui que vous ne l'êtes.

Ses yeux verts brillèrent de détresse.

— Il ne faut surtout pas que vous ayez honte de ce qu'il vous est arrivé, ajouta-t-il.

Tess changea de posture, mal à l'aise. Elle détourna les yeux, sous l'ombre de son chapeau.

— Dites-moi à quoi vous pensez, dit-il à voix basse.

Un instant, il se dit qu'elle allait peut-être se confier à lui, mais elle balaya cette éventualité en un mot :

— *Nada.*

Ce rejet, Cale l'accepta, mais il n'en restait pas moins déterminé. Il pensa à toutes les fois où il aurait dû arrêter Saul Miller et ne l'avait pas fait, quand ce type avait dépassé la frontière entre justice et brutalité, sans aucun état d'âme. En s'en prenant à Tess, il ne l'avait pas agressée qu'une fois. Ce souvenir continuait à l'opprimer. Cale devait trouver un moyen de réduire cette emprise sur elle.

— Je veux vous montrer comment vous défendre. Où est le Remington que vous avez emporté ?

— Dans mes affaires. Je vais le chercher.

Cale attendit dehors qu'elle revienne de la maison des Fitzgerald, avec son arme. Il la conduisit ensuite aux abords du camp, là où l'infanterie s'entraînait au tir sur cible.

Il l'observa charger et décharger le Remington et fut satisfait de voir qu'elle savait s'y prendre. Elle ne se montra pas mauvaise au tir, ce qu'elle devait sûrement à Hank.

Il lui montra comment se servir de sa Winchester et elle s'entraîna un peu avec.

— Maintenant, je veux vous montrer quoi faire en cas de face-à-face, lui dit-il.

Sous le rebord de son chapeau, son visage brillait de sueur. Il était presque midi et il l'avait déjà beaucoup fait travailler. Mais c'était important.

— Vous êtes grande, ça vous donne un avantage.

— Mais… ma jambe ?

— Ça n'a pas d'importance, Tess. Vous pouvez apprendre à faire avec.

Il se planta devant elle.

— Si un homme vient vers vous, poursuivit-il en lui agrippant le haut des bras ; donnez-lui un coup de genou dans l'entrejambe.

Elle hocha la tête sans grande assurance.

— Essayez ! dit-il pour l'encourager.

— Mais…

— Faites semblant, mais levez votre genou rapidement.

Elle s'exécuta en utilisant sa jambe droite, sa jambe valide. C'était difficile, en robe.

— Bien, dit-il. Dès qu'il vous relâche, partez en courant !

— Mais, je ne peux pas courir.

— On s'occupera de ça plus tard…

Il lui prit la main et en aplatit la paume sur son nez.

— Si vous pouvez lui donner un coup au visage, servez-vous du bas de votre paume et frappez-le au niveau du nez.

Ensuite, il posa ses mains sur ses épaules et lui fit faire demi-tour.

Par-derrière, il la coinça dans ses bras. Il sentit son corps se raidir. Elle réagissait comme un animal effrayé, même avec lui ; ça en disait long sur l'ampleur de son traumatisme.

— Si un homme vous attrape comme ça, lui dit-il à l'oreille, ses lèvres dans les mèches de ses cheveux ; saisissez un de ses doigts et tordez-le en arrière de toutes vos forces !

Elle ne bougeait plus du tout, mais il sentait entre ses bras le rythme rapide de sa respiration. En surimpression de la scène, il eut conscience que ses bras s'appuyaient contre sa poitrine. Il perçut la panique qui flamba en elle.

— Tess, faites-le !

Elle chercha sa main à tâtons et tordit en arrière un de ses petits doigts. Il cria en la relâchant.

Elle fit volte-face.

— *Lo siento !*

Il replia ses doigts pour calmer la douleur.

— Non, non, c'est bien, dit-il en riant. C'était exactement ce qu'il faudrait faire !

Elle inspira un bon coup. La fatigue et l'inquiétude marquaient son visage.

— Je sais que ça fait beaucoup, dit-il ; mais c'est important. Maintenant, pour ce qui est de courir…

Elle secoua la tête.

— Tess, Kitty a raison. Avez-vous déjà montré votre jambe à un docteur ?

— Tom et Mary en ont fait venir un. Il a pu retirer la balle.

— Avez-vous déjà essayé de l'étirer, de mobiliser vos muscles un peu plus ? Le fait de ne pas la faire travailler a dû la rendre raide, avec le temps.

Elle s'appuya sur sa canne, affligée.

— Ça fait mal, dit-elle d'une petite voix.

— J'ai peut-être des choses qui pourront vous aider un peu.

— Comme quoi ?

— De l'écorce de saule en infusion contre la douleur et de l'huile de gland. Je vous ai vue masser vos muscles. Vous devriez le faire tous les soirs, mais en utilisant l'huile. Elle a des vertus curatives.

— Comment savez-vous tout ça ?

— Les Apaches m'ont fait développer certaines compétences et j'ai glané d'autres informations ici ou là. Je suis prêt à vous aider, pour votre jambe, mais il faudrait que vous me laissiez y jeter un coup d'œil.

Elle leva brusquement vers lui un regard affolé.

Il leva les mains.

— Je sais. C'est trop demander. Je comprends. Je vous donnerai l'huile et vous l'utiliserez toute seule. Essayez de marcher un peu chaque jour sans la canne, en augmentant la distance progressivement.

Elle regarda au loin.

— Cependant, Tess, si au bout d'un certain temps, vous vous sentez plus en confiance avec moi et souhaitez que je jette un œil à cette blessure, dites-le-moi. Mais seulement quand vous serez prête.

Elle tourna les yeux vers lui. Il voyait des ombres passer

dans son regard. Il avait appris autre chose, avec les Apaches : que l'esprit ne restait pas toujours dans le corps. Tess s'efforçait de retenir le sien, mais il sentait parfois comme des fragments s'échapper d'elle pour voleter ailleurs.

Il comprenait pourquoi. Lui-même, après s'être détourné de Hank et s'être fait attaquer par le puma, il s'était égaré. Il avait trouvé certains buts, depuis, mais s'il était retourné en Arizona – et avait accepté d'aider Tess – c'était parce qu'il n'avait pas réglé ses comptes avec Hank.

L'esprit cherchait sa complétude. Sans quoi, l'âme pouvait se contorsionner et ronger les limites de la raison, du bonheur.

Tess avait besoin de résoudre un conflit.

CHAPITRE DIX

Tess regagna la maison des Fitzgerald. En la voyant dans un tel état de fatigue, Kitty émit un son désapprobateur et la conduisit immédiatement jusqu'au lit.

— Vous semblez avoir grand besoin de repos. Je vais vous faire du thé et ensuite, vous pourrez dormir. Une sieste s'impose ! Ne vous inquiétez pas pour le déjeuner. Je pourrai vous apporter votre repas plus tard.

Kitty disparut, mais revint peu de temps après avec une théière et une tasse, sur un plateau.

— Vous êtes si gentille… dit Tess. Je ne sais pas ce que j'ai fait pour mériter votre hospitalité.

— Vous ne le savez pas, ma douce ? dit Kitty en prenant ses mains dans les siennes. Les âmes se croisent par la volonté de notre bon Seigneur. Qui sommes-nous pour remettre en question Ses désirs ? Mon rôle est d'être ici, à cet endroit, et je sais qu'Il attend de moi que je fasse de mon mieux pour prendre soin de ceux qui m'entourent. Vous êtes comme un merle blessé et si je peux apaiser votre cœur d'une manière ou d'une autre, alors je ne demande rien d'autre.

Ô, beau merle ! Chante-moi ta douce mélodie !

L'accent de Hank résonna dans la tête de Tess.

— Merci, Kitty.

Kitty sortit de la pièce, la laissant seule. Elle posa sa canne de côté et s'assit au bord du lit soigneusement bordé. Elle se servit du thé et en but plusieurs gorgées, puis sortit de sa poche le petit pot d'huile. Cale lui avait également donné un sachet d'herbes à faire infuser, mais pour l'instant, elle se contenterait de la boisson chaude que lui avait apportée son hôte. Elle pourrait préparer l'autre plus tard.

Elle baissa les yeux sur sa jambe. Elle était presque toujours douloureuse. Tess ne trouvait de réel soulagement que dans le sommeil – et encore, si elle changeait de position en dormant, la douleur la réveillait. Elle avait appris à vivre avec, même si, certains jours, elle sanglotait aux premières heures du jour, en pensant à la futilité de tout ça, aux séquelles de sa blessure qui ne la quitteraient jamais. Elle n'avait jamais été de ceux qui s'apitoient sur eux-mêmes – son *abuela* lui avait appris à ne pas le faire ; mais c'était surtout le désespoir de sa mère qui lui avait montré que la souffrance n'offrait pas de solutions. Seul le fait d'avancer en apportait. Tess s'efforçait toujours d'aller de l'avant.

Toutefois, Cale et Kitty avaient peut-être raison. Il se pouvait qu'un docteur ait les moyens de la soulager de cette douleur physique qu'elle endurait quotidiennement. Il ne pourrait sûrement pas soigner son esprit ni son cœur, mais son corps pouvait être corrigé. Cale ne devait pas avoir tort non plus, à propos des mouvements et de l'exercice.

Pendant si longtemps, Tess s'était tournée vers ses histoires, cherchant la guérison par les mots. Dans les contes, le bien l'emportait toujours sur le mal, les héros surmontaient les obstacles et finissaient par trouver le bonheur. Dans les petites et les grandes épopées, on pouvait percer les mystères de l'univers et la place de chacun se révélait toujours plus importante qu'il n'avait semblé, à première vue. Elle s'accrochait fébrilement à ce dernier aspect, en particulier.

Sa vie *devait* avoir un sens.

Elle défit les lacets de ses bottes qu'elle retira en même temps que ses bas. Reculant sur le lit, elle releva le bord de sa jupe et un volant de son jupon, jusqu'à sa taille, avant de retrousser la jambe gauche de son caleçon le plus haut possible. Elle regarda l'articulation difforme de son genou. C'était là qu'était entrée la balle. Quand le docteur l'avait retirée, l'os n'avait pas guéri correctement.

Cale croyait qu'elle pourrait un jour recommencer à courir, mais elle en doutait fort.

Il ne sait pas.

Il n'a pas vu ma jambe.

C'était un désastre ; il manquait des morceaux de chair et certaines zones étaient dépigmentées, à cause des sutures, suite à la raclée de Saul. Tess ouvrit le pot, ses joues couvertes de larmes, et y préleva de l'huile du bout des doigts. Elle l'appliqua avec précaution sur l'épiderme irrégulier. Elle sanglota en frottant plus fort, malgré les spasmes douloureux qui allèrent crescendo.

Elle imagina Cale examinant sa jambe, la touchant, et fut submergée par un sentiment de honte et d'embarras. Elle rêva qu'une guérison magique s'opère, par miracle.

Elle posa le pot sur la table de nuit, recouvrit sa jambe avec ses vêtements, puis s'allongea sur le lit, secouée par une violente crise de pleurs.

Elle pensa à sa *madre*, à son cœur amer et brisé d'avoir attendu le retour de Hank toutes ces années, d'avoir aimé un homme qui ne faisait pas assez attention à elle. Mais Hank n'avait pas fait mieux avec Tess. Elle avait désespérément attendu de recevoir de l'amour et de la considération de sa part, elle avait tant voulu qu'il s'occupe d'elle ! Pourtant, au lieu de ça, quand il était enfin venu la chercher, il l'avait immergée dans son univers dangereux auquel elle avait tout juste survécu. Après quoi, il l'avait abandonnée une fois de plus, la laissant chez Tom et Mary.

La seule influence saine et stable qu'elle avait connue dans sa vie avait été celle de son *abuela*. Tess avait adoré sa grand-mère et pleuré que leur temps imparti ait été écourté de la sorte. Même si elle portait aussi le deuil de sa *madre*, cette perte-là lui était si amère qu'elle en gardait un goût métallique dans la bouche. Sa *madre*, par son égoïsme, avait emporté l'*abuela* de Tess avec elle dans le monde des morts.

¿ Por qué la madre ?

Le feu qui avait englouti la petite demeure avait fait de Tess une orpheline. Malgré les tentatives de Hank d'être un père, au fil des ans, il n'avait fait qu'échouer, encore et toujours.

Voilà où elle en était aujourd'hui, à traquer son amour une fois de plus. Elle essuya ses yeux mouillés et gonflés. Elle était folle d'être ici ! Elle ferait peut-être mieux de partir et de laisser Cale le poursuivre tout seul.

Non. Hank entendra ce que j'ai à lui dire.

Malgré la honte, malgré la douleur, elle comptait persévérer. Elle trouverait un moyen de devenir plus forte, et pas seulement physiquement, mais également psychiquement.

Elle parviendrait à devenir l'héroïne de sa propre histoire.

Fitz était assis à son bureau, en compagnie de Cale. Kitty avait décommandé le déjeuner, préférant se reposer pendant la sieste de Tess. Fitz avait alors suggéré à Cale de discuter des problèmes que rencontrait l'armée, ces derniers temps.

— Les Apaches continuent leurs raids, dit-il en s'appuyant au dossier de sa chaise. On a vraiment cru que les choses allaient se tasser, quand Taza et Naiche, les fils de Cochise, ont accepté d'aller à San Carlos, l'été dernier. Même les Apaches qui résistaient étaient redirigés vers la réserve, à Ojo Caliente, au Nouveau-Mexique. Mais il y avait plus de quatre cents de ces merdeux portés disparus, alors le bureau en charge des Indiens a choisi de ne pas s'occuper d'eux. Maintenant, on est autorisés à les traiter comme des ennemis.

— Comment ont-ils attrapé Geronimo ?

— Quand John Clum, un très bon agent indien, si tant est qu'il y en ait, a rencontré les Chiricahuas, l'an dernier, il a dû les convaincre de se rendre. Ils ne s'en faisaient pas une joie. Évidemment, ils avaient apprécié leur liberté, dans la réserve de Chiricahua – qui n'avait rien d'une réserve, si tu veux mon avis. Les Apaches avaient une trop grande marge de manœuvre ; ils continuaient à franchir la frontière pour faire des pillages. Au Mexique, ils étaient furax et à juste titre. Alors, Clum a dit aux Indiens que c'était terminé, qu'ils devaient se rendre à San Carlos. Chef Juh était présent, mais comme il bégayait, Geronimo a parlé en son nom. Il a dit qu'ils iraient, mais c'était un mensonge. Cette nuit-là, ils se sont échappés par centaines. Étranglant leurs propres chiens pour les empêcher d'aboyer. Alors, pour se sortir de l'embarras, Clum a su qu'il devait attraper Geronimo. Il lui a tendu un piège à Ojo Caliente ; il est arrivé à ses fins. Il a ensuite envoyé Geronimo à San Carlos, enchaîné.

Fitz secoua la tête.

— Mais il y a encore des Apaches en liberté. Ce sont de sales petites raclures, je te le dis ! Le dernier problème en date, c'est un raid qui a eu lieu près de Sonoita. Les Apaches ont volé du bétail et des chevaux dans un ranch, avant d'enlever un garçon qui s'appelle Douglas. Son oncle, Sid Haverly, est fou furieux et veut qu'on le lui ramène. Je le comprends, mais tu peux facilement imaginer les problèmes logistiques que ça représente. Si tu sais quoi que ce soit qui pourrait nous aider, Cale, je t'en serais reconnaissant.

Cale y réfléchit un instant.

— Mon séjour dans la bande de Mohan remonte à trois ans. Il est difficile de deviner où ils peuvent être aujourd'hui.

— C'est sûr. Les groupes se font et se défont à une telle vitesse !

— Quand a été enlevé le garçon ?

— Il y a deux semaines.

— Il se peut qu'il ait déjà été troqué.

— Je sais. J'ai envoyé des éclaireurs. Combien de temps penses-tu rester ?

— Quelques jours. Je crois que Tess a besoin de repos. Je serai ravi d'aider, si je le peux, Fitz, mais tu sais à quel point ces choses-là peuvent déraper facilement.

Fitz soupira.

— C'est bien vrai, malheureusement.

— Le garçon est peut-être toujours en vie.

— Tu n'as jamais raconté grand-chose du temps que tu as passé avec les Apaches, Cale. Ta loyauté est-elle tiraillée entre deux camps, maintenant ?

Cale sourit, mais sans humour.

— Je me fie plus aux amitiés, maintenant. Et tu ne peux pas nier que certains Apaches sont de bonnes personnes.

Fitz se tortilla sur sa chaise en laissant échapper un rire éraillé.

— Ouais, c'est vrai, mais j'en ai plus que marre d'avoir affaire avec ceux qui n'en sont pas.

CHAPITRE ONZE

Ce soir-là, Kitty, Fitz, Cale et Tess se retrouvèrent autour d'une grande table pour dîner dans le mess avec plusieurs officiers. Capitaine Fitzgerald présida, après avoir installé sa femme à sa gauche, puis Cale et Tess à sa droite. Les hommes de Fitz attendirent patiemment, raides, en regardant droit devant eux ; après quoi, ils remplirent les places vides comme s'ils formaient une seule et même entité.

Tess se retint de sourire. Leur discipline était impressionnante, mais ils ne pouvaient dissimuler leur empressement, face aux délicieux mets fumants dont les effluves sortaient des plats et des casseroles, posés sur une table voisine.

Il y eut peu d'échanges, en début de repas, jusqu'à ce qu'un des officiers désigne Cale d'un mouvement du menton.

— Monsieur Walker, j'ai entendu dire que vous aviez reçu la médaille d'honneur.

Tess se tourna vers Cale.

— Vous avez été décoré ?

Fitz rompit le pain au levain et sauça le ragoût de cerf dans le fond de son bol.

— C'est le cas.

Cale se resservit du café corsé.

Il voulut remplir la tasse de Tess, mais elle déclina d'un signe de main. Quand il devint évident qu'il ne comptait pas donner de détails, elle se tourna vers le capitaine.

— Que s'est-il passé ?

Les autres hommes attablés, et Kitty également, tournèrent leur attention vers le capitaine Fitzgerald.

— Ça remonte à la campagne de la Rocky Mesa, commença Fitz. J'étais présent. Comme je doute que Cale vous en fasse le récit, je jouerai le rôle du conteur pour ce soir.

Il jeta vers Tess un regard interrogateur.

— Si vous me le permettez, ma chère.

— Mais bien sûr, répondit-elle.

— C'était en 1869. Le président de l'Apache Pass Mine, un certain John Stone, s'est fait attaquer par les Indiens, alors qu'il voyageait à bord d'une diligence postale, près des Dragoons. Lui, le cocher et une escorte de quatre soldats de Bowie ont été tués. C'était un coup de Cochise et de sa bande. Une fois le carnage terminé, les Apaches ont décidé de voler un groupe de bœufs en route pour la Californie, acheminés depuis le Texas. À cette occasion, ils ont tué un homme, mais un autre est parvenu à leur échapper et il est arrivé jusqu'ici. Un groupe de cavaliers est alors parti à la poursuite des Indiens. Cochise savait qu'il ne pourrait pas traverser la frontière vers le Mexique, alors il a dévié sa route pour partir dans les montagnes Chiricahua, jusqu'à Rucker Canyon. C'est là que tu as rejoint le détachement, Cale, c'est bien ça ?

— Ouais.

Il s'appuya au dossier de sa chaise et posa un bras sur la table.

— Le capitaine Bernard, si je me souviens bien, a mené l'assaut, poursuivit Fitz. Je n'ai jamais eu beaucoup d'estime pour cet homme.

— Tu n'es pas le seul, murmura Cale.

— Pourquoi ? demanda Tess.

— Le Rucker Canyon est truffé de cèdres et offre un immense promontoire rocheux, expliqua Fitz. Les Apaches, qui n'avaient d'habitude que des arcs et des flèches, s'étaient dégotté des armes à feu. Les soldats n'avaient aucune chance de gagner du terrain, malgré les tireurs d'élite qu'ils avaient postés sur une colline voisine. Il faisait froid, il pleuvait, et l'affrontement a duré une semaine. Cale et les autres ont tenté d'atteindre ce plateau, mais ils étaient sans cesse repoussés par la ténacité des Indiens. Bernard était pugnace, certains ont raconté qu'il a ordonné à ses hommes de livrer bataille en faisant fi de toute prudence. C'est bien vrai, Cale ?

— Il est toujours plus facile de juger les événements une fois qu'ils sont passés. Je n'aimais peut-être pas Bernard, mais en voyant qu'on ne gagnerait jamais, il a retiré ses troupes.

— Je sais qu'on a perdu des hommes méritants, ce jour-là. Bernard a sollicité trente-et-une médailles d'honneur et Cale en a reçu une pour avoir tenté d'assaillir ce plateau, encore et encore, malgré tous les risques.

Tess lança un coup d'œil à Cale, à ses côtés.

— Où trouvez-vous un tel courage ? demanda-t-elle à voix basse.

— Ce n'est pas une question de courage, Tess. J'étais pétrifié. Quand deux hommes ont reçu une balle dans la tête, on a été quelques-uns à refuser d'abandonner leurs corps. On ne voulait pas que les Apaches les mutilent.

— Vous les avez récupérés ?

Cale secoua la tête.

— Au bout du compte, non. C'était trop dangereux.

— Et maintenant, Cochise n'est plus de ce monde, dit Fitz.

À Tuscon, Tess avait entendu parler de la mort du célèbre chef indien, environ trois ans plus tôt.

— Vous avez dû tous être contents, quand il est mort.

Fitz se pencha en arrière pour laisser un soldat débarrasser son assiette.

— On espérait qu'après ça, la menace apache disparaîtrait. Cochise avait tenté de se racheter, dans l'intérêt de son peuple. On ne pouvait que le respecter. Tu l'avais rencontré, Cale ?

Cale hocha la tête.

— Il était intelligent et pragmatique. Pas le genre d'homme facile à piéger.

— Non, c'est sûr.

La conversation dévia vers les affaires quotidiennes du fort ; mais, après avoir entendu l'histoire de la bataille et du rôle de Cale, Tess avait l'envie absurde de prendre sa main et de la garder dans la sienne.

— Avez-vous déjà utilisé l'huile ? lui demanda-t-il en se penchant vers son oreille.

Elle hocha la tête.

Il lui sourit.

— Je me disais bien que vous aviez une odeur de gland.

Elle eut chaud au visage, mais la taquinerie fut bienvenue. Plus le temps passait, plus elle était à l'affût des moments qu'elle pouvait passer avec Cale. De plus, sa présence dissuadait les autres hommes de lui prêter trop d'attention. Elle avait beau ne pas se voir comme un personnage de romance irrésistible, elle était une des rares femmes au fort et Kitty représentait pour tous une figure maternelle. Auprès de Cale, Tess se sentait en sécurité.

Lorsque la soirée toucha à sa fin, Cale la fit monter sur Gideon et guida le cheval en main jusqu'à la maison des Fitzgerald. La lune éclairait les collines vallonnées qui entouraient le fort.

Arrivés au poteau d'attache, il l'aida à mettre pied à terre, détacha sa canne et la lui tendit, puis fit un pas en arrière. Elle appréciait qu'il n'envahisse pas son espace.

— Vous être confortablement installée ? lui demanda-t-il.

— *Sí*, mais Kitty ronfle !

Elle ajouta rapidement, inquiète de paraître ingrate :

— Juste un peu.

— Si ça peut vous consoler, Fitz aussi !

Elle rigola.

— Alors, ils sont bien assortis !

Elle se dirigea vers le perron, Cale à sa suite.

— Que pensez-vous de la situation avec les Apaches ? lui demanda-t-elle par-dessus son épaule.

— C'est complexe.

Elle se tourna face à lui. La lumière allumée dans les maisons alignées des officiers projetait une douce lueur par les fenêtres.

— Pensez-vous que la tribu dans laquelle vous étiez se trouve dans une des réserves ?

Cale s'appuya contre un pilier en bois.

— Je n'en suis pas sûr, mais à mon avis, non.

— L'armée ne la protègera pas.

— Je sais.

Même dans l'obscurité, Tess perçut la tension de sa mâchoire.

— Vous vous en inquiétez ?

— Parfois.

Tess coinça une mèche de ses cheveux derrière son oreille.

— Vous avez dû être proche d'eux.

— De certains d'entre eux, oui. À une époque, j'étais proche de Hank, aussi. Les temps changent.

— Vous avez déjà été marié ?

Il avait peut-être eu une femme, chez les Apaches… elle venait d'y penser. Ça aurait pu expliquer qu'il soit resté si longtemps auprès d'eux.

— Non. Pas même fiancé.

Elle fut étonnée de s'en voir ravie. Alors qu'un silence gêné s'installait entre eux, elle demanda tout à coup :

— Voulez-vous que je vous raconte une *historia* ?

— Bien sûr. Avec plaisir.

Tess s'installa sur une chaise à bascule et posa sa canne à côté d'elle. Elle imagina Kitty se prélasser ici, dans la chaleur des après-midis d'été. La menace apache mise à part, les montagnes Chiricahua représentaient un environnement très ressourçant. Tess sentit la nature autour d'elle la protéger dans l'écrin de ses bras. Cale s'assit sur une autre chaise ; il étendit ses longues jambes et croisa ses bras sur sa poitrine.

Elle se mit à raconter, en contemplant le ciel nocturne et les collines à perte de vue.

— Il était une fois, *un lobo* – un loup – qui vivait dans les montagnes, au Mexique. Il était très malin et prenait grand soin de sa meute. Les gens qui vivaient dans les collines des environs l'entendaient hurler, la nuit, avec les loups des montagnes. Mais on racontait que c'était lui le chef, qu'il était plus gros et plus fort que les autres. Les humains furent de plus en plus nombreux à venir s'installer là, occupant de plus en plus de terres. En plus de construire des maisons, ils chassaient les animaux du secteur. Au bout d'un moment, la nourriture des loups se raréfia, ce qui les poussa à se rapprocher des maisons. Ils commencèrent à tuer du bétail. Donc, la tête du chef de meute fut mise à prix. Ils l'appelèrent *Gran Uno*, le colosse. Des pièges furent posés ; pourtant, nuit après nuit, ils restaient vides. Ça dura des semaines. La prime fut majorée et des chasseurs affluèrent de loin. L'un d'eux en particulier était résolu à vaincre *Gran Uno*. Il posa des pièges plus élaborés en prenant soin de les cacher et d'effacer toute odeur humaine ; pourtant, *Gran Uno* les esquivait tous. Pour le chasseur, c'était devenu une bataille d'esprits qu'il était déterminé à remporter. Une nuit, il tomba sur une piste, celle d'empreintes plus petites dans les parages où *Gran Uno* avait été aperçu. Le chasseur pensa qu'il pouvait s'agir de celles d'une louve, potentiellement de la femelle de *Gran Uno*. Alors, au lieu de traquer le loup alpha, il entreprit de piéger la femelle. Elle n'était pas aussi maligne que le mâle et se fit bientôt prendre. Sous la lumière de la pleine lune, plusieurs hommes entrèrent, aux côtés du chasseur, dans la clairière où une belle louve argentée hurlait, ses quatre pattes prises dans le piège. Le chasseur, exalté par son succès, la regarda sans grands remords. Au loin, à la lisière de la forêt, il vit enfin le colosse. *Gran Uno* se dressait là ; il poussait des hurlements désespérés face au sort de sa louve, mais il était trop malin pour s'approcher. Le chasseur passa une corde autour du cou de la femelle et, d'un mouvement sec, le brisa. La peine de *Gran Uno* fut immense et il pleura sa louve, des nuits durant. Le chasseur, bien que troublé par l'immense chagrin du loup, complotait toujours pour le piéger. Il savait que la clé était la louve argentée. Il utilisa son odeur comme appât dans les pièges et parvint à leurrer *Gran Uno*. Il le captura. Mais lorsqu'il s'approcha du loup alpha et que leurs regards se croisèrent, le chasseur fut bouleversé par le courage et l'insoumission qu'il vit dans les yeux du colosse. Il ne put se résoudre à tuer l'animal. Alors, au lieu de ça, il lui lia les pattes et le musela, le chargea sur son cheval et le rapporta au village. Là, le loup fut enchaîné. Cette nuit-là, *Gran Uno* mourut. Le chasseur sut qu'il était mort de chagrin. Dès lors, il fut incapable de perpétrer les tueries qui avaient été son gagne-pain jusqu'ici. Avec la disparition du loup et la mort du grand amour de *Gran Uno* sur la conscience, une partie de lui-même s'était brisée aussi. Mais des cendres de son cœur, une lumière s'éleva vers son âme. Il devint l'ami des loups et fit vœu de les protéger.

Tess se tut. Ce conte la rendait toujours triste. Elle ne savait pas vraiment pourquoi elle avait choisi de le raconter à Cale, si ce n'était qu'il parlait de rédemption.

— C'est une bonne histoire, Tess, dit Cale à voix basse.

— Le chasseur me fait penser aux gens comme vous et Hank.

— On a tous fait des choses dont on n'est pas fier. Me croyez-vous encore aussi impitoyable ?

— Non, dit-elle avec une profonde conviction. Mais Hank l'est, n'est-ce pas ?

Le silence de Cale fut sa seule réponse.

— *Dios* absoudra les péchés de tout individu qui les regrette vraiment, dit-elle.

— Je doute que vous ayez jamais péché.

Elle fut incapable de lever les yeux vers lui.

— Et si je vous disais que je suis responsable de l'agression ?

— Racontez-moi ce que vous voulez ; jamais vous ne me ferez croire que vous méritiez ce que Saul vous a fait.

Elle inspira un bon coup et se lança, avant de changer d'avis.

— Après avoir passé un certain temps auprès de Hank, j'ai commencé à comprendre que ce qu'ils faisaient, ses hommes et lui, n'était pas toujours… légal. Il essayait de me le cacher et parfois aussi de *me* cacher, concrètement parlant, par sécurité. Mais au bout du compte, il ne pouvait pas dissimuler ce qu'il était.

La voix de Tess, pleine d'une amertume qui l'étonna elle-même, avait pris du volume. Elle avait tant voulu croire que son *padre* était un homme bien qui servait la justice à travers ses actes. Mais ce qu'il faisait n'était pas toujours louable.

— Vous avez connu Jim Bennett ? demanda-t-elle.

— Ouais. Il faisait partie de la bande de Hank, mais il n'était pas avec nous, lors du massacre des Apaches. Je ne l'ai pas revu, depuis ce temps-là.

— Malheureusement, vous ne le reverrez plus de son vivant. Ils l'ont tué.

— Pourquoi ?!

Le ton tranchant de Cale lui fit froid dans le dos.

— Il y avait eu un incident, le long de la frontière

mexicaine, quelques mois plus tôt. Un groupe entier de *putas* avait été assassiné. Je ne suis pas sûre de savoir lequel d'entre eux avait fait ça, Hank, Saul ou Walt, mais ils avaient passé leur chemin. La justice ne se soucie généralement pas des meurtres de prostituées ; mais un marshal américain avait été pris dans les tirs croisés et il est mort de ses blessures. La balle que les docteurs ont trouvée dans son corps a permis de remonter jusqu'à un vieux Colt-Paterson. Saul portait une arme de ce genre et, même si ce n'était pas une preuve suffisante, il était visiblement inquiet – parce qu'il était coupable, voilà pourquoi. Il a brouillé les pistes en plaçant l'arme dans les affaires d'une femme, sûrement une autre *puta*, et par une série de circonstances malencontreuses, elle a été incriminée. Ça a mis Jim hors de lui.

— Elle lui était liée ?

— Je pense que oui, répondit Tess d'une petite voix. J'avais toujours bien aimé Jim. Il était le plus gentil d'entre eux.

Cale se pencha en avant et appuya ses coudes sur ses genoux.

— Ce n'était pas un mauvais bougre.

— Il a dû ruminer sa colère et sa peine un certain temps, mais ensuite, il a décidé de tous les dénoncer. Saul l'a appris, je ne sais pas comment. On était à Tuscon, quand j'ai surpris une conversation entre Walt et lui, à propos de ce qu'ils prévoyaient de faire. Ils me croyaient endormie. Je ne pouvais pas les laisser assassiner Jim sans rien faire.

Elle se balança lentement sur la chaise à bascule pour s'aider à garder un pouls régulier. Comme sa jambe devenait douloureuse, elle s'agrippa aux accoudoirs.

— Qu'avez-vous fait ? demanda Cale.

— J'ai pris un cheval et je suis partie. Jim était retardé en dehors de la ville. Je devais le prévenir.

Le regard intense de Cale la stoppa dans ses mouvements de balancier.

— C'était terriblement dangereux…

— Par la suite, j'ai pensé que si je ne m'en étais pas mêlée, Jim serait peut-être encore en vie, dit-elle en secouant la tête. Je ne sais pas.

— Que s'est-il passé ?

— Saul et Walt ont débarqué et nous ont surpris. Saul m'a immédiatement accusée de trahison ; il a insinué que j'essayais de séduire Jim. Ensuite, tout s'est passé très vite… quelqu'un a dégainé, il y a eu des coups de feu… et Jim est tombé. Je ne sais pas exactement qui l'a abattu. Ensuite, Saul a insisté pour que je sois punie. Walt n'était pas d'accord, mais Saul a prétendu haut et fort que Hank savait ce que j'étais venu faire ici et qu'il lui avait laissé le soin de gérer la situation.

— Tess…

Cale étendit un bras et lui prit la main. Elle fut étonnée de le voir si compatissant.

— J'aurais peut-être dû les laisser faire. Si ça se trouve, Jim n'était pas aussi vertueux que je le croyais. Je les ai trahis, n'est-ce pas ? Visiblement, Hank a voulu que je sois punie.

— Mais pourquoi est-ce que tu veux le retrouver, nom de Dieu ?! demanda-t-il, les dents serrées, ce qui contractait les muscles de sa mâchoire.

Il lui prit les mains et les serra dans les siennes. Elle ne put se défaire de l'impression qu'il s'y accrochait comme s'il allait se noyer.

— Parce que je mérite de savoir pourquoi il a laissé Saul s'en prendre à moi de cette façon.

Les larmes lui montèrent aux yeux et elle fut incapable de les refouler.

— Je me demande aussi s'il est resté à l'écart par crainte de me regarder en face. Je compte lui dire que je lui pardonne.

Cale sentait son cœur battre dans ses tempes et Tess entendait chaque respiration laborieuse qu'il prenait.

— Il ne le mérite pas, Tess, répondit-il enfin.

— Tout le monde mérite une seconde chance. Ce chasseur a commis l'impensable envers la femelle de *Gran Uno* ; mais au bout du compte, il a dédié sa vie à se racheter.

Cale se leva brusquement de sa chaise, tendu comme un arc, et passa ses doigts dans ses cheveux courts.

— Ce n'est qu'une histoire ! Ce n'est pas la vraie vie.

Il donna un coup au poteau d'attelage avec la paume de sa main, ce qui fit sursauter Gideon.

— Vous avez tort.

Elle tremblait de l'intérieur et sa colère fit surface sans crier gare.

— Les histoires sont plus réelles que la pâle existence qu'on traverse, tous autant qu'on est. Je ne renoncerai pas à trouver Hank. Je ne le laisserai pas disparaître en croyant qu'il est toujours l'homme qu'il était autrefois. Je peux l'aider à changer. Comme les Apaches l'ont fait pour vous.

Cale éclata d'un rire bref, mais dénué d'humour. Il secoua la tête.

— Vous êtes trop bonne pour lui. Vous êtes trop bonne pour nous tous.

— Vous vous trompez. Si je n'essaye pas d'aider Hank, alors je ne vaux pas mieux que lui.

Elle devait tenter de sauver l'âme de son *padre*.

— Tess, vous avez toujours été meilleure que Hank. Si vous ne croyez jamais un mot de ce que je raconte, souvenez-vous au moins de ça.

La conviction de Cale résonna en elle. Il pensait ce qu'il disait. Personne ne l'avait jamais défendue comme ça, personne n'avait eu foi en elle, malgré ses actes. Ça combla, ne serait-ce qu'un tout petit peu, le manque de confiance en elle qui était devenu comme une seconde nature, ces dernières années. Cale ne la rejetait pas ; au contraire, il la regardait, il la regardait *vraiment*, sans détourner les yeux.

Était-ce ce qu'on pouvait ressentir en étant conforté dans la main de Dieu ? Cale était indéniablement un pont entre deux mondes.

CHAPITRE DOUZE

Cale dormit mal, hanté qu'il était par les révélations de Tess. Hank avait souvent choisi comme terrain de jeu la frontière entre la justice et sa justice personnelle ; ils s'étaient disputés maintes et maintes fois, à ce propos. Mais pourquoi n'avait-il pas fait d'efforts, dans l'intérêt de Tess ? Pourquoi diable l'avait-il gardée auprès de lui en l'exposant aux zones d'ombres sordides et terrifiantes qui étaient indissociables des vies passées entre chien et loup ?

Comment avait-il pu permettre à Saul de *gérer la situation* ? Hank savait quel genre de type était Miller. Tess n'aurait même pas dû s'en sortir vivante. Ça en disait long sur la force de son instinct de survie. Et maintenant, il était question de sa volonté à retrouver un père qui ne le méritait pas… Cale ne comprenait pas cette capacité à pardonner.

Il n'avait même pas pu en faire bénéficier son propre père.

Il se réveilla au tempo rapide et staccato du clairon joué sur la place d'armes ; il comprit tout de suite que quelque chose n'allait pas. Il sauta de son lit de camp.

— Que se passe-t-il ? demanda-t-il à Fitz qui passait près de lui.

— Des Apaches approchent.

Cale s'habilla rapidement et boucla sa ceinture, maintenant autour de sa taille ses armes à feu. Il se coiffa de son Stetson et se dirigea vers les écuries, où un soldat sellait Bo. Il rejoignit une vingtaine d'hommes qui se rassemblaient, à cheval, sur la zone de défilé militaire.

Comme c'était déjà le cas, à l'époque où Cale était à Bowie, le régiment déclinait un assortiment d'uniformes. La plupart des gars portaient leurs vêtements d'écurie, une tenue en toile qu'ils mettaient pour panser leurs chevaux. Leurs vestes supposées leur arriver aux genoux étaient rentrées dans leurs pantalons et, bien qu'initialement blanches, toutes étaient à présent couvertes de terre, de suie et de crasse, au point de se fondre dans le paysage. D'autres portaient des vestons croisés de mineurs, bleu marine et gris. Malgré la journée chaude qui s'annonçait, plusieurs soldats avaient enfilé une veste sombre à quatre boutons. Toutes les têtes étaient couvertes de coiffes allant des casquettes ordinaires aux calots et aux chapeaux mous aux rebords rabattus.

C'était un sacré pot-pourri !

Au signal de Fitz, ils quittèrent le camp.

L'unité se dirigea sans traîner vers les montagnes Chiricahua, au sud, suivant les sentiers battus que Cale connaissait bien, comme un puma investit son territoire. Après trois kilomètres, Fitz ordonna à la brigade de faire halte. Cale savait pourquoi ; l'étroit canyon devant eux représentait un piège potentiel. C'était un poste idéal pour des Apaches voulant les décimer depuis les hauteurs.

Cale poussa Bo à la hauteur de Fitz qui regardait dans une longue-vue.

— Ça alors… c'est Daniels, un de mes hommes, dit-il. Il avait disparu, depuis cinq jours. On l'a cherché ; on ne savait pas s'il était mort ou s'il s'était enfui. Certains le font parfois.

Il tendit la jumelle à Cale.

Dans l'image grossie, il vit un homme recroquevillé par terre, plus loin dans le canyon. Il aperçut deux Indiens, mais il y en avait forcément d'autres.

— J'en reconnais un, dit Cale. Laisse-moi y aller !

— Ils voudront quelque chose en échange. S'ils ne te tuent pas d'abord.

— Qu'avez-vous, comme monnaie d'échange ?

— Deux garçons qu'on a attrapés ; ils essayaient de voler des chevaux.

— Ça peut expliquer pourquoi ils ont pris Daniels.

— C'est plus que probable, répondit Fitz. Dis-leur qu'on relâchera les garçons à la tombée de la nuit, s'ils libèrent Daniels. Et toute information concernant le garçon de Sonoita serait la bienvenue. Arthurs et Manchester, accompagnez-le ! Lehi aussi !

Il désigna l'éclaireur indien.

— Il pourra traduire pour toi, si ta pratique de la langue apache est un peu rouillée.

— Et que fais-tu de mon espagnol ?

— Il faudrait vraiment que Tess te donne des cours…

Ce n'était pas une mauvaise idée. Passer du temps avec elle devenait un de ses passe-temps préférés. Mais la réalité le plomba tout à coup. Il était toujours possible qu'il se fasse tuer.

— Tu prendras soin d'elle ? demanda-t-il.

— Tu as ma parole ; mais ce ne sera pas nécessaire. Sois prudent, mon ami.

Cale se redressa et rajusta son chapeau. Il sentait le poids de ses deux colts à ses hanches. Il tira sa Winchester de son fourreau et la posa en travers de ses cuisses, devant lui, avant de mettre son cheval au trot.

S'approchant du corps recroquevillé de Daniels, il fit ralentir Bo et, par la même occasion, les deux soldats d'infanterie et l'éclaireur. Il épia les buissons, en quête de tout mouvement. Deux Apaches à cheval se montrèrent. Cale fit halte en tirant sur ses rênes.

Il adressa un signe de tête au guerrier de gauche.

— Jack.

Le jeune homme était connu sous le nom de Jackrabbit ; quand Cale vivait chez les Apaches, il ne s'entendait pas avec lui. Il avait grandi et s'était étoffé. Une bande de tissu bleu était nouée autour de sa tête et barrait son front, au-dessus de ses yeux qui lui avaient valu son surnom ; il était rusé comme un lièvre. Ses cheveux noirs et raides tombaient sur ses larges épaules.

— Change of Heart, répondit Jack. Ça fait longtemps…

— Ton anglais s'est amélioré.

Ce à quoi Jack répondit en langue apache. Cale ne comprit pas ; sa maîtrise de la langue n'avait jamais été très élaborée.

Jack reprit en anglais.

— Mais tu n'es plus un Apache.

Il eut un rire plein de mépris.

— Par contre, ton nom te va toujours. Est-ce que tu vends ton allégeance au plus offrant, comme une femme qui ouvre ses jambes pour de l'argent ?

— Comment va Mohan ?

Le chef de la tribu avait rechigné à tolérer la présence de Cale ; mais après un certain temps, une amitié s'était forgée entre eux.

— Il est prudent.

Jack plissa les yeux ; sa contrariété était palpable.

— Alors, je l'ai laissé à ses méthodes pacifiques. Je trace ma propre route, maintenant.

— Qu'est-ce que tu veux ? demanda Cale en jetant un coup d'œil à Daniels qui paraissait à bout de forces, mais toujours conscient. Il passa rapidement en revue les armes des Indiens : lances, haches, arcs et flèches ; chacun avait également un pistolet passé dans la ceinture de son pantalon.

Ils n'avaient pas l'air sur le point de se battre, ce qui détendit un peu les muscles dorsaux de Cale. Mais il y avait toujours la question des autres Indiens, ceux qui devaient attendre, cachés, avec des fusils braqués sur eux, pendant qu'ils discutaient.

— Que vous nous rendiez nos garçons, dit Jack. On propose de libérer ce lâche en échange.

— Marché conclu.

— Je dois te croire sur parole ?

Le silence de Cale fut sa seule réponse.

— Très bien, dit Jack en faisant un rapide mouvement de tête en direction de Daniels.

Arthurs et Manchester mirent pied à terre pour aider l'homme blessé à se relever. Il avait le visage meurtri et ensanglanté. Ils l'aidèrent à rejoindre l'un des chevaux et partirent avec lui. Cale ne bougea pas. Il sentit la présence de Lehi, l'éclaireur apache, toujours derrière lui, malgré les regards noirs que lui lançait perpétuellement le guerrier chevauchant aux côtés de Jack. Cale avait appris une chose, en se battant contre les Apaches, puis en vivant avec eux : ils étaient loin d'être lâches. Ils se battaient jusqu'au bout et tenaient bon, même quand leurs chances semblaient dérisoires. Cale éprouvait un profond respect envers eux et, dans le même temps, il savait ne jamais devoir en sous-estimer un seul.

— Un garçon a été enlevé, dans la région de Sonoita, dit Cale. Son oncle voudrait qu'on le lui rende. Tu es au courant ?

Jack sourit et lança un coup d'œil vers un escarpement rocheux, à sa droite. Ce fut bref, mais suffisant. Cale sut où se tenaient les tireurs.

— Et pourquoi est-ce que je t'aiderais, dans cette histoire ? demanda Jack.

— On a *deux* garçons apaches. Tu ne m'as rendu qu'*un* White Eyes. Vous nous en devez un autre.

Jack le fixa d'un regard songeur. Finalement, il répondit :

— Mais je t'ai, toi. Et si je te laisse la vie sauve, alors on sera quittes.

— Tu sais bien que je ne suis pas ton ennemi, dit Cale. J'ai voyagé avec les esprits apaches. Aujourd'hui encore, je porte un *ha-dintin* sur moi.

Même s'il lui arrivait de porter la pochette de pollen sacré de maïs autour de son cou, il la gardait la plupart du temps dans ses sacoches de selle. Mais dans son départ hâtif, ce matin, il l'avait laissée au fort. Il croisait les doigts pour que l'Indien ne demande pas la preuve de ce qu'il avançait.

Jack poussa un soupir.

— Cocheta a toujours prétendu que tu avais un lien avec notre peuple.

Il secoua la tête.

— Mais c'est difficile, de faire confiance à un *pindah*, quand ils ont été si nombreux à nous trahir.

— Cocheta a été miséricordieuse, répondit Cale. La miséricorde ne s'oublie pas facilement.

La vieille Apache lui avait sauvé la vie, et plutôt deux fois qu'une. Elle l'avait soigné, après l'attaque du puma et plus tard, elle l'avait protégé contre la tribu, soutenant fermement qu'il avait un lien avec des forces supérieures, suite à l'attaque.

— Elle a pris ta défense, quand l'Irlandais est venu, dit Jack.

— Hank ?!

Cale sentit une bouffée d'inquiétude se soulever en lui. Son mentor était-il retourné massacrer d'autres Indiens ? Son estomac se retourna. Il ne voulait pas demander, il ne voulait pas savoir, mais c'était le comportement d'un lâche ; et vivre en fermant les yeux détruisait petit à petit l'âme d'un homme. Cale tenait à garder les yeux ouverts, même si c'était douloureux.

— La tribu de Mohan est encore en vie ? demanda-t-il avec la gorge nouée.

— Oui.

Il souffla, tout en essayant de minimiser l'ampleur de son soulagement, mais sans y parvenir.

— Tu te soucies d'eux tant que ça ? demanda Jack.

— C'est si difficile à croire ?

— L'Irlandais n'a pas arrêté de parler de toi.

— Tu sais où il se trouve ? demanda Cale.

— Pourquoi ?

— Sa fille est avec moi. Elle le cherche.

Jack resta un instant silencieux, puis répondit :

— Il est dans les Dragoons.

— Merci à toi.

— Les garçons ? demanda Jack.

— Il seront libérés au coucher du soleil. Tu as ma parole. Tu peux retirer tes tireurs.

Jack hocha la tête.

— Je me renseignerai, pour le garçon des White Eyes.

— Encore merci.

— Tu n'étais pas aussi reconnaissant, quand tu étais avec la tribu.

— Bien sûr que si. Je n'étais qu'un homme mort, à mon arrivée.

Jack émit un son approbateur.

— Peut-être que tu es encore mort. Peut-être que tu es revenu pour trouver ton esprit apache. Il t'appelle encore.

Cale ne pouvait nier la part de vérité dans les paroles de Jack.

Une fois de plus, Tess épia l'entrée du fort, tout juste visible depuis le perron des Fitzgerald où elle était assise, toute seule, un verre de limonade à la main. Ce matin, elle avait entendu dire qu'un groupe d'hommes était parti affronter des Apaches et que Cale en était. Une angoisse croissante ne l'avait plus lâchée depuis.

Kitty sortit de la maison.

— Comment pouvez-vous supporter ça ? lui demanda Tess en levant les yeux de son livre de Tennyson.

De toute façon, elle n'avait fait que simuler la lecture.

— Vous voulez dire, attendre, pendant que les hommes font leur boulot ?

Kitty planta ses mains sur ses larges hanches.

— Ça fait partie du décor, Tess. Je pourrais vivre en ville, loin d'ici et de la menace omniprésente, mais je ne verrais jamais Reed. Et il serait toujours en danger de mort, potentiellement. Lorsque le Seigneur vous rappelle à Lui, il n'y a pas grand-chose à faire. Je ne vais pas gaspiller le temps précieux que je peux passer auprès de mon mari. Et je m'occupe de ces garçons – je leur prépare un gâteau, le jour de leur anniversaire, je leur tiens la main et leur éponge le front, quand ils sont blessés. Je leur fais même la lecture, les mardis et les jeudis.

Son visage s'illumina et Tess retrouva la Kitty qu'elle connaissait.

— Hey, j'ai appris que vous étiez conteuse ! Accepteriez-vous de raconter une histoire, ce soir ? Pour tous les gars ? Je suis sûre que ça leur ferait plaisir. Et vous êtes plus agréable à regarder que moi.

Tess se sentit tout à coup nerveuse ; elle n'avait jamais mis ses compétences de conteuse à l'épreuve d'un si grand public.

— N'ayez pas l'air si apeurée, Tessie ! Je resterai juste à côté de vous. Tout se passera bien.

Kitty lui tapota l'épaule.

— Je peux peut-être essayer. Laissez-moi trouver *una buena historia*.

À ce moment-là, un groupe de cavaliers arriva et Tess aperçut Cale, sur Bo. Sa grande silhouette était facile à repérer parce qu'il ne portait pas d'uniforme, mais aussi parce qu'il sortait du lot, tout simplement. Tess se retint de courir vers lui – d'ailleurs, elle n'aurait pas pu le faire, avec sa jambe.

Un moment plus tard, il la rejoignit.

— Est-ce que tout va bien ? lui demanda-t-elle.

— Ouais.

— J'étais… inquiète.

Elle était toujours dans le fauteuil à bascule.

— Inutile. Je me débrouille très bien tout seul.

Elle acquiesça en silence.

— J'ai une piste, pour Hank, ajouta Cale. Je pense qu'on devrait reprendre la route demain, à la première heure.

— Pour aller où ?

— Dans les Dragoons. Hank est avec les Apaches.

Ce soir-là, Tess était assise dans un coin du mess, des hommes réunis autour d'elle, certains debout, d'autres assis. Kitty était installée sur une chaise, Fitz à sa gauche ; Cale était appuyé à un poteau, à peine un peu plus loin. La pleine lune trônait dans le ciel, illuminant la place d'armes qu'on voyait par la fenêtre.

Tess tenta de calmer les battements de son cœur et lissa sa jupe avec la paume de ses mains. Le fait qu'elle ait choisi de conter une histoire lui venant de son *padre* ne lui facilitait pas la tâche. Elle respira un bon coup et s'interdit de penser à lui.

« Il y a fort longtemps, les puissants Vikings débarquèrent en Irlande. Il y avait un garçon nommé Brian, un guerrier de la tribu des Dal Cais. C'était le fils d'un grand roi. Son père avait été le roi de Munster. À présent, c'était Mahon, le frère de Brian, qui était sur le trône. Mais Brian cachait en son cœur un secret : une diseuse de bonne aventure lui avait dit qu'il serait lui-même un jour le plus grand roi d'Irlande

« Brian était sur son cheval, une lance à la main ; il écoutait les cris de guerre. Les Vikings chargèrent et Brian attendit nerveusement la collision des troupes. Les Vikings étaient nombreux, trop nombreux, et Brian n'arrivait pas à distinguer son frère dans la bataille, au loin. Les Vikings étaient forts ; ils repoussèrent leur troupe jusqu'aux portes de la forteresse qu'ils envahirent.

« Le soleil se leva sur un sinistre état des lieux. Les maisons avaient été détruites et la mère de Brian avait été tuée. Bouleversé, Brian alla trouver son frère. Il lui parla d'abord d'une voix tremblante, mais qui gagna progressivement en détermination. « Je jure de venger la mort de ma mère et de ne trouver le repos qu'une fois ces Vikings chassés d'Irlande pour toujours ! »

« Mahon comprit que son frère, encore jeune pourtant, avait changé. La tragédie de ce jour funeste avait fait de lui un homme rempli d'une rage implacable. « Bien parlé, mon frère. Nous combattrons côte à côte. »

« Les années passèrent. Ils livrèrent de nombreuses grandes batailles. Brain devint grand et fort, plus encore que Mahon. Un jour, Mahon proposa de signer un traité de paix avec les Vikings. Ils étaient trop puissants et il refusait que d'autres compatriotes soient encore tués.

« Mais la haine de Brian était encore vive. Il ne pouvait pardonner aux Vikings d'avoir ôté la vie à sa mère. Il se désolidarisa de son frère, emmenant beaucoup d'hommes avec lui. Il avait développé de grandes compétences guerrières et il attendit le bon moment pour attaquer les Vikings une fois de plus.

« Finalement, une grande bataille eut lieu à Munster, entre les Irlandais et les guerriers vikings, menés par leur chef, Ivar. Mahon, le frère de Brian, fut tué. À peine Brian fut-il proclamé roi de Munster qu'il défia Ivar en duel. Il régna ensuite sur presque toute l'Irlande, comme l'avait prédit la diseuse de bonne aventure.

« Mais un autre homme le défia : Malachy, roi de Meath. Au bout du compte, bien qu'ils soient tous les deux très tenaces, ils tombèrent d'accord sur une trêve. Malachy accéda aux requêtes de Brian. En l'an mille deux, Brian Borumha, Brian des Tributes, devint le Grand Roi d'Irlande. »

Tess se tut pour mettre fin au récit et le laisser se diffuser dans l'esprit et dans le cœur de ses auditeurs. Son *abuela* donnait toujours autant d'importance aux silences qu'aux histoires elles-mêmes.

Un conte quittera tes lèvres pour voler jusqu'à ceux qui t'écouteront. Tu dois lui laisser le temps d'atterrir. Tess se souvenait de la vénération que lui inspirait son *abuela*, quand elle racontait une histoire. Elle savait qu'elle n'atteindrait jamais son niveau de compétences, mais elle continuerait de s'entraîner. Ce faisant, elle honorait tout ce que Dolores Rios Campos avait été.

— Bravo, Tess !

Kitty applaudit.

Les hommes se relevèrent ; certains s'approchèrent pour la remercier. Elle perdit Cale de vue.

Les soldats de l'infanterie et de la cavalerie étaient attentionnés et respectueux. Tess avait apprécié de discuter avec plusieurs d'entre eux, elle devait bien le reconnaître. Peut-être arriverait-elle à nouveau à vivre en compagnie des hommes.

Cale se fraya enfin un chemin jusqu'à elle et lui soutint le coude, signe que la soirée touchait à son terme. Était-ce le fruit de son imagination, ou les hommes s'écartaient-ils vraiment de Cale en se retirant ?

Il adopta le rythme lent de ses pas pour rejoindre Gideon qui attendait dehors. Elle se mit à cheval en montant par la droite, comme elle le faisait toujours, en s'appuyant sur sa bonne jambe pour mettre son pied dans l'étrier. La tenant par la taille, Cale accompagna son impulsion pour l'aider à se mettre en selle en la soulevant facilement. Il guida Gideon en main, jusqu'à la maison des Fitzgerald.

— Les hommes se sont vite dispersés, quand vous m'avez rejointe, dit-elle. Ils vous craignent ?

— S'ils sont malins, oui.

— Pourquoi ?

— Ils savent que pour *vous* atteindre, ils devront en découdre avec *moi*.

Cette déclaration la surprit.

— Ils ont été très polis. Je ne me suis pas sentie menacée.

— Ils ne vous menacent pas, Tess. Mais j'imagine que plusieurs d'entre eux aimeraient vous courtiser.

— Vous courtisez les femmes, vous ?

— Je ne pense pas être très doué pour ça ; mais pour l'élue de mon cœur, je ferais de mon mieux.

Malgré l'obscurité, elle aperçut un soupçon d'amusement dans l'expression de son visage.

Elle se sentit enveloppée par une vague de chaleur qui se diffusa jusqu'à ses joues, ce qui n'était pas une sensation désagréable.

Cale lui plaisait bien, inutile de le nier.

Mais à cette pensée, un élan de panique se souleva en elle et lui oppressa la poitrine.

Cale lui lança un regard.

— C'est Hank, qui vous a raconté cette histoire ?

Elle sauta sur l'occasion de détourner son attention de sa peur incontrôlable.

— Oui. Il parlait souvent de l'Irlande. Je pense qu'il ne s'est jamais remis d'en être parti, quand il était petit.

— Ça me fait penser aux Apaches qui se battent pour leur terre natale. C'est un dilemme sans fin.

— J'imagine.

— Vous êtes très éloquente, Tess. Vous avez envoûté tous les hommes.

— Même vous ?

— Je pourrais difficilement me prétendre insensible à vos charmes.

Elle déglutit péniblement ; son cœur battait à tout rompre. Une irrésistible envie de s'enfuir la prit d'assaut. Mince, alors… si seulement cette terreur pouvait laisser ses nerfs en paix !

Comme ils avaient atteint leur destination, Cale fit faire halte à Gideon et souleva Tess de la selle avec aisance, pour la poser doucement au sol.

— J'aimerais partir à l'aube, demain, dit-il.

Il s'attarda un instant, avant de détacher les mains de sa taille.

— Je serai prête, murmura-t-elle.

Puis, elle le dépassa rapidement pour atteindre le perron des Fitzgerald, le cliquetis de sa canne résonnant dans le silence étouffant.

— Tess…

Sa voix l'arrêta dans son élan comme un hameçon. Elle se retourna vers lui.

— Vous pourriez rester ici. Ce serait moins risqué. Dans les Dragoons, des Apaches pourraient être n'importe où, en autres dangers.

Des dangers comme vous ?

— Je comprends.

Sans son chapeau, le visage de Cale était exposé à la caresse de la lune. Ses yeux bleus accaparèrent son attention. Il était vraiment bel homme. Un élan de désir la prit de court.

— Comment va votre jambe ? lui demanda-t-il.

— J'utilise l'huile que vous m'avez donnée et je marche un peu plus chaque jour, sans ma canne. L'infusion m'aide à dormir. Je promets de ne pas vous ralentir.

— Bon, alors je vous souhaite une bonne nuit de sommeil.

— Moi aussi.

Il se tut.

Elle essaya de s'imaginer l'embrasser et cette pensée raviva les battements de son cœur.

Il lui adressa un hochement de tête et s'en alla avec Gideon, en direction des écuries. La lenteur de son départ était-elle un signe de réticence ? Avait-il envie de rester ? Avait-*elle* envie qu'il reste ?

Tess entra dans la maison des Fitzgerald.

Kitty arriva peu de temps après.

— J'ai entendu que vous partiez demain matin, Cale et vous. Je peux vous aider à emballer de la nourriture et à faire vos bagages, si vous voulez.

— C'est très gentil. Comment pourrais-je jamais vous remercier, Kitty ?

— Oh, pfff ! fit-elle en balayant son commentaire de la main. Veillez bien sur Cale, c'est tout. D'accord ?

— Pourquoi dites-vous ça ?

— Parce que cet homme est en train de s'attacher à vous, et j'ai peur qu'il prenne des risques inconsidérés pour tirer un trait sur votre passé.

Tess eut chaud au cœur, mais très vite, une nouvelle inquiétude s'ensuivit.

Et s'il arrivait malheur à Cale ?

CHAPITRE TREIZE

Cale fit avancer Bo dans la direction opposée au soleil levant, tenant Moses en longe, chargé de matériel, d'eau et de nourriture. Tess chevauchait à ses côtés. Fitz avait aimablement détaché deux soldats de l'infanterie pour les accompagner. Mathison leur ouvrait la route et Dunlap la refermait, derrière eux. Ils portaient tous deux des carabines Springfield et des révolvers Colt Single Action Army, fournis par le gouvernement. Cale les suspectaient d'avoir également un ou deux couteaux dans des fourreaux cachés sous leurs vêtements.

Ils empruntèrent des sentiers pour sortir des montagnes Chiricahua et pénétrer dans une vaste plaine que traversaient les diligences postales du Butterfield Stage et les convois de chariots acheminant des marchandises jusqu'à Camp Bowie. Les deux soldats se turent pour se concentrer uniquement sur leur mission : protéger Cale et Tess.

Ils se déplacèrent à vive allure pendant un certain temps, puis ralentirent pour laisser les chevaux souffler.

Cale ruminait à propos de Tess.

Il s'inquiétait de sa présence dans ces contrées sauvages,

avec les Apaches qui rôdaient toujours dans les parages. Ce n'était pas prudent. Tenter de retrouver Hank lui faisait ressasser les mêmes pensées, en boucle. Tout ce que Tess lui avait dit concernant son père et Saul lui était resté en travers de la gorge et lui laissait un goût amer. Il avait toujours su Hank capable de cruauté, mais… envers sa propre fille ? Écœuré et désabusé, il faisait de son mieux pour lutter contre son obsessionnelle envie de vengeance.

Il avait déjà éprouvé ce genre de sentiment, quand il combattait les Apaches avec l'armée. Il avait alors été si facile de les haïr, de les tuer de sang-froid sans le moindre remords ! Ils avaient réservé le même sort à tant de ses camarades. Mais à la fin, après les avoir pourchassés sans relâche jusqu'à la fameuse poursuite menée par Bernard, en 1871, il en avait eu assez. Ils chassaient les Apaches comme des chiens et Cale avait fini par perdre le goût des représailles. La plupart d'entre eux n'étaient que des femmes et des enfants. En partant travailler avec Hank, il avait cru pouvoir redorer le blason de la justice dans son esprit et dans son cœur ; les méchants furent une fois de plus clairement identifiés.

Mais arriva un autre massacre d'Apaches – et le sauvetage inattendu des mains mêmes de ceux qu'il avait tenté d'exterminer.

La tribu de Mohan savait qu'il avait participé aux campagnes menées contre les Indiens et peut-être aux ravages commis cette nuit-là, avec Hank, avant qu'il ne lui tourne le dos ; pourtant, pour une raison incompréhensible, ils avaient choisi de lui laisser la vie sauve. Il avait frôlé la mort, dans la gueule du puma, et Cocheta avait considéré l'événement comme un présage particulier. Pourtant, d'après Cale, ça n'avait pas dû être leur seule raison de l'épargner.

Ils l'avaient nommé Change of Heart. Il avait beau contenir une certaine ironie, ce nom était profondément synonyme de rédemption, à ses yeux. La tribu de Mohan avait extrait une partie de lui enfouie, l'essence du garçon qu'il avait été, pour la lui rendre. C'était un cadeau qui n'avait pas de prix et, aujourd'hui encore, il ne cernait pas comment ça s'était produit.

Alors, à présent, la colère qu'il ressentait envers Hank – et Saul – était modérée par le jeune Cale en lui, cette part de lui-même qui aspirait à une vie meilleure, qui cherchait à pardonner et à se faire pardonner. Tess et lui menaient le même combat, dans ce domaine.

Il la regarda à la dérobée, à califourchon sur son cheval.

Elle racontait des histoires d'amour, de chagrin et de trahison, mais son cœur était soigneusement protégé par une armure. Il avait parfois surpris en elle une étincelle de passion et s'était permis d'espérer en être le destinataire, mais sans pouvoir en être sûr.

Ce doute était-il ce qui l'attirait vers elle ? Cherchait-il uniquement à se prouver qu'il pouvait la séduire ? Il avait déjà joué ce jeu avec d'autres femmes, dont il s'était vite désintéressé.

Avec Tess, se permettre une chose pareille était hors de question.

— Et si vous me parliez de votre famille, Cale ?

— Qu'aimeriez-vous savoir ? répondit-il, ravi de la distraction.

— Avez-vous grandi au Texas ?

— En grande partie. Mon père nous a fait quitter la Virginie quand j'avais quinze ans. Comme je vous l'ai dit, ma mère est morte avant la guerre de Sécession, en donnant naissance à mon petit frère.

— Combien de frères avez-vous ?

— Deux. Joey et T.J.

— Et maintenant, vous avez une sœur.

— Ouais.

Cale rajusta son chapeau. L'infidélité de son père n'aurait

pas vraiment dû le surprendre, mais cette révélation lui avait quand même fait un choc.

— Mon vieux était un cas… il l'est toujours. À une époque, à mon avis, j'ai voulu que Hank prenne sa place.

— On cherche tous l'amour et l'attention. Qui est mieux placé pour nous en offrir que nos parents ?

— Quand ils en sont capables.

Il regarda, au loin, les montagnes vers lesquelles ils se dirigeaient.

Les Dragoons sortaient de terre comme les dents d'un coyote. Des falaises escarpées s'érigeaient autour de failles profondes, mais Cale se souvenait aussi des zones de pure beauté qu'elles renfermaient, avec des pins, des ruisseaux rafraîchissants et des graminées bleues. Il s'imagina étendu, à l'ombre, Tess souriant à ses côtés…

— Cale, je me demandais… enfin, je voulais savoir…

Elle hésita.

— Je ne vais pas vous manger, Tess.

— Vous êtes resté si longtemps avec les Apaches… Êtes-vous un de ces hommes qui ont… eh bien, parfois, les hommes se mettent à fréquenter des femmes… Hank l'a fait avec *mi madre.*

— Non. Je n'ai pas eu de chérie apache. Les femmes apaches ne couchent pas avec les gringos ; elles pensent qu'on est porteurs de maladies.

— Quoi ? Oh…

Il aima la voir rougir et ne put s'empêcher de sourire. Elle avait abandonné son accoutrement boutonné jusqu'au cou pour une chemise bleue, décolletée, au-dessus de sa jupe à carreaux usée. Avec sa natte noire un peu lâche, posée sur son épaule, elle lui rappelait la première fois où il l'avait vue, devant la grange des Simms, à l'aise, amicale et même, s'il osait le dire ainsi, heureuse.

— Les Apaches sont travailleurs et gentils, poursuivit-il. Ils sont aussi profondément superstitieux. Un petit conseil : si on en rencontre, ne parlez jamais de hiboux.

— Pourquoi ?

— Ils en ont une peur phobique. Les *Búú* sont considérés comme la présence des enfers sur terre.

— C'est bon à savoir.

Elle se tut un instant, avant de demander :

— Comment le puma vous a-t-il surpris ?

Il jeta un coup d'œil en arrière pour regarder Moses qui les suivait d'un pas tranquille. La mule était vraiment de bonne composition. Cale aurait cru avoir plus de fil à retordre avec elle.

— Après avoir tourné le dos à Hank et aux autres, j'ai longé la Sierra Madre pendant toute une journée.

Il ne mentionna pas Saul, ne voulant pas que le nom de cet homme entache l'atmosphère entre eux.

— J'avais l'impression d'être suivi, mais je pensais que c'était par un Indien. Cette nuit-là, j'ai gardé un œil ouvert, mais au bout d'un moment, j'ai dû m'assoupir. Mon cheval a commencé à s'agiter. Je me suis réveillé juste au moment où le puma l'a attaqué. Il faisait nuit noire. J'avais mon révolver et j'ai tiré en l'air pour ne pas blesser mon cheval, mais le puma s'est retourné contre moi. Il devait être fou, pas dans son état normal. Je n'ai pas pu l'arrêter. Il m'a laissé en piteux état.

— Vous n'avez pas l'air d'avoir gardé des séquelles, dit-elle. Vous n'avez aucune cicatrice au visage.

— Si vous m'y faites penser, tout à l'heure, je vous montrerai mon épaule. *El león* a broyé mon bras droit. J'ai mis beaucoup de temps à pouvoir à nouveau tirer correctement.

— Comment avez-vous réussi à guérir de vos blessures ?

— Les Apaches croient aux vertus des bains de vapeur avec des herbes. J'ai aussi fait travailler mon bras tous les jours et je me suis entraîné au tir jusqu'à ne plus pouvoir tenir mon arme, tellement j'étais fatigué. Vous ne devriez pas abandonner, pour votre jambe, Tess.

— Est-ce qu'un bain de vapeur pourrait m'être utile ?

— C'est possible. Il me faudrait un jour ou deux pour vous construire une hutte de sudation. Je pourrais vous en faire une à notre retour à Tuscon…

— Où irez-vous, quand notre mission sera terminée ?

— Au Texas, probablement. Mon vieux commence à… l'être vraiment.

— Et vous vous installerez là-bas ?

— Il sera peut-être temps.

— Si ça ne dépendait pas de votre père, où aimeriez-vous habiter ?

— Après avoir vécu un peu dans le Colorado, ça ne me dérangerait pas d'y retourner. Vous connaissez ?

Elle acquiesça.

— J'y suis allée une fois, avec Hank. Il m'a emmenée à Denver. C'était un peu écrasant. Je pense que je préfère les montagnes.

— Ouais, moi aussi.

Une vision de Tess et lui dans un chalet niché dans les Rockies lui apparut spontanément. Il imagina d'abord une petite fille qui serait le portrait craché de la femme à ses côtés ; et puis la charmante silhouette de Tess dans son lit, la nuit. Il détourna son regard d'elle.

Voyager avec Tess Carlisle commençait à devenir un doux supplice.

À LA TOMBÉE DU JOUR, ils arrivèrent aux contreforts des Dragoons, face est, et y établirent un campement.

Les soldats qui les accompagnaient les quittèrent, comptant avancer encore un peu avant de s'arrêter pour la nuit. Le lendemain, ils continueraient leur route vers Tuscon, pour des affaires militaires.

Fatiguée d'avoir chevauché toute la journée sous la chaleur écrasante du soleil, Tess était contente de faire halte.

Cale lui avait proposé, à deux reprises, de descendre de cheval pour marcher un moment sans sa canne, histoire de renforcer sa jambe. D'une fois sur l'autre, elle parvenait à gagner un peu de temps, avant que la douleur ne se réveille. Elle commençait à envisager la possibilité qu'il ait raison, qu'avec du temps et de l'entraînement, sa jambe puisse se renforcer.

Cale s'occupa des chevaux et de Moses. Il les sécurisa dans une zone herbeuse qui avait miraculeusement survécu à la brûlure du soleil, grâce à l'ombre d'un acacia tordu. Tess s'occupa de son côté de préparer une potée de navets et de viande de cerf fumée, sur le feu de camp.

Après avoir fini de manger et de faire la vaisselle, Tess s'excusa pour aller trouver un peu d'intimité derrière l'acacia en boitant, mais bien décidée à ne pas utiliser sa canne. Elle fit un brin de toilette, puis s'arrêta un moment pour regarder la lune encore presque pleine qui brillait dans le ciel étoilé. Les chevaux s'ébrouèrent un peu plus loin et elle décida d'aller les voir. Gideon l'accueillit amicalement en la poussant avec son nez et, à sa grande surprise, Bo en fit autant. Elle se délecta de leur affection. S'approchant de Moses, elle se fit rabrouer, ce qui la fit sourire aussi.

— Je te laisse tranquille, chuchota-t-elle.

En retournant vers Cale resté près du feu, elle buta contre une pierre et trébucha. Elle tomba sur le côté et sa jambe handicapée percuta violemment un rocher. Elle dut crier, parce que Cale se précipita vers elle.

— Que s'est-il passé ? demanda-t-il. Je commençais à m'inquiéter…

— Rien.

Contrariée par sa faiblesse, elle tenta de repousser les mains de Cale pour se relever toute seule, mais sa jambe se déroba. Il la rattrapa et l'aida à se mettre debout.

— Je suis tombée, c'est tout ! Ça va aller. Donnez-moi une seconde.

Cale la souleva dans ses bras et la porta pour retourner près du feu. Il la posa sur sa couche et s'agenouilla devant elle.

— Tess, vous voulez bien me laisser y jeter un coup d'œil ?

Elle paniqua.

— Non !

— Que craignez-vous ? Que je n'aie jamais rien vu d'aussi affreux dans ma vie ?

Sa gorge nouée l'empêcha de répondre.

Il ôta sa veste et se mit à déboutonner la patte de sa chemise en batiste bleue. Tess sentit l'angoisse la paralyser.

— Qu'est-ce que… qu'est-ce que vous faites ?

— Je veux vous montrer *ma* blessure.

— Oh…

Elle ne pouvait vraiment pas lutter contre son ambivalence. D'un côté, *n'importe* quelle avance d'un homme manifestant pour elle un intérêt sexuel déréglait son rythme cardiaque et lui donnait envie de s'enfuir instantanément. D'un autre côté, une pointe de curiosité lui soufflait parfois à l'oreille et elle se demandait comment ce serait, avec un homme aimant, et quelle magie cachée pouvait renfermer ce genre de relation. Elle avait de nombreux contes à son répertoire, dont certains parlaient de ces désirs foudroyants et irrépressibles entre un homme et une femme, de ces amours si forts qu'ils peuvent changer le monde. Pouvait-on croire à ces histoires ? À quoi mènerait d'aimer un homme comme Cale ?

Il fit passer sa chemise par-dessus sa tête et se tourna face à Tess. Elle baissa les yeux sur son épaule droite. Marbrée et défigurée, elle était couverte de cicatrices s'entrecroisant comme une toile d'araignée. D'autres marques s'étendaient vers son torse et sa cage thoracique, empêchant par endroits la repousse des poils. Il fit pivoter son buste pour lui montrer une grande zone de chair abîmée, juste au-dessus de son pantalon.

— L'attaque a dû être impressionnante… murmura-t-elle, ébahie par cette vision. Vous avez encore mal ?

— Parfois, mais c'est presque comme une douleur fantôme qui accompagne la mémoire des souffrances initiales.

Elle hocha la tête pour lui dire qu'elle comprenait.

— Les muscles ont été atteints ?

— Certains. Je ne peux pas faire une rotation complète du bras.

— Comment arrivez-vous à tirer ?

— Je me débrouille bien, maintenant. J'ai appris à me servir de mon bras gauche, pour pas mal de choses.

Elle ravala sa réticence et remonta sa jupe vers sa taille, le jupon avec. Incapable de regarder Cale, elle garda les yeux baissés. Elle tira sur la jambe de son caleçon autant que possible, puis fit rouler son bas jusqu'au bord de sa botte pour que Cale puisse voir son genou.

Il se rapprocha d'elle et posa une de ses grandes mains sur le côté de son mollet, ce qui la fit tressaillir involontairement.

— Là, doucement… dit-il en examinant sa jambe à la lumière du feu.

Elle essaya de surmonter sa gêne, mais son corps se mit à trembler. Elle focalisa son attention sur Cale, tout près d'elle, observant ses larges épaules et remarquant l'éclat d'un peu de sueur sur ses bras musclés. Malgré ses déformations, on voyait bien qu'il était fort. Elle se sentit à la fois perturbée et attirée.

Il posa son autre main sur sa jambe et la chaleur de son contact se diffusa en elle. Tandis qu'il examinait délicatement sa vieille blessure, elle se mit à trembler de plus belle. Son cœur s'emballait dans sa poitrine et elle eut bientôt du mal à respirer.

Cale releva la tête vers elle et, pendant un instant, ils se regardèrent droit dans les yeux. La tristesse qu'elle vit se refléter dans les siens la prit au dépourvu.

— Tess, je ne vous ferai pas de mal.

Il repositionna son bas avec précaution, puis la jambe de son caleçon et sa jupe, et s'éloigna d'elle. Il renfila sa chemise.

Tess sentit la tension s'évacuer de son corps, remplacée par un profond épuisement.

— Je sais.

Elle avait à peine pu prononcer ces deux mots à voix haute.

— Votre jambe n'est pas en si mauvais état.

Il se servit d'un bâton pour remuer un peu le feu.

Elle essaya de ne pas pleurer, mais une larme roula sur sa joue. Heureusement, Cale fit semblant de le rien remarquer.

— La blessure s'étend bien au-delà de la jambe, dit-elle d'une voix rauque.

Là, il leva les yeux vers elle ; mais elle garda les siens rivés sur les flammes.

— Vous pouvez guérir de ça aussi.

Elle baissa la tête.

— Comment ?

Elle ne put retenir un sanglot.

— De quoi rêvez-vous ?

Elle s'essuya le visage et fronça les sourcils.

— Je ne suis pas sûre de bien comprendre votre question.

— À quoi ressemblent vos rêves, généralement ?

— Je vois *mi abuela*.

Elle modifia la position de sa jambe blessée pour la replier. C'était douloureux, mais ça aidait parfois à réduire les élancements.

— Je rêve souvent d'elle, en fait. Je fais aussi des rêves avec Hank, qui sont généralement teintés de colère – ou plutôt, je m'y vois en colère. Je me sens comme une harpie. Et dans certains rêves, je vois… Saul. Je n'aime pas ceux-là. J'essaye de ne pas m'en souvenir.

— Les Apaches pensent que les rêves sont bien plus que de simples histoires tournant dans nos têtes, la nuit, dit Cale. En fait, j'ai rencontré beaucoup d'Indiens – et même des *gringos* – qui ont cette même croyance. Les rêves nous permettent parfois de faire la paix comme on ne peut pas le faire en étant réveillé.

— Comment pourrais-je faire une chose pareille ?

— La prochaine fois que vous rêvez de Miller, essayez de bouger différemment, d'être plus autoritaire. Peut-être de vous battre.

Un sentiment de révolte flamba en elle instantanément.

— Je me suis battue !

— Non, ce n'est pas ce que j'ai voulu dire, précisa-t-il en levant une main. Pardon. Je n'insinue rien du tout. Je parlais d'essayer doucement, à l'intérieur du rêve, d'en changer l'issue.

— Mais qu'est-ce que ça changera ? Ça me fera remonter le temps ? Ça empêchera les événements de se produire ?

— Non, bien sûr que non. Mais ça guérira votre esprit.

Ils se regardèrent.

— Ça prendra du temps, mais ça *peut* marcher.

— Cette technique vous a aidé ?

— Oui.

Cale se frotta la nuque, puis posa un bras sur un genou plié. Il souffla de frustration.

— Mais certaines blessures sont profondes. Elles doivent être détachées progressivement, un peu comme les couches d'un oignon. Je travaille encore sur les miennes et j'avoue que j'éprouve encore des remords et de la honte. Mais mes souvenirs ont cessé d'être cuisants comme des piqûres de guêpes.

Il demanda d'une voix compatissante :

— Combien de temps voulez-vous continuer à souffrir ? Des mois ? Des années ? Vous avez dix-huit ans, Tess. Vous êtes une belle jeune femme avec une jambe blessée, qui envisage de rentrer au couvent pour qu'aucun homme ne la touche plus jamais. Si c'est ce que vous souhaitez vraiment, alors qu'il en soit ainsi. Mais ne laissez pas un enfoiré vous voler votre vie entière, sans vous laisser l'opportunité de choisir. Et quand je parle d'enfoiré, je ne vise pas seulement Saul, mais Hank aussi.

— Vous dites ça comme si c'était la plus simple des choses à faire !

— Évidemment que ce n'est pas simple. La vie est une merde infâme, des fois.

Il secoua la tête.

— Excusez mon langage, mais je n'aime pas vous voir vous recroqueviller comme un animal apeuré.

En repensant aux tremblements qu'elle avait eus tout à l'heure, elle eut honte.

Cale s'approcha d'elle et la prit par les épaules.

— Vous *pouvez* surmonter ça ! Tous les hommes n'ont pas l'intention de vous faire du mal.

Il leva les mains vers ses joues et prit son visage dans ses mains.

Elle sut qu'il allait l'embrasser.

Elle en avait envie, mais en même temps, son corps se crispait. Alors, elle ferma les yeux.

— Allez-y, murmura-t-elle.

Elle fut surprise de sentir ses lèvres effleurer très légèrement les siennes. Lentement, il accentua leur contact, l'embrassant avec douceur. Mais peu à peu, il intensifia leur union. Tess trouva ça tendre à pleurer, plus doux qu'elle ne l'aurait jamais imaginé. Pourtant, elle tremblait de la tête aux pieds et respirait trop vite, ce qui l'empêchait de garder son calme et d'apprécier son premier vrai baiser.

Il s'installa près d'elle, agenouillé. Elle avait toujours les yeux fermés. Il caressa de son pouce sa lèvre inférieure et frotta son nez contre sa joue.

— Regarde-moi, Tess.

Il l'avait ordonné d'une voix douce.

Elle ouvrit les yeux. Il se tenait là, le visage près du sien et un léger sourire au coin des lèvres. Il ne touchait que son visage, rien d'autre.

Elle lisait du désir dans son regard, mais il ne semblait pas vouloir précipiter les choses.

Même s'il mettait un point d'honneur à se raser régulièrement, sa barbe naissante la piquait. Malgré sa retenue, il l'embrassa cette fois avec une avidité grandissante, réveillant un désir qu'elle sentit se diffuser dans son ventre. Il sentait le café et le ragoût qu'ils venaient de manger ; ça lui plut.

Quand il s'écarta d'elle, elle se pencha vers lui et l'embrassa à son tour, refusant de rompre ce contact. Il répondit à son élan en moulant sa bouche à la sienne. Elle lui saisit les poignets ; elle avait envie de le toucher, mais hésitait à prendre d'autres initiatives.

Leur baiser se fit plus passionné et, quand Tess ouvrit la bouche, il glissa brièvement sa langue entre ses lèvres. Choquée, elle se figea.

Il recula un peu, tout en restant à quelques centimètres d'elle.

— Tu n'as pas à t'inquiéter, dit-il. Tu peux décider du rythme. Et tu peux me dire d'arrêter à n'importe quel moment.

Elle avait envie de le croire.

— Pourquoi fais-tu ça, alors qu'il existe d'autres femmes qui ont beaucoup moins de problèmes que moi ?

Il sourit en prenant un peu de recul.

— Parce qu'elles ne sont pas toi.

Elle ne sut quoi dire.

Le pensait-il vraiment ? Et si ce n'était pas le cas, était-ce important ?

Peut-être serait-elle capable de faire à nouveau confiance et de savoir si une vie au couvent était vraiment la meilleure option.

Cale l'interpelait comme la magie dans une histoire ; il lui redonnait espoir à travers les mots qu'il sous-entendait. Le goût de sa bouche s'attardait sur ses lèvres et son corps vibrait sous l'effet d'autre chose que la panique.

— J'ai quelque chose qui pourrait soulager ta douleur à la jambe, dit-il.

Elle le regarda retirer du feu deux pierres de la taille d'un poing, en les éloignant des flammes à l'aide d'un bâton. Ensuite, il les mit dans un sac à céréales vide.

Il revint près d'elle et s'accroupit. Elle se demanda s'il allait l'embrasser à nouveau.

— Je vais mettre ça autour de ton genou, dit-il. Ensuite, tu devrais essayer de dormir. La chaleur aidera à détendre les muscles.

Il suspendit son geste en attendant sa permission ; elle hocha la tête. Il releva sa jupe et entoura sa jambe abîmée avec le sac contenant les pierres chaudes. Tandis qu'il empaquetait son genou, elle s'installa sur sa couche. Puis, il rabaissa la jupe et posa une couverture sur elle.

Il retira de ses affaires une pochette en daim et trempa un doigt dans la substance jaune qu'il contenait.

— Ouvre la bouche, lui dit-il.

— C'est quoi ?

— *Ha-dintin*. C'est du pollen de maïs qui est très sacré, selon les Indiens. On lui reconnaît notamment un pouvoir de guérison.

Elle le laissa faire glisser son doigt sur sa langue pour y déposer la substance. La poudre épaisse avait un léger goût sucré.

Il se pencha et déposa un baiser sur son front. Elle lui prit la main pour l'empêcher de s'éloigner. Sans réfléchir, elle leva son visage vers lui pour l'embrasser.

Malgré la terreur qui lui soulevait le cœur, elle avait très envie que Cale perçoive le feu vert qu'elle lui donnait.

— J'aurais dû faire chauffer des pierres pour toi plus tôt, murmura-t-il, la bouche contre la sienne.

— *Gracias*, répondit-elle à voix basse.

— Dors bien, Tess. Laisse-moi faire la sentinelle, pour une fois.

Il resta près d'elle et elle apprécia de dormir en sa compagnie.

CHAPITRE QUATORZE

Cale se réveilla avant l'aube. Il s'assura que les chevaux et Moses se portaient bien, puis raviva le feu. Il réchauffa du café, essayant de ne pas faire de bruit pour ne pas réveiller Tess qui dormait paisiblement, enroulée dans sa couverture. Le ciel commençait à s'éclaircir et il put l'observer un peu mieux. Il se dit qu'il était content d'être à nouveau seul avec elle.

Si seulement ils pouvaient renoncer à l'idée de retrouver Hank ! Ils pourraient rejoindre les montagnes du Colorado et passer l'automne dans un chalet isolé, pourquoi pas ? La perspective d'une vie simple avec Tess le tenta d'une façon inattendue.

Il restait un peu de ragoût. Il le mit à réchauffer et attendit, en profitant pour sortir son *ha-dintin* et en souffler une pincée vers le soleil levant.

Il prononça la prière à voix basse.

— *Gun-ju-le, chigo-na-ay, si-chi-zi, gun-ju-le, inzayu, ijanale.*

Il contempla le nouveau jour qui se levait, puis replaça le sac autour de son cou et le glissa sous sa chemise. Il boutonna sa veste.

— Qu'est-ce que ça veut dire ? demanda Tess.

Il se retourna. Elle venait de se réveiller.

— Sois bienveillant, Ô soleil, sois bienveillant.

— Tu fais ça tous les matins ?

Il hocha la tête. Il servit le café et lui en apporta une tasse. Elle s'assit en repoussant le sol et il s'installa à côté d'elle.

— *Gracias*.

Elle but une gorgée de café.

— Bien dormi ?

— *Sí*. Incroyable, mais vrai.

— Ce doit être grâce à mes baisers magiques.

Un léger sourire étira les lèvres de Tess. Il aimait la voir comme ça, douce, encore à moitié endormie, quand ses yeux ne reflétaient pas encore les ombres noires de la peur tapie au fond d'eux.

— Peut-être qu'il existe vraiment des baisers spéciaux, dans ce monde, reconnut-elle.

— Tu es très jolie, à la lumière du lever du jour, murmura-t-il.

— Ce doit être le *ha-dintin. Mi abuela* disait, chaque matin : *gracias, Papito Dios, por el milagro de un otro dia de la vida.*

— Merci, ô mon Dieu, pour le miracle d'un nouveau jour à vivre, traduisit Cale.

— *Muy bien.*

— J'essaye de faire des progrès en espagnol.

— Tu en fais.

Sa voix rauque l'enveloppa et il ressentit une soif qui n'avait rien à voir avec la déshydratation.

Il l'embrassa. Voyant qu'elle ne le repoussait pas, il passa une main derrière sa tête et son baiser se fit plus avide. Il aurait aimé allonger Tess sur le dos, par terre, et prendre le temps de découvrir son corps avec application, mais il n'était pas assez bête pour la croire prête pour ça.

Sa réaction n'était pas aussi timide que la veille, ce qui lui donna de l'espoir. Il l'embrassa sur les joues, puis se délecta de sa bouche comme d'un ruisseau dans une oasis luxuriante. Il passa ses doigts dans ses cheveux, puis sur son cou.

Elle se figea.

— Tess, tout va bien.

Il ramena sa main sur son visage et passa doucement son pouce sur ses lèvres.

— On devrait manger ce ragoût et tu devrais boire ton café, avant qu'il ne refroidisse.

En la regardant, il vit ses yeux brumeux.

— Si tu continues de m'embrasser comme ça, dit-il pour la taquiner ; je serai trop distrait pour lever le camp !

Elle se détendit presque imperceptiblement contre lui.

Après le petit déjeuner, ils chargèrent leurs montures, puis les guidèrent le long d'un sentier qui disparaissait dans les montagnes.

— Cale ?

À cheval sur Bo, il se tourna vers elle.

— Comme tu es une sorte de *chamán*, dis-moi quelle issue tu vois à tout ça ?

— Tu parles de Hank ou de nous ?

— Des deux.

Il regarda les montagnes qu'ils étaient sur le point d'atteindre.

— Je pense que la curiosité jouera des tours au chat ; en d'autres termes que retrouver Hank ne sera pas forcément synonyme de paix.

Il écarta ses rênes pour rapprocher Bo de Gideon.

— Quant à notre histoire, j'espère que tu lui donneras une chance.

Il ôta son chapeau et se pencha vers elle pour l'embrasser furtivement. Il fut récompensé par un sourire minuscule et charmant. Il s'imagina être le premier homme à en être gratifié. Il en fut honoré.

— Quelles sont les limites de ta patience ? lui demanda-t-elle.

— Je suis prêt à les mettre à l'épreuve, Tess. Voilà ce que je peux te proposer.

— Alors, je veux bien t'embrasser encore.

Il accepta sa proposition avec un grand sourire et s'attarda sur sa bouche, jusqu'à ce que Bo bifurque, les obligeant à rompre leur contact.

— On ferait mieux d'avancer, dit-il.

Ils pénétrèrent dans les Dragoons en suivant une piste en terre qui passait devant les ruines abandonnées de la station de Dragoon Springs. D'après Cale, les déprédations des Indiens n'avaient pas permis de conserver l'arrêt à cette étape. Après avoir traversé une première partie du paysage en pente, le sentier s'enfonça dans un canyon verdoyant, parsemé de nombreux chênes. Des dômes et des falaises de granit se dressaient au-dessus d'eux.

Il n'était plus venu ici depuis l'époque de l'armée. Des souvenirs plus ou moins amers des poursuites éreintantes lui revinrent en mémoire, teintés d'une peur oppressante et omniprésente. Il se demanda combien d'Apaches vivaient encore par ici. Ils n'étaient sûrement pas les seuls, d'ailleurs… il devait y avoir aussi des éclaireurs de l'armée, des mineurs et même des colons mormons étendant leurs terres vers le sud. Il avait la boule au ventre, un signe qu'il avait souvent attribué à des problèmes imminents, par le passé. Il se mit à l'affût de tout signe d'un récent passage. Un trou à feu rempli de cendres et des empreintes de sabots trahirent la présence de cavaliers devant eux.

Cale n'en pipa mot à Tess ; mais, en milieu d'après-midi, il partit devant pour en avoir le cœur net, la laissant se reposer à l'ombre d'un cyprès.

Il avait parcouru quatre cents mètres, quand son intuition se justifia.

Il vit au loin deux hommes – un Blanc et un Apache – rafraîchir leurs chevaux dans un ruisseau… et le gringo n'était autre que le vieil acolyte de Hank, Walt Lange.

CHAPITRE QUINZE

Cale sortit la Winchester qu'il avait coincée dans sa botte et la posa en travers de ses cuisses. Il n'avait pas l'intention de s'en servir, surtout à bout portant ; mais le message suffirait certainement. Il fit avancer Bo en direction des hommes.

Quand Walt l'aperçut, il dégaina le pistolet qu'il portait à la ceinture.

— Du calme, Walt, dit Cale.

Lorsque Cale arrêta Bo devant les deux hommes, les yeux de Walt s'écarquillèrent progressivement.

— Cale Walker ? Eh ben, ça alors ! Qu'est-ce tu fous là ?

— Je pourrais te retourner la question.

Walt replaça son arme dans son étui. Il n'avait pas beaucoup changé. Il était grand et dégingandé ; il manquait toujours une dent de devant à son sourire hypocrite. Il avait enlevé son chapeau et ses cheveux bruns, grisonnants et emmêlés, se répandaient de part et d'autre de sa grosse barbe grise et de sa moustache.

— Ça fait combien de temps ?

— Pas loin de quatre ans.

Walt jeta un coup d'œil à l'Apache, à côté de lui.

— Lui, c'est One Ear.

L'Indien adressa à Cale un signe de tête. Il avait coupé court ses cheveux noirs et raides, comme le faisaient beaucoup d'Apaches, sans doute pour porter le deuil d'un membre de sa famille.

— Il n'a qu'une oreille, ajouta Walt.

One Ear fixait Cale de ses yeux sombres.

— J'ai entendu parler de toi. Tu étais avec les Nednais. Tu t'appelles Change of Heart.

— C'est juste, répondit Cale. Tu les connais ?

L'Indien hocha la tête, mais ne dit rien de plus.

— Et si tu t'asseyais un moment, histoire qu'on parle un peu ? demanda Walt.

— Avec plaisir.

Cale replaça le fusil dans son fourreau et mit pied à terre. Il installa Bo sur une zone d'herbe.

Walt lui serra la main. One Ear s'éclipsa pour aller s'occuper de leurs chevaux. Cale plongea dans le vif du sujet.

— Où est Hank ?

Walt s'assit sur un talus et prit un morceau de viande séchée. Il en proposa à Cale qui déclina son offre et resta debout, ses colts suspendus à ses hanches.

— J'sais pas, répondit Walt. Je l'ai pas vu depuis un moment ; mais il m'a envoyé une lettre récemment, pour me dire de le rejoindre ici… pour l'aider à chercher de l'or.

Il déchira un bout de viande avec ses dents et se mit à mâcher.

— Tomber sur toi, c'est vraiment inespéré ! Tu peux peut-être m'aider à le trouver. Tu sais où il se cache ?

— Non.

— T'as vraiment vécu avec les Apaches ?

— Ouais.

— Waouh ! C'était comment ? Ils t'ont torturé ? T'as pas crevé de peur ?

— Tu voyages avec un Apache, là. Qu'est-ce que tu en penses ?

— Que One Ear est un vaurien, comme la plupart d'entre eux.

— Je doute qu'il apprécie ton opinion.

Walt éclata de rire.

— Possible. Il m'aide à pister Hank. J'ai sauvé sa femme, quand des abrutis de mineurs ont voulu mettre la main sur elle. Il m'est redevable.

— Je ne savais pas que tu étais capable d'héroïsme, surtout envers une Indienne.

— Tout le monde peut changer.

Peut-être.

Cale se dit que Lange pouvait avoir plus d'indices sur la planque de Hank qu'il n'en avait lui-même ; il se demanda s'ils feraient bien de faire équipe. Mais Tess serait peut-être perturbée de le revoir…

Il n'eut pas à se poser la question longtemps.

— Femme arrive, dit One Ear.

Regardant par-dessus son épaule, Cale vit Tess approcher sur Gideon, tenant Moses en longe derrière elle. Elle était toute blanche. Elle avait donc reconnu Walt. Cale se leva en se tournant vers elle, mais il remarqua le geste de Walt qui venait de poser une main sur son pistolet, à sa hanche. Cale avait Walt et One Ear dans sa ligne de mire et si Lange faisait le moindre mouvement avec ce flingue, il le descendrait.

— Elle est avec toi ? demanda Walt.

— Oui, répondit Cale.

— Son visage m'est vraiment familier…

Cale attendit que Tess se rapproche et arrête Gideon.

Walt renâcla, incrédule.

— Tess ?!

Elle le dévisageait.

— J'ai vraiment cru que t'étais morte !

Walt se rapprocha d'elle, totalement stupéfait.

— Et pourquoi m'avoir crue morte ?

La voix de Tess était monocorde et dépourvue d'émotion.

Walt s'arrêta net et resta silencieux. Tess ne le quittait pas des yeux.

— Peut-être parce que tu étais là, quand Saul m'a agressée… ?

— J'étais pas là, l'interrompit Walt.

— Tu étais juste dehors, pas vrai ?

Elle le transperça d'un regard d'acier.

— Et tu n'as jamais rien fait pour l'arrêter.

Walt jeta des coups d'œil autour de lui, comme pour chercher une issue de secours.

Cale le fusilla d'un regard meurtrier.

— Est-ce que c'est vrai, Walt ?

— Écoutez, c'est fait. Saul est mort. On peut tous tourner la page.

Tess fut stupéfaite.

— Quand est-ce que Saul est mort ? demanda Cale.

Walt gigota, visiblement nerveux.

Après avoir agressé Tess.

Ça n'avait pas de sens. Fitz avait dit avoir vu Saul, depuis.

— Tu l'as tué ?

Walt secoua la tête.

— J'sais pas exactement ce qu'il s'est passé. J'ai pas traîné dans les parages pour le découvrir. Mais tu peux être tranquille, Tess. Saul a eu ce qu'il méritait.

Cale n'en était pas si sûr. Ils allaient devoir passer un peu plus de temps avec Walt Lange.

Tess était assise au bord du ruisseau, Cale à ses côtés. Ils faisaient face à Walter Lange. Elle avait eu un choc, en ayant voulu rejoindre Cale, de le trouver en train de discuter avec ce type. Elle avait redoublé d'efforts pour cacher ses émotions. Walt Lange ne l'avait jamais agressée, ne lui avait jamais rien fait de mal, si on faisait abstraction des ignobles commentaires obscènes qu'il énonçait de temps en temps ; mais il était présent, la nuit où Saul s'en était pris à elle, et il n'avait rien fait pour l'en empêcher.

Maintenant, il prétendait que Saul Miller était mort.

Elle aurait dû être soulagée par une telle révélation ; pourtant, elle se sentait comme émotionnellement anesthésiée.

— Tu es vivante… j'en reviens toujours pas ! dit Walt.

— Je n'ai jamais frôlé la mort, dit-elle.

Ce qui n'était pas tout à fait vrai.

À l'époque où Hank l'avait amenée chez Tom et Mary, elle était restée alitée ; elle était si mal et abattue qu'elle ne pouvait même plus se lever pour faire sa toilette. Elle s'était complètement renfermée et avait cherché un moyen de rejoindre sa *madre* et son *abuela*. Mais on l'avait renvoyée dans le monde des vivants.

— Où est Hank ? demanda-t-elle.

— J'sais pas. J'disais justement à Cale que j'le cherche, moi aussi.

Elle remarqua l'Apache, un peu à l'écart, et se demanda s'ils étaient en sécurité, Cale et elle.

— Si vous voulez, poursuivit Walt ; vous pouvez nous accompagner. On pourrait le chercher ensemble.

Si Walt la croyait morte, est-ce que Hank en pensait autant ? Était-ce pour ça qu'il n'était jamais revenu ?

Elle jeta un coup d'œil interrogateur à Cale. Elle comprit ce qu'il en pensait : qu'ils auraient probablement plus de chances avec lui. Inutile de laisser passer cette opportunité ; et Lange ne leur ferait sûrement aucun mal. Si ?

— D'accord, dit Cale. On mettra nos efforts en commun.

— Bien. On va finir de rafraîchir les chevaux et on pourra se remettre en route.

Walt se leva et se dirigea vers l'Indien et leurs montures.

— Tu penses que c'est une bonne idée ? demanda-t-elle à Cale, à voix basse.

— Peut-être pas ; mais il pourrait nous conduire jusqu'à Hank. Si tu changes d'avis, on peut les lâcher n'importe quand.

— Je ne lui fais pas confiance. Mais tu as raison ; il pourrait nous être utile. Tu crois que la présence de cet Apache jouera en notre faveur, si on rencontre d'autres Indiens ?

— C'est difficile à dire. Reste toujours derrière moi.

Tess répondit par un hochement de tête.

CHAPITRE SEIZE

Cette nuit-là, lorsqu'ils campèrent, Tess ne quitta pas Cale d'une semelle, ce qui le ravit. L'absence d'intimité les empêchait de s'embrasser et, une seconde, il envisagea de renvoyer les deux hommes dans la nature.

Walt prit place de l'autre côté du feu crépitant. Il fit un geste vers Tess.

— Qu'est-ce qu'elle a, ta jambe ?

— C'est une vieille blessure, répondit Tess en prenant une bouchée d'avoine bouillie.

Ils n'avaient rien d'autre, pour le dîner.

— Tu l'avais pas, quand t'étais avec Hank. Tu t'es disputée avec un Apache ?

Walt jeta un regard sournois à One Ear qui leva les yeux vers elle.

— Les *gringos* peuvent s'avérer aussi cruels que les Apaches, répondit-elle.

One Ear se remit à manger en hochant la tête.

— T'as vraiment raté quelque chose, Cale, en nous tournant le dos, poursuivit Walt. Hank a emmené la petite Tess avec nous dans nos traques. Ça t'a vraiment fait grandir, hein ?

— *Sí*, répondit-elle.

L'amertume de sa voix n'échappa pas à Cale.

— Saul n'a pas dû te faire tant de mal que ça. T'es toujours vivante, pas vrai ?

Il se mit à rire, ce qui mit encore plus en évidence le trou dans sa dentition.

Tess se figea et Cale eut tout à coup envie de mettre son poing dans la tête de Walt.

— Je vais être franc, lui dit-il, les dents serrées. Je suis assez surpris que *tu* aies survécu.

One Ear laissa échapper un rire amusé.

— Ouais, eh ben… j'imagine que j'ai un ange gardien. Ou un *demonio*, murmura Tess en remuant sa bouillie du bout de sa cuillère.

One Ear regarda Tess avec une lueur dans les yeux qui déplut à Cale. Walt avait dit qu'il avait une femme, mais les Apaches en prenaient souvent plusieurs. Cale n'avait absolument pas l'intention de le laisser tenter sa chance.

— Raconte-moi un peu ce que tu as fait, ensuite, Walt.

Cale avait gardé un ton léger, mais Lange redevint sérieux. Il savait reconnaître une menace, quand il y en avait une.

— Voyons… quand tu as tracé ta route en démissionnant de notre mission au Mexique et que Hank a refilé Tess à des gens, on a sillonné différents territoires. L'Arizona, le Nouveau-Mexique, même le Texas, un peu.

Walt ne s'était pas attardé sur les détails de leur boulot dans la Sierra Madre. Il n'aurait pas été judicieux de raconter un massacre d'Indiens devant un Apache.

La honte ressurgit en Cale comme un diable en boîte. Les hommes qu'ils avaient coincés étaient sûrement coupables d'épouvantables déprédations ; pourtant, il n'était pas fier de les avoir tués – et bien qu'il n'ait pas blessé de femmes ni d'enfants, il n'avait pas empêché Hank, Walt et Saul de le faire. Il aurait dû. Ce n'était pas à lui de s'attarder sur les injustices de cette vie, mais il savait qu'il aurait à répondre de ses manquements, lorsqu'il la quitterait.

Il mit une autre bûche dans le feu.

— Que s'est-il passé, la nuit où Saul a agressé Tess ?

De Tess émanait une tension palpable.

Walt se gratta les moustaches.

— Bon, tu sais, c'est le genre de nuit qu'il vaut mieux oublier.

— Je tiens à ce que tu me dises ce qui est arrivé, insista Cale.

Walt soupira un bon coup.

— D'accord, mais ça reste entre nous, tu m'entends ?

Cale jeta un coup d'œil à One Ear.

— Il ne comprend pas bien l'anglais, dit Walt.

Cale n'en était pas si sûr, mais ils devraient faire avec.

— Vous alliez assassiner Jim Bennett, lança Cale.

Walt encaissa le message.

— J'imagine que Tess t'a raconté l'histoire. Jim allait nous dénoncer. Ça s'fait pas.

— Il devait avoir ses raisons…

— P't-être.

— Qui a eu l'idée de le tuer ?

— Tu veux un coupable ? Eh ben, c'était surtout l'idée de Saul. J'vais pas dire le contraire, qu'est-ce que tu crois ?!

— Évidemment, reconnut Cale.

Walt laissa échapper un rire entendu.

— Pour info, Hank était contre.

— Qui l'a tué, en fin de compte ?

Walt haussa les épaules.

— J'sais pas exactement. Il a été criblé de balles.

— Pourquoi avoir laissé Saul punir Tess ?

Walt tourna les yeux vers elle.

— Eh ben, t'étais là, ma chère, tu sais que tout t'accusait.

J'ai cru que Saul allait seulement lui faire peur, précisa-t-il ; pour qu'elle file droit.

— Tu étais où, quand c'est arrivé ?

— Je suis allé dans la grange. J'avais bu trop d'alcool. Quand je me suis réveillé, le lendemain matin, j'ai trouvé Saul dans la maison. Il était mort, une balle dans la tête. Et le corps de Jim était toujours là.

— Où était Tess ?

— Elle était partie.

— Alors, qui a tué Saul ?

Walt se tut une seconde.

— J'sais pas. Maintenant, j'me dis que c'est peut-être toi, Tess, dit-il, les yeux rivés sur elle.

— Fils de pute… dit Cale d'un ton glacial.

— T'en es sûr ? Demande-lui !

— Je n'ai pas tué Saul Miller, rétorqua-t-elle, sur la défensive. Tu es vraiment certain qu'il est mort ?

— Ben, quelqu'un l'a fait, dit Walt. Il avait bien l'air mort et c'est pas moi qui l'ai tué.

— Tu avais bu beaucoup ? demanda Cale.

— J'sais à quoi tu penses, mais j'étais pas si saoul. Je m'en serais souvenu.

— Tu as signalé les morts ?

Walt humecta ses lèvres, avant de les faire claquer.

— Nan. J'suis parti sans me retourner. J'suis pas stupide, Cale. J'allais pas porter le chapeau pour deux meurtres que j'avais pas commis !

— Ça reste à voir. Donc, tu n'as plus revu Hank, depuis tout ce temps ?

— Eh non. J'ai fait profil bas. J'ai eu de ses nouvelles, il y a deux mois environ. M'a dit de venir ici et qu'on partagerait les richesses qu'on trouverait. Voulait qu'on se réconcilie, qu'on fasse comme au bon vieux temps.

— Hank t'a dit de le retrouver ici ? demanda Tess. Alors, tu sais où il est.

— Pas exactement. Mais, maintenant que tu es là, ça risque d'être plus facile. Je suis sûr qu'il sera ravi de revoir sa petite fille.

Walt se mit à trifouiller ses dents avec une fine tige de bois.

— Y s'fait tard. On ferait mieux d'aller pioncer !

— Tu devrais te dégourdir les jambes, Tess, lui dit Cale. Je vais t'accompagner.

Il se leva et l'aida à en faire autant. Puis, il attrapa son étui de révolver et se le jeta sur l'épaule, histoire d'avoir ses armes à portée de main.

Ils entendirent la voix de Walt, derrière eux.

— N'allez pas vous perdre, tous les deux !

Cale soutint le bras de Tess, alors même qu'elle s'appuyait sur sa canne. Il avait besoin de la toucher. Lorsqu'ils furent assez loin du campement, il s'arrêta.

— Tu le crois ? demanda-t-elle. Tu penses que Saul est mort ?

— Je ne sais pas.

— Fitz a dit l'avoir vu, à Bowie. Est-ce qu'il a pu se tromper ?

— C'est possible. Après l'agression, tu n'as pas vu quelqu'un lui tirer dessus ?

— Non. Je me souviens seulement que Hank m'a amenée chez Tom et Mary, le lendemain.

— Alors, c'est Hank qui a dû le tuer.

Un début de prise de conscience se lut sur le visage de Tess.

— Tu penses qu'au bout du compte, il a essayé de me protéger ?

Même si c'était fort probable, Cale ne voulait pas que Tess puisse être à nouveau déçue.

— Peut-être ; mais peut-être pas. N'allons pas le blanchir sur les paroles de Walt Lange.

Les épaules de Tess s'avachirent.

Il se rapprocha d'elle et attendit de voir si elle le repousserait. Voyant qu'elle n'en faisait rien, il fit glisser ses mains sur ses bras et posa ses lèvres sur son front. Il l'attira contre lui et la serra dans ses bras ; il en retira une grande satisfaction.

Il savait qu'un seul faux pas de sa part risquait de la faire fuir.

— Je veux que tu dormes près de moi, lui dit-il. Je n'ai pas aimé la façon dont One Ear te regardait.

— Alors, ce n'était pas le fruit de mon imagination ?

— Non.

Il suivit de son pouce la ligne de sa mâchoire. Il avait très envie de l'embrasser, mais ce n'était pas le lieu approprié – et puis il se sentait facilement à l'étroit dans son pantalon, ce qui ne l'aidait pas. S'il commençait à l'embrasser, il n'aurait plus envie de s'arrêter. Il avait besoin de temps, avec elle, pour apaiser ses angoisses, lui montrer comment ça pouvait être, entre eux. Toute précipitation serait dévastatrice.

— Est-ce que ça t'ennuie… demanda-t-elle dans un murmure, en fixant sa chemise pour éviter de lever les yeux vers lui ; que je ne sois pas pure ?

Il posa un doigt sous son menton et lui fit doucement relever le visage, pour qu'elle le regarde.

— Non. Absolument pas.

Il s'autorisa un seul baiser, chaste.

— Tu n'es pas comme la plupart des hommes.

— Ravi que tu l'aies remarqué, dit-il, taquin.

Après quoi, il retrouva son sérieux.

— Ne baisse pas ta garde, avec Walt. Je ne lui fais pas confiance.

Le lendemain, ils quittèrent la vallée et commencèrent leur ascension en longeant une crête, sous un soleil de plomb. Des pins et des genévriers offraient un peu d'ombre, de temps en temps, mais Tess somnolait sous l'effet de la chaleur, en bout de file. Cale la précédait ; Walt et One Ear ouvraient la route.

Des coups de feu retentirent et Gideon se cabra, envoyant sa cavalière à terre. Il fit volte-face et elle eut tout juste le temps de s'écarter pour ne pas avoir la tête broyée par le sabot qui percuta le sol, juste à côté d'elle. Elle roula sur le côté pour esquiver le piétinement de l'animal affolé et tomba tout à coup à la renverse dans une pente qu'elle se mit à dégringoler. Elle essaya désespérément de stopper sa chute, mais le dénivelé était trop important. Elle percuta un affleurement rocheux, fut projetée dans les airs et atterrit douloureusement, dans un bruit sourd. Sonnée, elle mit un moment à prendre conscience de s'être arrêtée.

Elle était couchée sur le côté ; des brindilles et des pommes de pin lui bouchaient la vue. Son souffle était superficiel et saccadé. Elle tenta de rassembler ses esprits, mais en vain.

Au bout d'un moment, elle sembla reprendre pied.

Je dois me lever.

Elle était pétrifiée. Inutile d'espérer ne pas avoir de terribles séquelles physiques, après une chute pareille ! Elle ferma les yeux.

Je ne veux pas savoir.

Lui revint en mémoire une situation similaire, quand Saul l'avait laissée par terre, battue et ensanglantée, dans le chalet.

Je suis plus forte, à présent. Je vais m'en sortir.

Elle s'efforça de s'asseoir, grognant de douleur. Respirer lui faisait mal. Elle tâta doucement sa cage thoracique et grimaça. Elle avait peut-être quelques côtes cassées. Rassemblant toutes ses forces, elle releva sa jupe et se retint de vomir tout ce qu'elle avait dans l'estomac. Le caleçon recouvrant sa jambe blessée était taché de sang à plusieurs endroits. Elle vit avec effroi que son membre était encore plus tordu qu'avant.

Une douleur atroce se réveilla, la faisant crier.

Et si je ne pouvais plus jamais marcher ?

Un sanglot s'échappa de sa gorge.

Non, elle ne se résignerait pas. Elle avait survécu à pire que ça. Elle pourrait encore s'en remettre.

Elle se figea en entendant une branche se casser net et ne fit plus un bruit. Du coin de l'œil, elle aperçut un mouvement dans les arbres.

— Je sais qu'j'ai vu que'que chose.

Cette voix de femme lui rappela quelqu'un.

Mais qui ?

— C'est une femme, dit une voix d'homme.

Henry et Mariah Worthington apparurent. Paniquée, Tess essaya de se lever sur sa jambe droite, mais la douleur fut trop vive et elle s'effondra. Dans sa chute, elle vit le couple approcher.

— Eh ben, ça alors ! dit Mariah en la jaugeant d'un regard froid.

— Ne me faites pas de mal, supplia Tess.

Mariah secoua la tête.

— T'as déjà l'air dans un sale état !

Tess se sentait tourner de l'œil et luttait pour rester consciente. Elle était terrorisée. Si elle s'évanouissait, Henry et Mariah pourraient facilement la tuer.

Mais elle eut beau lutter, elle ne put garder les yeux ouverts.

TESS SE RÉVEILLA. Elle était allongée sur un lit, dans une chambre à peine assez grande pour la couche et la table de nuit qui l'occupaient. Elle avait mal à la tête et la douleur fusait dans sa jambe cassée. Elle tenta de la mobiliser, mais sentit qu'une attelle attachée à son genou l'empêchait de bouger. Elle passa sa langue sur ses lèvres sèches, mais n'avait pas de salive.

Du coin de l'œil, elle aperçut un verre d'eau, sur la table de chevet. Elle tendit le bras pour s'en saisir et parvint à en boire une gorgée. Elle essuya l'eau qui coula sur la joue.

— Je veux la voir.

Cale.

Sa voix venait de la pièce mitoyenne.

— Cale…

Sa voix était rauque. Elle essaya encore :

— Cale !

La porte s'ouvrit ; il s'approcha du lit.

— Dieu merci, je t'ai retrouvée !

Il lui prit la main.

— Où suis-je ?

— Chez Vern Blight.

— Qui ?!

— Il vit ici, dans les Dragoons.

— J'ai vu les Worthington.

Elle tenta de se redresser, mais Cale l'en empêcha.

— Ne t'inquiète pas, dit-il. Ils t'ont trouvée et t'ont amenée ici.

— J'étais certaine qu'ils me tueraient.

— Apparemment, Mariah en a eu l'intention. Mais Henry l'a dissuadée. Ils connaissaient le chalet de Vern et t'ont amenée là. Heureusement que tu avais perdu connaissance. Je ne pense pas qu'ils t'ont ménagée, en te chargeant sur un cheval !

— Qui a soigné ma jambe ?

— Vern, je suppose. Du moins, c'est ce qu'il m'a dit.

Des rayons de soleil entraient par la porte entrouverte et se projetaient sur le mur, au-dessus de Tess.

— Que s'est-il passé ?

— On nous a tendu une embuscade. Gideon a eu peur et t'a fait tomber.

Elle chercha sa main à tâtons.

— Tu n'es pas blessé, au moins ?

Le regard de Cale s'adoucit.

— Je vais bien.

Il se pencha pour l'embrasser sur le front. Elle leva la main vers lui et profita qu'il s'écarte d'elle pour lui caresser la joue.

— Les chevaux ? Et Moses ?

— Je les ai retrouvés dans la vallée. Ils vont bien.

Elle souffla, soulagée.

— Tant mieux. Que sont devenus Lange et One Ear ?

Cale s'appuya sur son bras gauche, l'air grave.

— Je ne sais pas vraiment. J'ai perdu leur trace. J'ai été bloqué pendant un moment, à cause des tirs ; et dès que j'ai pu, je suis parti à ta recherche. Entre-temps, les Worthington t'avaient amenée ici. J'ai suivi leur piste.

Tess fut tout à coup envahie d'appréhension.

— On est en sécurité ?

— Autant qu'on peut l'espérer. Vern habitait déjà ici, à l'époque où l'arrêt de Dragoon Spring existait encore. Les Apaches ont l'air de le laisser tranquille. En fait, il y a même un couple d'Indiens qui vit sur la propriété et qui s'occupe des lieux.

— Est-ce qu'Henry et Mariah sont toujours là ?

Cale fit une grimace.

— Malheureusement, oui.

Elle fixa les lattes de bois, au plafond.

— Ma jambe…

— Tu veux bien que j'y jette un coup d'œil ?

Ils échangèrent un regard, puis elle hocha la tête.

Il releva la couverture et examina l'attelle. Finalement, il remit tout en place.

Tess n'était pas sûre de vouloir entendre son verdict.

— C'est moche, n'est-ce pas ?

— En fait, ta jambe va peut-être mieux guérir, maintenant. Blight l'a redressée plus qu'elle ne l'était.

— Vraiment ?! Il est médecin ?

— Non ; mais d'après Henry, il l'aurait déjà fait sur de nombreux animaux et il aurait des pouvoirs presque magiques. Il n'est pas du genre à tuer des bêtes blessées.

— Donc, quand tout sera terminé, j'aurai une jambe de cheval ?

Elle essaya de rire à sa propre plaisanterie, mais son buste était trop douloureux.

— Peut-être. Tu veux bien que je vérifie l'était de tes côtes ?

Elle hésita, puis prit sur elle pour hocher la tête.

Il repoussa doucement la couverture et prit beaucoup de précautions pour toucher sa cage thoracique à travers la chemise de nuit que quelqu'un – Vern Blight, sûrement – lui avait mise.

Il tira la couverture pour recouvrir son corps.

— Il t'a bandé les côtes, ce qui devrait favoriser la guérison. Je suis désolé de ne pas avoir pu t'aider. Même si je n'ai pas une foi démesurée en Dieu, il faut dire qu'une certaine providence divine s'est occupée de toi, hier. Sans Vern, les choses auraient pu tourner différemment.

Elle sembla surprise.

— Je suis ici depuis hier ?

— Oui.

— Qu'est-ce que tu comptes faire ?

Il reprit sa main.

— Tu ne peux pas bouger d'ici. Je pense qu'on est coincés pour un moment.

Elle réfléchit aux possibles conséquences.

— Est-ce que tu vas rechercher Hank sans moi ?

— Je pourrais le faire, répondit-il en la regardant. Mais je ne le ferai pas.

Soulagée d'apprendre qu'il ne comptait pas la laisser seule, elle lui dit :

— Je vais essayer de me remettre sur pied le plus vite possible ; promis.

Cette fois-ci, il l'embrassa sur la bouche. Elle se sentit remplie de gratitude, en le voyant sain et sauf, et d'une joie immense qu'il ne l'ait pas abandonnée. Elle répondit à son geste en se redressant vers lui pour se coller à ses lèvres, le retenant contre elle en gardant son visage entre ses mains.

— Merci d'être parti à ma recherche, murmura-t-elle.

— J'ai eu la peur de ma vie, quand je ne t'ai plus vue, après l'embuscade.

Il l'embrassa à nouveau.

— Laisse-moi préparer vite fait quelque chose à manger.

Il quitta la chambre et Tess posa le bout de ses doigts sur sa bouche. Elle avait encore le goût de ses lèvres sur les siennes. Pour l'instant, il se contentait de leurs baisers ; mais il finirait par vouloir autre chose. Elle se sentait de plus en plus à l'aise avec lui ; mais le serait-elle un jour assez pour découvrir son corps et laisser libre cours à l'attirance qu'il y avait entre eux, sans succomber à une terreur qu'elle semblait incapable de contrôler ?

Elle voulait croire que oui.

Parce qu'elle avait envie de Cale, de s'allonger avec lui comme les femmes le faisaient avec les hommes. Mais… Saul avait peut-être détruit tout espoir pour elle. Et si elle était à jamais incapable de dissocier un homme de la peur viscérale qu'il avait incrustée dans son corps et dans son âme ?

CHAPITRE DIX-SEPT

Cale sortit sur le perron. La maison de Vern Blight n'était pas grande, mais elle était étonnamment bien tenue, nichée dans un petit bois de grands chênes. Un ruisseau coulait, un peu en contrebas. Il y avait aussi une grange imposante, près d'un enclos à bétail d'environ dix mètres de diamètre. Blight avait une collection d'animaux : quelques chevaux, des chèvres, des moutons et une kyrielle de cochons. Cale soupçonnait la présence d'autres bêtes dans la grange, vu les bruits qui s'en élevaient. Il y avait aussi un jardin de belle taille, sur le côté de la maison. Le couple d'Apaches vivait dans une hutte, près du cours d'eau.

Cale était impressionné par la décision de Blight de rester dans la région malgré la suppression de l'étape. Vern, qui avait gagné sa vie en fournissant des provisions et des chevaux à la compagnie Butterfield Stage, avait développé un attachement particulier pour ces terres et avait choisi d'y demeurer, même en l'absence de revenus réguliers. Il prétendait continuer à faire du commerce avec les Apaches, contribuant ainsi à maintenir l'équilibre de leur relation.

Cale chercha des yeux les Worthington, mais Vern lui

apprit qu'ils étaient partis monter un campement, plus haut dans le canyon. Est-ce qu'il devrait aller les voir, surtout après l'attaque des Apaches ? Non, ils devraient se débrouiller tout seuls. Il n'était pas question de laisser Tess sans protection.

Sa jambe était en mauvais état ; tout déplacement lui serait impossible pendant un bout de temps. Elle avait le visage couvert de bleus et une balafre sur le front.

Malgré tout, Cale se sentait profondément soulagé.

Elle a survécu.

Quand il avait pu s'extraire des tirs croisés, son inquiétude avait vite laissé place au désespoir. Il avait compris que Tess était tombée et elle restait introuvable. Heureusement, il avait ensuite découvert cet oasis, niché sous l'ombrelle des arbres comme un paradis caché, et Vern Blight lui avait offert l'hospitalité. La situation était vraiment étrange, mais Blight ne semblait pas être un mauvais bougre.

Ce dernier sortit de la grange et vint à sa rencontre. Le soleil était au zénith ; le visage ridé de son hôte brillait d'une fine pellicule de sueur. Il ôta son chapeau mou et s'essuya le front d'un revers de bras. Il était petit, avec des jambes arquées. Il avait dû être cocher, par le passé.

— Comment qu'elle va ?

— Bien, grâce à vous. Merci beaucoup. Mais elle aura sans doute besoin de temps pour récupérer.

— Pas d'problème. Mais j'ai pas d'aut'e lit. V's êtes mariés ?

— Non, mais je peux dormir par terre. Ça ne m'embête pas. Je veux rester près d'elle, au cas où elle aurait besoin de moi.

— V's avez envie de vous marier ? demanda Vern en souriant de toutes ses dents.

Cale se mit à rire.

— Peut-être. Y a-t-il une madame Blight ?

— Eh non ! Il y en a eu, y'a longtemps, mais elle a foutu

l'camp. Soi-disant qu'elle devenait folle, à vivre toute seule dans les collines. J'imagine que ça convient pas à tout l'monde. J'ai mes bêtes ; je les aime encore plus, alors je dormirai dans la grange avec elles. Elles ne s'enfuient pas, au moins. Elles meurent seulement, des fois.

— Je vous suis très reconnaissant. Si je peux vous être d'une aide quelconque, dites-le-moi.

Vern haussa un sourcil.

— Humph… j'vais voir. Vous êtes bien plus grand et fort que moi.

— Comment ça se passe, avec les Apaches de la région ?

Blight souffla un coup.

— Ben, voyez, c'est comme ça…

Il fit tourner la boulette de tabac qu'il avait dans la bouche et se détourna pour cracher.

— J'les embête pas et ils m'embêtent pas. Je suis content de pouvoir vous aider, la fille et vous, mais je n'vais pas cafter, si vous voyez c'que j'veux dire.

— Je vois. La loyauté est une qualité admirable, qui vous a visiblement permis de survivre toutes ces années. Puis-je vous demander si vous savez où se trouve un Irlandais du nom de Hank Carlisle ?

Blight éclata d'un rire bref.

— Ce vieux grincheux est complètement taré !

Il haussa les épaules.

— Mais j'peux pas vous dire où il est. V's avez déjà été dans les Dragoons ?

Cale hocha la tête.

— Alors, vous connaissez l'influence du monde des ombres et du vent qui vous murmure à l'oreille jusqu'à vous faire croire entendre des voix. C'était le bastion de Cochise. Il paraît que quand il est mort, ses guerriers ont peint son corps en jaune, noir et vermillon, avant de l'enterrer dans une crevasse rocheuse. Personne ne sait où – et ceux qui le savent gardent le secret. Je suis sûr que des fantômes traînent dans ces canyons. On a vite fait de s'égarer.

Il cracha encore.

— Vous comptez y emmener la fille, quand elle ira mieux ?

Cale acquiesça.

— Vous avez du sang apache, en vous ? demanda Vern.

— En quelque sorte.

Vern sourit.

— Alors, vous devriez très bien vous en sortir.

Tess se réveilla. Si seulement elle pouvait se rendormir tout de suite ! Sa jambe lui faisait un mal de chien. Cale entra dans la chambre, une lanterne à la main.

— La douleur est difficilement supportable.

— Je m'en doutais. J'ai d'autres remèdes, mais dans ce cas précis, je pense que tu devrais prendre du laudanum.

Elle n'eut pas la force de s'y opposer. Il posa la lampe sur la table de nuit et partit chercher le médicament. Il lui administra une cuillère pleine du liquide amer et lui tendit une tasse d'eau dont elle ne but qu'une gorgée, à cause d'un autre problème qui devenait urgent.

— Cale…

Elle détourna les yeux, gênée de ce qu'elle avait à lui demander.

— J'ai besoin d'aide pour… certains besoins.

— Il y a des toilettes à l'extérieur, mais je ne pense pas que tu puisses les atteindre.

Il posa un genou à terre et tira un pot de chambre de sous le lit.

Mortifiée, elle ferma les yeux.

— Je crois que tu vas devoir m'aider.

Il se releva et planta ses mains sur ses hanches.

— Très bien.

Il la redressa si rapidement, en la saisissant avec poigne, qu'elle fut prise de vertige.

— Désolé, lui chuchota-t-il à l'oreille.

Elle serra les dents, à cause de la douleur liée aux mouvements et du terrible malaise que lui inspirait cette situation. Elle s'accrocha à Cale ; un rapide coup d'œil lui révéla qu'elle portait peu de vêtements. Elle vit même sa poitrine, à travers le col ouvert de son habit léger.

Je doute que ça puisse être pire…

Un regard à Cale, dont le visage était tout près du sien, lui confirma qu'il en avait vu autant.

— Tess, ça va. Je ne vais pas te sauter dessus. Si tu t'assois au bord du lit, je pourrai tenir le pot sous toi.

Elle hocha péniblement la tête, incapable de prononcer un mot.

Allez, fais-le et qu'on n'en parle plus ! se dit-elle à elle-même.

Cale fit ce qu'il avait proposé. Peu de temps après, l'affaire était réglée et il put la remettre au lit. Il partit vider le pot. À son retour, elle avait enfin réussi à calmer sa respiration, même si son cœur était toujours emballé.

Il remit le pot de chambre en place, sous le lit.

— Tu n'as pas plus mal qu'avant, n'est-ce pas ?

— Non, répondit-elle, toujours incapable de le regarder en face. Mais j'aurais tellement voulu éviter que tu me voies comme ça…

— Tu es un être humain, Tess. Voilà comment je te vois.

— Mais… je suppose… que tu préfères les femmes dans des… conditions plus attrayantes.

— Si tu crains que tes besoins physiologiques me repoussent, alors tu n'as vraiment pas conscience de qui tu es.

Elle leva vivement les yeux vers lui. Il se tenait debout, au pied du matelas, une main posée sur la colonne de lit. Il la regardait fixement, à la douce lueur de la lanterne.

— Tess Carlisle, tu es la femme la plus fascinante que j'aie jamais vue. Tu es forte et intelligente, sauvage et charmante. Je sais que tu ne me croiras pas, à cause de ta jambe, mais tu es gracieuse et belle dans tous tes mouvements. Tu te caches du mieux que tu peux, mais cette essence, cette part de toi rayonnante et naturelle, irradie malgré tout. Je sais que tu n'as pas confiance en toi ; j'aimerais tant que tu puisses te voir à travers mes yeux ! J'ai connu des femmes – pas tant que ça, de la façon que tu crois – mais je n'ai jamais rencontré quelqu'un comme toi. Je suis sûr que quand tu auras enfin retrouvé de l'assurance et repris pied dans cette vie, tu plairas à plein d'hommes. Tu ne pourras pas passer inaperçue. Et si tu t'inquiètes de savoir comment je te trouve, je vais te le dire tout de suite : je suis totalement sous ton charme. Tu es la plus exquise des femmes que j'ai connues.

Il s'éloigna du lit.

— Je ne veux pas te mettre mal à l'aise, mais sache que j'ai envie de toi. Depuis le premier instant où j'ai posé les yeux sur toi. Mais je ne serai jamais insistant. Toi seule a le droit de choisir ton avenir et avec qui le partager.

Il sourit.

- Ceci dit, j'espère que tu voudras bien considérer ma candidature.

Il ferma la porte derrière lui et Tess resta figée, bouche bée.

Personne ne lui avait jamais parlé comme ça, comme si elle était la chose la plus précieuse au monde, un trésor qui n'avait pas de prix et dont il fallait prendre le plus grand soin.

Cale pensait-il vraiment ce qu'il venait de lui dire ? Avait-elle autant de valeur à ses yeux ?

Ses paroles eurent bien plus d'effet que d'éveiller, au fond de son ventre, le désir charnel d'unir leurs corps ; elles redonnèrent vie à son âme, faisant fondre la prison de glace qui avait congelé son cœur.

Sous l'effet progressif du laudanum, elle se sentit

submergée par une satisfaction soporifique. La présence chaleureuse de Cale, aussi lumineuse que le soleil d'Arizona, la rendait – pour la première fois depuis si longtemps – heureuse.

TESS SE RÉVEILLA en entendant Vern Blight vaquer dans la minuscule cuisine, à côté. La porte de la chambre était entrebâillée. Elle s'éclaircit la gorge.

— Oh, c'est bien, dit-il en poussant la porte. Vous êtes réveillée !

— Oui. Merci pour votre hospitalité, monsieur Blight.

La petite silhouette aux épaules carrées brillait dans la lumière du soleil.

— Aucun problème. Je suis ravi d'avoir de la compagnie. Comment va vot' jambe ?

— J'ai vraiment mal.

Son visage ridé se fit songeur.

— Eh bien, j'ai de l'eau-de-vie qui pourrait vous aider. Vous en voulez ? Ou plutôt du *tiswin* ?

— La liqueur apache ? Non. Plus tard, peut-être.

Il hocha la tête.

— Vot' jambe, là, elle avait pas été bien remise la première fois, si ? Elle était déjà mal en point ?

— *Sí*. D'après Cale, ce que vous avez fait me permettra peut-être de marcher mieux qu'avant.

— Eh bien, j'y ai été un peu fort, pour la redresser, mais j'avais l'impression que c'était nécessaire. Heureusement que vous étiez dans les vapes, sans quoi je n'aurais pas tenté le coup. Vous êtes costaud !

— Je n'en suis pas si sûre.

Elle perçut un battement d'ailes.

— Il y a un oiseau coincé dans la maison ?

— Non. Attendez, je vais vous montrer.

Il disparut dans l'autre pièce, puis revint en portant une cage en métal improvisée. À l'intérieur, un oiseau noir gigotait, nerveux.

Elle prit appui sur le matelas pour se redresser. Elle grimaça de douleur, mais il n'était pas question qu'elle reste allongée toute la journée. Elle tira la couverture sur elle pour compenser la légèreté de sa tenue, puis regarda dans la cage.

— Il est beau ! dit-elle. Il est blessé ?

— Ouais.

Vern posa la cage sur le bord du lit et Tess s'en saisit pour l'empêcher de basculer.

— C'est un merle ; une femelle, plus exactement. Je l'ai trouvée, il y a quelques jours. Elle ne pouvait plus voler.

— Comment savez-vous que c'est une femelle ?

— Je le sais, c'est tout. J'ai toujours eu un truc, avec les animaux.

— Qu'est-ce que vous allez en faire ?

Tess regarda l'oiseau se calmer peu à peu et s'émerveilla de ses yeux noirs, pleins de sagesse.

— Voyez-vous ça… ! pouffa Vern. Je crois que vous lui plaisez. Je savais bien que vous alliez vous entendre. Ce que je vais en faire ? Elle a une aile blessée, un peu comme vous, avec vot' jambe. Je pense que si je la garde un peu sous surveillance, elle arrivera à s'en remettre. Vous pourrez peut-être m'aider.

Tess regarda l'oiseau en souriant. Il avait des plumes lisses d'un noir luisant et une tache rouge bien visible, près de son cou.

— Oui, je vous aiderai de mon mieux.

— Alors, l'idéal pour elle serait de passer du temps dehors. Ce qui est valable aussi pour vous. Dès que vous vous sentirez prête, vous devriez sortir vous asseoir sur le perron.

— Je pense que je vais attendre le retour de Cale.

Il pourrait l'amener dehors dans ses bras, plutôt qu'elle en voie de toutes les couleurs pour marcher avec sa canne. Ce serait bien plus pratique – du moins pour l'instant. Dès qu'elle bougeait trop, la douleur s'enflammait de plus belle.

Elle se demanda si l'oiseau aurait peur qu'un humain le touche et s'il deviendrait fou pour tenter d'éviter un tel contact. Elle connaissait bien ce sentiment. Mais elle commençait à accepter la proximité de Cale, à réaliser qu'elle n'avait rien de terrible ni d'annonciateur d'une tragédie imminente.

— Je vais la laisser ici, près de vous.

Vern plaça un tabouret tout près du lit et posa la cage dessus pour qu'elle puisse observer l'oiseau.

— Je compte la relâcher, quand elle ira mieux, mais si vous voulez lui donner un nom, je n'y vois pas d'inconvénient. D'habitude, c'est déconseillé, parce que ça favorise l'attachement ; mais, je ne sais pas…

Vern secoua la tête.

— Il y a quelque chose entre vous. Une sorte de connexion.

Il quitta la maison.

Tess contempla l'oiseau. Il était si beau, noir comme la nuit, avec son plumage brillant. Une de ses ailes ne se repliait pas correctement, même s'il était difficile de voir la blessure. Il était toujours capable de se déplacer en marchant ; mais sans voler, il aurait été à la merci des prédateurs.

On est peut-être pareils.

Le merle ne se recroquevillait pas ni n'essayait de s'enfuir, apeuré. Il regardait Tess à travers les barreaux censés le protéger. Mais avec le temps, ce rempart ne serait plus qu'un enfermement.

On ne peut pas passer notre vie en cage, n'est-ce pas ?

Elle réfléchit au courage inhérent à cet animal.

Ô, beau merle ! Chante-moi ta douce mélodie !

Hank adorait citer Tennyson.

Il ne leur appartient pas de raisonner, mais d'agir et de mourir.

Elle observa l'oiseau, immobile et serein, dans sa prison protectrice. Tess avait besoin de se défaire des pourquoi, pour commencer à vivre. Plus question de s'apitoyer sur son sort à cause de sa jambe et de son traumatisme. Plus question de tenir Cale à distance.

— Je t'appellerai : *el amado*.

Le bien-aimé.

CHAPITRE DIX-HUIT

Cale passa la matinée à explorer les environs. Il retourna sur le site de l'embuscade, mais ne découvrit que des traces confuses ne lui permettant pas de remonter la piste de Lange et de One Ear. Cependant, l'absence de cadavre l'amena à les croire toujours en vie. Partir à leur recherche maintenant était malgré tout trop risqué. Il devait rester auprès de Tess jusqu'à ce qu'elle guérisse, après quoi seulement, il déciderait de repartir ou non sur la piste de Hank. Plus Tess prenait d'importance à ses yeux et plus il avait envie de poursuivre cette mission tout seul.

Il regagna la maison de Blight avec une brassée de fleurs sauvages qu'il avait ramassées chemin faisant. Il ne s'était jamais considéré comme romantique, mais l'envie de faire plaisir à Tess avait motivé son geste. Il la trouva toujours alitée, observant un merle dans une cage.

— Qu'est-ce que c'est ? lui demanda-t-il.

— C'est une femelle blessée dont Vern s'occupe. Il a dit que je pouvais l'aider.

Quand il s'approcha, l'oiseau se mit à remuer en poussant des cris.

— Chut, Amado… dit Tess d'une voix douce. *El no te hará daño.* Il ne te fera pas de mal.

Cale vit là un signe de progrès ; Tess ne le considérait plus comme un danger potentiel. Il lui tendit le bouquet qu'il avait caché dans son dos. Son visage émerveillé laissa penser qu'elle n'avait jamais reçu pareil cadeau.

— Elles sont magnifiques ! dit-elle en prenant les fleurs. *Gracias*.

— J'ai pensé qu'elles te plairaient.

Elle huma le parfum des fleurs rouges et jaunes et lui adressa un sourire lumineux. Il l'observa, étonné. Où était passée l'ancienne Tess ?

— J'attendais ton retour, dit-elle. Tu voudrais bien me porter jusqu'au perron, pour que je puisse m'asseoir dehors ?

— Bien sûr.

Elle repoussa la couverture. Elle portait toujours la chemise de nuit que Blight avait réussi à lui dégoter. Le tissu fin parvenait difficilement à cacher ses seins à la rondeur charmante. Cale chassa de son esprit l'idée que Blight l'avait déshabillée ; il l'avait fait pour l'aider et lui avait peut-être même sauvé la vie.

Il refoula également le souvenir des deux fois où il avait aperçu des parties de son corps, ces dernières vingt-quatre heures. Il n'allait pas s'autoriser des pensées lubriques, alors qu'elle était dans une situation aussi pénible.

Mais ça évoluait.

Il fit glisser ses bras sous elle et la porta en dehors de la maison.

— Tu sens bon, murmura-t-il.

— Vern m'a apporté de l'eau de rose ; et j'ai pu faire un brin de toilette. Je n'ai jamais vu un homme si bien tenir sa maison !

Essayant d'étouffer son envie soudaine de plonger le visage dans son cou, il l'installa dans un vieux fauteuil à bascule. Il eut une vue imprenable sur la fente dessinée entre ses seins.

Mince !

Il resta immobile un instant, son visage près du sien ; elle avait toujours les mains sur ses épaules.

— Tu es diablement séduisante, pour une infirme.

Elle posa une main sur sa joue et toucha du bout des doigts sa barbe naissante.

— Je ne suis pas avantagée.

— Hum… je dirais plutôt le contraire.

— Qu'est-ce qui te plait, chez une femme, Cale ?

— Ah non, je ne vais pas jouer à ce jeu-là ! Ne change absolument rien. Pour ta gouverne, tout me plaît, chez toi.

— Pourquoi ?

— Qu'est-ce que j'en sais ?! plaisanta-t-il. Pour l'heure, je dois te transporter partout.

Elle fronça les sourcils et le repoussa.

Il se pencha vers elle pour lui voler un baiser. Le sourire aux lèvres, il l'embrassa encore et encore, jusqu'à la faire rire.

— Attends…

Cale revint avec une couverture et une tasse vide. Il ramassa les fleurs qu'elle avait posées sur le sol et les arrangea entre elles ; il versa de l'eau dans le vase improvisé. Il posa le bouquet près d'elle, puis apporta une chaise en bois qu'il plaça de l'autre côté de son fauteuil.

Elle retira la couverture qu'il avait posée sur ses genoux.

— J'ai beaucoup trop chaud pour utiliser ça.

Il s'assit, le dos appuyé contre le dossier de la chaise.

— Tu veux ma mort, Tess. Si tu ne couvres pas tes charmes, je vais bientôt ne même plus savoir comment je m'appelle !

Elle eut sur les lèvres un sourire radieux qui procura à Cale une satisfaction plus épanouissante que s'il avait couché avec elle.

Bon, coucher avec elle serait agréable aussi…

Il restait un homme.

— Et Amado ? demanda-t-elle.

— C'est vrai.

Il retourna dans la chambre et rapporta la cage avec l'oiseau, qu'il posa non loin d'elle. Il se rassit.

— Je peux te raconter une histoire, proposa-t-elle.

— Avec plaisir.

Il trouva une brindille de foin qu'il coinça dans sa bouche.

— Il y en a une qui te ferait plaisir ?

— On peut choisir ?

Il réfléchit un moment.

— Quand j'étais petit, en Virginie, ma mère me parlait parfois des animaux qui vivaient dans l'ouest. Mon préféré, c'était le coyote. Il avait le chic pour survivre et puis il avait de l'arrogance. Je pense que ça me plaisait.

— Ça ne m'étonne pas.

Elle replaça sa natte décoiffée sur son épaule. Son visage était encore un peu rouge de leur récente promiscuité.

Il aimait beaucoup la regarder, mais il essayait de rester discret.

— Tu devrais peut-être raconter une histoire qui parle d'un merle. Peut-être que si tu tends suffisamment l'oreille, Amado t'en contera une.

— Parfois, Cale, je me demande de quel monde tu viens.

Sa remarque toucha une corde sensible chez lui. Il avait beaucoup vagabondé. Sa mère avait prédit qu'à trente ans, il aurait presque fait le tour du monde. Il n'en était pas là, mais elle était probablement une des seules personnes à avoir eu de mystérieuses prémonitions à son égard.

— Je pourrais en dire autant de toi, répondit-il.

Il contempla son visage, ses yeux verts et ses lèvres roses qui brillaient dans la lumière du soleil.

— Je connais une histoire qu'on dit tenir des Navajos, à propos d'un coyote et d'un groupe de lézards.

Elle prit le temps de se glisser dans son rôle de conteuse.

— Coyote aimait espionner les autres. En ça, il était indiscret. Un jour, il rencontra des lézards qui jouaient à un jeu. Il s'approcha pour les observer, mais ils firent semblant de ne pas le voir. Il en fut contrarié, parce qu'il aimait beaucoup se faire remarquer. Il se rapprocha davantage. « À quoi jouez-vous ? » demanda-t-il.

Cale se mit à l'aise sur sa chaise. Il appréciait le changement de cadence de la voix de Tess ; c'était comme si une porte s'ouvrait sur un autre espace-temps.

— « On appelle ça la glissade » répondit l'un des lézards, poursuivit Tess. Ils dévalaient une colline, chacun à leur tour, en glissant sur une pierre plate. Arrivés en bas, ils ramenaient la pierre en haut de la pente. « Eh bien, j'aimerais y jouer » dit Coyote. « Oh, non ! répondit le lézard. Tu te tuerais ! » Coyote n'en crut rien ; en fait, il était même convaincu qu'ils n'auraient jamais vu meilleur glisseur que lui. Il insista pour tenter sa chance. Les lézards finirent par accepter, mais ils se montrèrent catégoriques : il ne pourrait se servir que de la petite pierre et non de la grande. Il acquiesça, tout en ayant la ferme intention d'utiliser la grande.

« Les lézards apportèrent la petite pierre au bord de la colline, la maintinrent en équilibre pour que Coyote puisse monter dessus, puis l'inclinèrent dans la pente. Coyote glissa jusqu'en bas. Il fut fort satisfait de sa descente, à ses yeux la meilleure de toutes. Il remonta la petite pierre au sommet et demanda à glisser sur la plus grande.

« Après avoir longuement débattu, les lézards finirent par accepter, disant que si Coyote voulait se tuer, c'était son choix. Ils installèrent la grande pierre et il s'élança dans la pente. Mais la pierre en percuta une plus petite et bascula, envoyant Coyote dans les airs. Terrifié, il sentit sa fin proche. « Les lézards avaient raison, pensa-t-il. Je vais mourir ! »

« Il atterrit sur le sol et se dit qu'il était peut-être tiré d'affaire ; mais alors, il vit la grande pierre arriver droit sur lui. Désespéré, il sut qu'il allait mourir.

« Depuis le sommet de la colline, les lézards regardèrent la grande pierre écrabouiller Coyote, le tuant sur le coup. Ils ne s'apitoyèrent pas sur son sort, parce qu'ils l'avaient prévenu, dès le début, du sort qui l'attendrait. Par contre, ils ne surent quoi faire. Déplacer Coyote semblait difficile, parce qu'il était lourd. Ils pouvaient le laisser là, mais il gênait la trajectoire de leur jeu si amusant. Ils décidèrent de le ramener à la vie. Alors, faisant appel à une magie dont ils avaient seuls le secret, ils formèrent un cercle autour du corps inanimé de Coyote et le ressuscitèrent.

« Le plus vieux des lézards lui dit : « Maintenant, lève-toi et va-t'en ! Et à l'avenir, ne joue plus à des jeux de lézards. On ne veut pas que tu meures à nouveau. » Sur ces mots, Coyote s'enfuit, ravi d'être en vie.

Tess se tut et ils restèrent assis-là pendant un moment, dans le silence de l'après-midi.

— Coyote voulait simplement s'amuser, lui aussi, dit Cale en mastiquant toujours sa brindille de foin.

— Mais il vaut peut-être mieux s'en tenir aux activités de son espèce.

— Un miracle peut toujours arriver. Les lézards l'ont sauvé, après tout.

Tess lui sourit et se balança avec le fauteuil, tout doucement.

— Tu crois aux miracles ?

Il réfléchit à la question.

— Je pense qu'on reçoit parfois les aides les plus inattendues.

— Tu penses à Molly, ta demi-sœur ? Elle a vécu avec des

Comanches. Ça n'a pas dû être facile pour elle. Certaines personnes ont dû voir son retour comme un miracle.

— Sa force me fait penser à la tienne. Je pense qu'elle te plairait.

— J'espère la rencontrer, un jour.

Cale lui prit la main.

— Si tu veux savoir si j'accepterais de t'emmener au Texas avec moi, la réponse est oui.

Elle posa sa tête contre le dossier du fauteuil.

— Ne dis pas des choses que tu ne penses pas vraiment.

Il n'y avait pas de reproche dans sa voix ; seulement l'écho de promesses jamais tenues.

— Je n'en dis pas.

Ils entremêlèrent leurs doigts et restèrent assis tranquillement, sans plus parler, écoutant le ruisseau couler, plus loin. Amado donnait des coups de bec contre les barreaux de sa cage et les arbres jouaient dans un semblant de brise.

CHAPITRE DIX-NEUF

Durant les deux semaines qui suivirent, Tess se reposa, lut Tennyson et prit soin d'Amado. Vern Blight veillait sur elle et Cale n'était jamais bien loin. Il avait beau lui voler un baiser à la moindre occasion, ce qu'elle attendait toujours avec impatience, il s'efforçait visiblement de tenir toute passion sous cloche. Tous les soirs, après le dîner, ils s'asseyaient sur le perron et regardaient les étoiles. Tess contait des histoires ; parfois, Vern se joignait à eux.

Le vieil homme parlait peu des Indiens et des hommes qu'il connaissait dans les Dragoons, mais il les abreuvait de récits des animaux qu'il avait sauvés, au fil des ans. L'air de rien, Tess en mémorisa plusieurs qu'elle ajouta à sa bibliothèque d'histoires.

Les deux Apaches qui vivaient sur le terrain gardaient leurs distances. Vern leur apprit que l'homme s'appelait Nitis et la femme Smita, mais il ne les leur présenta jamais officiellement. Cale expliqua à Tess que le couple se méfiait probablement d'eux et elle laissa tomber le sujet. Elle les vit occasionnellement lui jeter des coups d'œil, quand ils s'occupaient du jardin ou des animaux de la grange, mais leurs chemins ne se croisaient jamais.

Elle fut bientôt soulagée de commencer à se sevrer du laudanum, quand la douleur se fit plus supportable. L'attelle lui marquait la peau et la grattait affreusement ; malgré tout, elle sentait sa jambe guérir. Elle la percevait qui se renforçait de jour en jour.

Cale lui fabriqua des béquilles qui lui permirent de se déplacer toute seule. Elle apprécia beaucoup de regagner un peu d'autonomie. Elle emportait parfois la cage d'Amado près du ruisseau et s'asseyait avec l'oiseau, en attendant que Cale revienne de la chasse ou de ses repérages. Elle se faisait toujours une joie à l'idée de le revoir.

La nuit, elle rêvait souvent de lui, de baisers échangés et plus encore. Elle se réveillait alors, frémissant de désir pour lui, consciente de sa présence, dans la pièce juste à côté. Il dormait par terre, toutes les nuits. Elle n'aurait eu qu'à l'appeler, lui demander de la rejoindre, de la prendre dans ses bras, de lui faire l'amour.

Il s'était montré très respectueux, mais ils n'étaient pas souvent seuls – excepté la nuit.

C'était à elle de faire le premier pas, mais dans l'obscurité confidentielle des heures précédant l'aube, elle hésitait toujours.

Et si elle se figeait ou, pire, devenait aussi folle qu'un animal sauvage pris au piège de sa terreur ?

Elle ne pouvait chasser cette appréhension. Elle ne voulait pas le décevoir ni se couvrir de honte.

Elle se servit d'une seule béquille pour contourner la maison. Vern était parti dans les montagnes, deux jours plus tôt. Il n'avait pas donné d'explications, mais d'après Cale, il cherchait de l'or. Tess s'était étonnée de sa confiance à leur égard. Ils se connaissaient depuis si peu de temps ! Mais Vern s'était montré sans détour.

— Mes animaux vous aiment bien, avait-il dit. Ça me suffit pour être tranquille. Nitis et Smita ne vous embêteront pas, tant que vous ne les dérangez pas.

Elle se rendit au petit jardin potager. Il y avait du maïs, des courges, des carottes, des patates, entre autres légumes. Smita s'en occupait bien, y travaillant quotidiennement. Tess se baissa pour déterrer quelques navets qu'elle comptait cuisiner. Avec un peu de chance, Cale rapporterait du lapin. Il n'allait sûrement plus tarder.

Elle entendit Amado pousser un cri. Le merle était dans sa cage posée sur le perron, derrière l'angle du chalet. Tess regarda alentour ; une mèche de ses cheveux noirs se balança devant son visage. Elle recommença à déterrer un navet avec une petite pelle, mais l'oiseau cria à nouveau.

Tess devint nerveuse. Elle se redressa, saisit la béquille et boitilla vers le perron.

Elle se figea.

Un coyote se tenait à six mètres de là. Il était visiblement intéressé par Amado. Pas étonnant que l'oiseau soit affolé !

À voir son corps maigre et les poils en pagaille de son pelage fauve et blanc, il semblait affamé. Ses yeux jaunes fixaient l'oiseau et Tess sentit la peur lui glacer les os. C'était un sentiment qu'elle connaissait bien. Mais elle resta plantée là et tint bon.

Le coyote finit par abréger la confrontation en faisant demi-tour et en s'éloignant.

Tess savoura sa victoire. Elle se sentit plus forte. Elle ramassa la cage et rentra dans le chalet en titubant. Elle préférait savoir l'oiseau en sécurité, hors de portée, au cas où Coyote changerait d'avis.

Elle entendit un cheval approcher et sentit immédiatement que quelque chose ne tournait pas rond. Elle ferma la porte et regarda le cavalier approcher par la fenêtre.

Ce n'était pas Cale.

L'homme ralentit sa monture et s'arrêta devant la maison.

La peur et l'incrédulité glacèrent Tess.

Saul Miller !

Elle s'écarta de la fenêtre en vitesse.

Elle ferma les yeux, cherchant désespérément une explication. Elle se trompait peut-être. Lange avait dit qu'il était mort. Son imagination devait lui jouer des tours.

Elle se pencha avec précaution pour regarder à nouveau. Elle vit furtivement l'homme massif aux yeux perçants et au visage criblé de cicatrices.

C'est lui !

Elle colla son dos à la porte, s'appuyant lourdement sur la béquille et priant pour qu'il ne l'ait pas vue.

Elle entendit des pas sur le perron. Un coup frappé à la porte la fit claquer des dents.

— Vern, t'es là ?

Elle retint sa respiration, rêvant de disparaître.

Autres coups contre la porte. Après un long moment, jurant dans sa barbe, Miller s'en alla d'un pas lourd. Lorsqu'elle entendit les foulées de son cheval s'éloigner, elle reprit frénétiquement son souffle, comme si elle avait failli se noyer.

Elle resta immobile pendant longtemps ; sa tête tournait et son corps tremblait.

Elle finit par se laisser glisser jusqu'au sol, soulevée par d'incontrôlables sanglots.

Cale trouva Tess endormie sous le lit. Il s'était mis dans tous ses états en ne la voyant pas, surtout après avoir trouvé une de ses béquilles abandonnée dans la chambre, sans le moindre signe d'elle.

S'il éprouva un puissant soulagement, il comprit également que les progrès faits ces deux dernières semaines en vivant tranquillement dans la maison de Vern, avaient pris un sacré coup dans l'aile. Elle s'était recroquevillée aussi loin que possible, sous le cadre de lit fait de bois et de corde, derrière le pot de chambre dont émanait une odeur âcre. Son visage était rougi et strié de pleurs séchés.

— Tess…

Il la toucha doucement et elle se réveilla.

— Que fais-tu là-dessous, ma chérie ?

Il repoussa le pot et la tira de là en faisant attention à sa jambe avec l'attelle ; puis, il l'installa sur le bord du lit. Sa chemise marron et sa jupe à carreaux étaient couvertes de poussière et ses cheveux noirs tombaient tout autour de ses épaules, défaits de leur tresse.

Hébétée, elle s'essuya le visage en jetant des coups d'œil autour d'elle.

— Que faisais-tu sous le lit ?

Elle croisa son regard et ses yeux se remplirent à nouveau de larmes.

— J'ai vu Saul.

— Comment ça ?

— Il est vivant. Je l'ai vu, ici.

— Tu en es sûre ?

Elle hocha la tête.

— Au début, j'ai cru me tromper. Mais j'ai bien regardé… c'était lui.

Elle se tut pour reprendre son souffle.

— Tu me crois ?

— Bien sûr que oui ! J'avoue ne pas avoir cru Lange sur parole. Mais qu'est-ce que Saul venait-il faire *ici* ?

— Il cherchait Vern. Comme personne n'a ouvert la porte, il est parti.

Cale repérait les environs et chassait, sans jamais trop s'éloigner. Il avait vu des signes trahissant la présence d'Apaches, mais rien concernant Hank – ni Lange, d'ailleurs. Et voilà que Saul rôdait aussi dans le coin. Bizarre qu'ils soient tous dans le coin au même moment, mais apparemment sans être ensemble… Est-ce que Miller cherchait Hank, lui aussi ?

— Tu es sûre qu'il ne t'a pas vue ? demanda-t-il.

— *Sí.*

Il l'attira contre lui en l'entourant de son bras droit. Il plongea la main dans ses cheveux et l'embrassa sur le front. Elle s'accrocha à lui.

— Il est venu quand ?

— Dans la matinée.

S'il partait tout de suite, il pourrait traquer Miller. Il pourrait le faire prisonnier et le traîner en justice, à Tuscon, pour qu'il réponde du meurtre de Jim Bennett et de l'agression de Tess. Mais imaginant qu'elle devrait raconter le drame en détail, il songea à tuer Saul, tout simplement, et à laisser sa carcasse aux vautours. Après ça, Tess pourrait tourner la page une bonne fois pour toutes. Mais ça ferait de Cale ce que Saul était devenu : une brute justicière autoproclamée.

Tess releva la tête vers lui.

— À quoi penses-tu ? Est-ce que tu vas le poursuivre ?

— J'y réfléchis.

— Alors, je viens avec toi.

— Tu ne peux pas. Ta jambe n'est pas encore guérie.

— Elle va de mieux en mieux, chaque jour. Je pense qu'on peut retirer l'attelle.

Il l'embrassa, tout en se contrôlant, comme il l'avait fait ces deux dernières semaines. Il avait appris à aimer le désir sublimé par l'attente, assouvissant son envie d'elle à travers le simple contact de leurs bouches.

— Tu préfères que je reste ici, pas vrai ? demanda-t-elle.

Il posa son front contre le sien.

— Non. Je ne pense pas que tu sois plus en sécurité ici qu'avec moi. Il n'y a pas d'Apaches, dans les environs ; d'après moi, l'embuscade visait plutôt One Ear que nous. Mais je ne veux pas que tu souffres encore plus, Tess.

— Dans ce cas, aide-moi à retirer cette attelle et voyons ce qu'il en est.

CHAPITRE VINGT

Quel soulagement, de retirer l'attelle ! Tess put gratter et frotter les zones de sa peau restées inaccessibles, depuis la mise en place de la contention. Cale sortit de la chambre pour poser les bouts de bois dehors. À son retour, Tess était toujours assise sur le lit. Elle avait remonté sa jupe pour examiner le résultat des soins, à la lumière de la lanterne.

Il s'assit vers le pied du lit.

— Ne gratte pas trop fort…

Frustrée, elle planta les paumes de ses mains de part et d'autre de sa jambe, sur le couvre-lit.

Il posa une main sur son genou et l'autre sur sa cuisse. Elle eut la chair de poule – et pas uniquement au niveau de sa jambe – et sa respiration devint superficielle.

Il faisait nuit ; ils étaient seuls, plus seuls que d'habitude. Vern était parti et ne devait pas revenir de sitôt ; quant aux deux Apaches, ils ne venaient *jamais* dans le chalet.

Tess eut la bouche sèche.

Elle détourna son attention de la présence virile et séduisante de Cale pour se concentrer sur sa blessure, espérant la trouver mieux soignée qu'avant.

Elle inspira profondément pour se donner du courage.

Cale leva vers elle des yeux pleins d'un désir profond. Elle retint sa respiration, avant de souffler d'un seul coup.

— Ça n'a pas l'air mal, dit-il doucement. Qu'en penses-tu ?

— Que c'est agréable.

Elle ne détourna pas les yeux et lut dans les siens qu'il comprenait l'allusion.

— Tu en es sûre ? lui demanda-t-il.

Le cœur de Tess battait la chamade.

— J'espère que tu ne seras pas déçu.

— Je n'ai aucune chance de l'être.

Il se rapprocha d'elle.

— Tu veux essayer de marcher, avant ?

— Je peux le faire après.

Il eut un léger sourire. Avec douceur, il repoussa quelques mèches de cheveux de son visage.

Il fondit ensuite sur sa bouche et elle passa ses bras autour de lui, l'attirant contre elle. Il fit glisser sa langue sur ses lèvres ; elle s'accrocha à lui. Leurs baisers lui étaient devenus familiers, mais ce n'était pas moins excitant pour autant. Collée à lui, elle sentit le désir qu'il éprouvait et qu'il avait contenu jusqu'ici, ce qui attisa le sien.

Elle refusait d'avoir peur – et après l'épuisement qu'avait provoqué la terreur d'avoir vu Saul, elle voulait plus que jamais ressentir du plaisir, se sentir vivante. Et que ce soit avec Cale.

Tout à coup, leur baiser s'enflamma et Cale la poussa sur le dos pour venir s'allonger à côté d'elle. Il dévorait sa bouche avec fièvre et elle s'arc-bouta contre lui. Elle sentit son érection contre sa hanche. Il frôla un de ses seins, puis posa sa main dessus. Le corps de Tess vibra d'impatience.

Il se redressa au-dessus d'elle. Il l'embrassa dans le cou, puis plus bas… Elle tira sur sa chemise et il la fit passer par-dessus sa tête. Elle déboutonna son chemisier ; il l'aida à le retirer. Il se leva pour faire glisser sa jupe le long de ses jambes, puis ils enlevèrent ensemble son caraco. Elle ne portait plus que son caleçon.

Toujours debout, il se débarrassa de ses bottes en dansant d'un pied sur l'autre, puis ôta son pantalon. Ils n'avaient pas éteint la lanterne et, l'espace d'un instant, Tess se demanda si elle avait l'air d'une femme légère, presque nue comme elle l'était, devant l'homme qu'elle s'apprêtait à aimer.

Elle essaya de ne pas regarder fixement les muscles et la silhouette mince de Cale ni les cicatrices qui marquaient sa peau. Elle le trouvait encore plus beau avec ses blessures et elle espérait que ce soit réciproque. Il s'agenouilla au bout du lit, glissa ses doigts sous le rebord de son caleçon, contre ses hanches, et l'abaissa lentement, dénudant Tess complètement.

Il se pencha et déposa une série de baisers le long de sa jambe estropiée, sans éviter les zones enfoncées, où il manquait de la chair. Il fit traîner ses mains sur ses hanches et sa bouche poursuivit son ascension, jusqu'à recouvrir un sein.

Tess ferma les yeux, s'abandonnant aux sensations. Elle n'aurait jamais imaginé pouvoir ressentir ça, cet élan progressif qui lui donnait envie d'aller plus loin.

Cale remonta jusqu'à sa bouche et couvrit son corps avec le sien. Son érection se retrouva nichée entre ses jambes. Les bras en appui de chaque côté de sa tête, il embrassa son cou, son menton, ses joues. Il se mit à tanguer doucement sur elle et elle décala ses jambes pour faciliter sa posture. Il souleva légèrement ses hanches, s'appuya contre elle, puis hésita.

Elle ouvrit un peu plus les cuisses, lui donnant la permission de continuer. Il commença à s'introduire en elle, mais elle se figea soudain, assaillie de souvenirs d'un autre temps, d'un acte dénué de toute affection ni consentement.

Cale releva la tête pour la regarder.

— Tess, tout va bien.

Elle se mordit la lèvre et ferma les yeux.

— *Lo siento…*

Il frotta doucement ses lèvres aux siennes, les hanches immobiles ; il restait là où il était.

— Il y a d'autres moyens de faire ça.

— Qu'est-ce que tu veux dire ?

Elle osa lever les yeux vers lui. Elle voulait par-dessus tout pouvoir être le genre de femme qu'il était capable de combler. Il avait sûrement eu des partenaires qui s'étaient abandonnées à lui volontiers.

— Je ne suis pas obligé de te pénétrer pour te donner du plaisir.

— Et c'est agréable pour toi ?

Il pouffa tout doucement.

— Il ne s'agit pas que de moi.

Il se décala pour ne plus être au-dessus d'elle et tendit un bras vers la table de nuit. Il éteignit la lanterne.

Sa bouche titilla sa joue et son oreille, tandis qu'il baissait sa main gauche vers son sein, puis son ventre, puis plus bas. Il la caressa avec ses doigts et elle poussa un petit cri. Plus à l'aise dans le noir, elle délaissa toute pensée pour vivre uniquement les réactions qu'il provoquait chez elle, à chaque mouvement. Elle succomba à ses caresses et il l'embrassa à pleine bouche. Elle s'accrocha à son cou, à ses épaules, donnant des coups de hanches vers lui.

Il détacha sa bouche de la sienne pour la laisser reprendre son souffle. Redescendant progressivement du pic orgasmique, elle eut du mal à croire aux sensations qu'elle venait de vivre.

— *Maravilloso*, murmura-t-elle. Mais… et toi ?

— Ne t'en fais pas pour moi. Il faut juste que je pense à autre chose qu'à ton corps *maravilloso*.

Il se lova contre elle, de tout son long.

Elle se mit à l'embrasser fiévreusement, avec l'envie de lui rendre la pareille.

— Tess, souffla-t-il contre sa bouche ; je ne vais pas pouvoir me retenir longtemps, dans ces conditions…

— Alors, ne te retiens pas. Tout va bien. S'il te plaît, essaye encore !

Elle l'embrassa avant qu'il ne puisse dire un mot et l'attira au-dessus d'elle. Cette fois-ci, elle ouvrit les jambes plus franchement et vint à sa rencontre.

Il la pénétra en une impulsion. Le sentir en elle lui apporta plus que de la satisfaction ; elle ressentit un lien profond qui dépassait le plaisir physique. Sans cette osmose, il lui avait manqué quelque chose.

Il se mit à bouger contre elle en la caressant d'une façon totalement différente, mais elle sentait qu'il se retenait. Elle enroula ses jambes autour de lui et s'abandonna dans l'obscurité au désir brutal de l'instant. Elle avait une soif désespérée de tout ce que son corps avait à lui offrir. Il plongea sur sa bouche en tenant son corps collé au sien et elle atteignit un nouvel orgasme, totalement étourdie par le désir qu'il avait d'elle.

Quand il libéra lentement la tension qui l'avait habité jusque-là, elle s'accrocha à lui et des larmes s'échappèrent de ses yeux. Il savoura sa bouche tendrement, s'attardant ; il essuya d'un revers de pouce sa joue mouillée.

— Je n'aurais jamais cru que ça puisse être comme ça, dit-elle.

— Moi non plus.

DANS LA NUIT, Tess changea de position dans les bras de Cale. Toujours nue, elle colla son dos contre lui. Il l'enveloppa dans les bras et frotta ses lèvres dans son cou. Elle agrippa ses avant-bras. D'une main, il caressa ses seins, son ventre, ses hanches, pour venir se nicher entre ses jambes. À nouveau, il enflamma ses sens, lui faisant perdre la tête sous l'effet d'un désir frénétique qu'elle n'avait jamais soupçonné.

Il ne la pénétra pas, préférant savourer la découverte de son corps sous ses mains. Dans cette intimité sulfureuse, elle se sentit dévergondée et sensuelle, profondément soulagée, face au désir de Cale dont la puissance se reflétait dans ses moindres gestes, dans chacune de ses caresses et les grognements de plaisir qu'il laissait échapper. Il ne pouvait détacher ses mains de son corps, réveillant chez elle une réponse foncièrement féminine.

Elle voulut lui retourner les faveurs.

Elle roula sur l'autre flanc pour lui faire face et pouvoir l'embrasser goulument. L'obscurité aidant, elle laissa libre cours à son avidité en osant le toucher comme il l'avait fait. Les muscles de ses épaules se bandèrent sous l'effet de ses caresses. Elle l'attira contre son corps échaudé. Il vint se placer sur elle et la pénétra d'un seul coup, avant d'adopter une cadence que Tess appropria à la danse de leur désir réciproque. Plus rien d'autre ne comptait.

Ils se rendormirent ensuite. Plus tard, quand Tess se réveilla, les premières lueurs de l'aube se faufilaient dans le chalet. Elle était allongée sur le dos et Cale sommeillait à côté d'elle, une main posée sur sa hanche. Le parfum prononcé de leurs ébats flottait dans l'air ; elle se sentait bien, savourait cet instant en en priant pour que ses anciennes terreurs aient disparu pour de bon.

Mais il lui restait une chose à découvrir.

Ma jambe.

Cale avait eu l'art de la distraire, au point qu'elle ne se soit plus éloignée de lui ni du lit, dès l'instant où elle s'était retrouvée nue. Elle avait ressenti certains élancements, mais rien de franchement douloureux.

Elle se détacha doucement de lui et vint s'asseoir au bord du lit. Son genou gauche était encore gonflé, mais elle pouvait déjà le plier.

Bueno.

Elle baissa les yeux sur son corps dénudé, encore empourpré de leurs ébats nocturnes. Ses cheveux noirs tombaient en cascade sur ses bras. Elle se sentit remplie d'une satisfaction profonde. Elle se pencha et ramassa sa chemise, par terre, puis l'enfila.

Prenant son courage à deux mains, elle souffla un bon coup et se leva d'une seule impulsion, en s'appuyant sur sa jambe droite, la plus forte. Avec de grandes précautions, elle transféra de plus en plus de poids sur la gauche. Elle était raide et lui faisait un peu mal, mais tenait bon. La douleur que Tess ressentait n'était pas vive, seulement diffuse dans ses muscles, dans ses os et les tendons de son genou.

Elle se concentra et sortit de la chambre en marchant. Dans l'autre pièce, ses yeux tombèrent sur la cage d'Amado. L'oiseau la regardait.

Au cours des deux dernières semaines, l'état de son aile aussi s'était amélioré. Tess savait qu'il était inutile de viser la perfection et qu'il était temps de le relâcher, de le laisser tenter sa chance. Elle s'approcha de la structure en métal, la souleva et l'apporta lentement sur le perron. Elle la posa sur une chaise que Cale utilisait souvent, déverrouilla la porte, l'ouvrit et recula d'un pas.

— Bon voyage, Amado !

Le merle sauta sur le rebord de la cage, devant la sortie, et s'immobilisa. Tess comprenait. Même si l'envie de liberté de l'avait jamais quitté, le moment d'ouvrir ses ailes provoquait chez lui une certaine appréhension. Cette libération était-elle réelle, fiable ?

— *Vamos, ahora*, souffla Tess dans la douceur du petit matin brumeux.

Amado ouvrit ses ailes et prit son envol. La femelle se percha sur l'enclos à bétail ; elle tourna la tête plusieurs fois, comme si elle regardait Tess, restée derrière.

Tess avança dans le jardin en souriant, ses pieds nus contre

Madre Tierra. Elle s'approchait de la barrière en bois, quand Smita, la femme apache, apparut en direction du ruisseau, portant un panier de linge. Son visage rond se plissa, arborant un grand sourire.

La femme n'avait pas peur d'elle. Son mari lui avait sûrement dit de ne pas s'approcher des *gringos* qui logeaient dans le chalet de Vern, craignant le pire. C'était compréhensible, au vu des atrocités commises envers les Indiens, toutes ces années.

Mais Smita savait qu'elle n'avait pas besoin de se méfier de Tess, ça se lisait dans son regard pétillant.

— *Se baila con la muerte, dit Smita*, parlant espagnol par égard pour Tess. *Pero ahora usted es un ángel.*

Vous dansez avec la mort, mais à présent, vous êtes un ange.

Une compréhension muette s'opéra entre elles, une conscience des douleurs enfouies, des cicatrices et du renouveau.

— *Sí*, répondit Tess.

Amado s'envola ; dans son ascension vers les hauteurs, elle abandonnait la sécurité de la maison pour les contrées sauvages qui lui ouvraient les bras.

CHAPITRE VINGT-ET-UN

Cale suivait un chemin différent, mais comme parallèle à celui qu'ils avaient emprunté avec Tess, Lange et One Ear, jusqu'au lieu de l'embuscade, des semaines plus tôt. On y voyait encore les traces du cheval de Saul Miller. Il était apparemment seul, mais Cale se demandait s'il allait rejoindre quelqu'un. Peut-être Lange.

Le soleil était au zénith. Ils quittèrent un sentier traversant une végétation dense pour gagner de la hauteur. Des dômes de granit apparurent ; de grands yuccas parsemaient le paysage, leurs feuilles brandies comme des épées. Moses suivait Bo, au bout d'une courte longe, et Tess fermait la marche, sur Gideon. Malgré la mission qui les attendait, Cale se sentait plus heureux qu'il ne l'avait été depuis bien longtemps – et satisfait comme il ne l'avait jamais été auprès d'une femme.

Il le devait entièrement à Tess.

Attendant que sa jambe guérisse, il avait refoulé le désir omniprésent qu'il ressentait pour elle et avait découvert les mines d'or qu'étaient son intelligence, sa bonté et sa beauté. Son sourire l'hypnotisait ; quand elle riait, plus rien d'autre n'existait.

Mais la veille, quand le barrage avait cédé entre eux, il n'avait rien pu faire pour se retenir. Elle s'était glissée dans son cœur pour courir dans ses veines, lui devenant aussi vitale que son propre sang. Elle s'était offerte à lui avec une confiance incroyable et elle lui avait fait perdre la tête.

Il n'avait pas prévu d'aller jusqu'au bout, de finir en elle. Il ne voulait pas qu'elle se retrouve enceinte – du moins, pas tout de suite. Mais ses plans avaient disparu comme par enchantement et plutôt deux fois qu'une.

Il faudrait qu'il se maîtrise mieux que ça, à l'avenir.

S'il y arrivait…

Il l'avait regardée, debout au bord du corral, baignant dans la lumière dorée du soleil levant et cette image s'était gravée dans sa mémoire. Les boucles charmantes de ses cheveux noirs se rependaient sur le tissu fin de la chemise qu'elle portait, caressant les courbes qu'il avait découvertes dans l'intimité de la nuit précédente. Quand le merle avait retrouvé sa liberté, dans un puissant battement d'ailes, Tess l'avait suivi des yeux avec émerveillement, fermement plantée sur ses *deux* jambes. Smita se tenait non loin d'elle et il avait perçu la connivence entre les deux femmes.

En cet instant, il avait vu Tess incarner la personne qu'elle avait toujours été destinée à être.

Il ressentit une grande fierté et l'envie de demeurer à ses côtés.

Il resterait auprès d'elle tant qu'elle voudrait de lui ; et si un enfant était à naître de leur union, ils se marieraient.

Si elle acceptait.

Il ne lui couperait pas les ailes, comme les hommes l'avaient fait par le passé.

Spontanément, il pensa à sa mère. Il avait six ans, quand elle était morte en couches. Il ressentit un manque ; il aurait aimé qu'elle soit encore de ce monde pour lui présenter Tess. Avait-elle compté pour son père, avait-elle reçu l'attention qu'une femme pouvait espérer obtenir de son mari ? Était-elle simplement morte en donnant la vie ou bien également d'avoir eu le cœur brisé ?

Il fut frappé d'envisager seulement maintenant les difficultés qu'elle avait dû affronter.

Durant son enfance, Cale avait vu son père, Davis Walker, malheureux la plupart du temps. Les enfants avaient été turbulents au point d'être presque insupportables. Pour être honnête, Cale ne s'était jamais senti proche de ses frères. Il avait trouvé plus simple de partir, tout simplement. S'engager dans l'armée, à dix-huit ans, avait été pour lui une bénédiction.

Le temps passant, il était rarement retourné chez lui.

Loretta serait-elle désolée que sa famille se soit ainsi divisée ?

Cale était récemment retourné chez son père, quand Molly Hart était réapparue, mais pour en repartir presque aussitôt, dès qu'arriva la lettre de Mary implorant de l'aide pour Tess.

Il savait ce qu'il lui restait à faire : il devait retourner au Texas.

Avec un peu de chance, Tess l'accompagnerait.

Ils plongèrent dans une vallée et trouvèrent un minuscule cours d'eau. Ils firent halte pour rafraîchir les animaux.

Cale mit pied à terre, puis aida Tess à en faire autant.

— Tu veux tes béquilles ?

Il les avait accrochées au bât de Moses, au cas où.

— Non, seulement ma canne.

Il tripota sa tresse d'une main et passa l'autre autour de sa taille. Il envisagea de l'allonger, à l'ombre, et de lui faire l'amour jusqu'à ne plus savoir comment ils s'appelaient. Il poussa en arrière le chapeau qu'elle portait et elle fit pareil au sien, avant de l'embrasser.

— On devrait peut-être vivre dans le chalet de Vern pour toujours, tout simplement, dit-il en reprenant son souffle.

Elle ignora son commentaire, occupée à défaire les boutons de sa chemise.

Il fit un pas en arrière en riant.

— Ne me tente pas, sinon on va passer la journée ici !

La frustration évidente sur son visage rosi fit immensément plaisir à Cale et lui enflamma les sens. Il détacha la canne de la boucle à sa selle et la lui tendit. Puis, lui prenant la main, il l'entraîna au bord de l'eau.

Un bruissement dans les feuilles, non loin de là, accapara son attention, coupant court à ses ardeurs. Pour ne pas inquiéter Tess, il prétexta d'aller chercher à manger dans les sacs chargés sur la mule, mais il rebroussa le chemin qu'ils avaient pris jusqu'ici, et traversa le ruisseau.

Il dégaina son colt et avança discrètement vers un amas de buissons. Une silhouette accroupie s'y tenait, épiant Tess et les chevaux.

C'était un homme, vêtu d'un pantalon et d'une chemise sombre sous une veste. Il avait de longs cheveux noirs et un bandeau de tissu rouge autour de la tête. Il était armé d'un arc et d'une flèche.

Un Apache.

Cale attendit. S'il faisait sursauter l'individu, ce pourrait être dangereux pour Tess. Il n'avait pas envie non plus de blesser un Indien sans y être poussé. L'homme pouvait simplement être en train de faire du repérage ; il était possible qu'il passe son chemin en catimini.

Le temps s'étira, puis le guerrier se tourna et Cale le reconnut.

Bipin.

Cale agit rapidement, pour éviter que Bipin le prenne pour un ennemi. Il l'attrapa par-derrière, mais le jeune se libéra agilement et frappa Cale en pleine mâchoire. Profitant de l'étourdissement provoqué, il prit l'avantage et le précipita au sol en se jetant sur lui, prêt à le frapper encore.

— *Dah ! Dah !* Bipin, c'est Cale ! *Anáyidle'i bijíí !* C'est moi, Change of Heart !

Le jeune homme s'arrêta dans son élan.

— Plus un geste ! cria Tess.

Elle était debout, près d'eux, et braquait sur l'Apache la Winchester de Cale.

— Ça va, Tess ; je le connais.

— Il t'a frappé !

Bipin se redressa et Cale put se relever.

— Je l'ai surpris, dit Cale en regardant l'Indien.

Elle abaissa lentement son arme.

Bipin sourit.

— Je suis désolé, Change of Heart. Je ne savais pas que c'était toi.

— Tu es devenu fort, répondit Cale en lui serrant la main. Ravi de voir que tu vas bien.

— Pareil. Cocheta va être contente de te voir !

— Je te présente Tess Carlisle.

Elle se rapprocha en boitillant légèrement. Comme elle avait traversé le ruisseau, ses bottes et le bas de sa jupe étaient trempés. Elle serra la main de Bipin.

L'Indien baissa les yeux pour regarder sa jambe.

— Vous êtes blessée ?

— C'est guéri, maintenant.

Bipin se tourna vers Cale.

— C'est ta femme ?

— *Ha'aa.*

Agacée, elle l'épingla du regard.

— Tu te moques de moi ?

— Non. Je devrais peut-être t'apprendre à parler apache.

Bipin leur adressa un grand sourire.

— Vous allez venir avec moi ?

— *Ha'aa*, répondit Cale.

Tess l'observa en haussant un sourcil ; il déposa rapidement un baiser sur sa joue.

— Cocheta raconte encore des histoires sur toi, dit Bipin. Elle sera très heureuse de te voir ; mais elle va se poser des questions sur la fille.

— Tess n'est pas *une fille* et elle va lui plaire. Elle connaît plein d'histoires, elle aussi.

— Cocheta demandera une grande histoire pour être satisfaite, dit Bipin en se tournant vers Tess. Vous savez raconter une grande histoire ?

Tess réfléchit un instant.

— Oui. Mais elle devra faire ses preuves aussi, en me montrant ses talents de conteuse.

Bipin éclata de rire.

— Change of Heart a une femme extra !

Il faisait presque nuit, quand ils suivirent Bipin dans le campement apache. Tess s'inquiétait de savoir s'ils seraient vraiment les bienvenus, comme Cale le disait. La rencontre avec Bipin s'était bien terminée, mais l'avait mise sur le qui-vive. Quand elle avait vu Cale en danger, elle avait pris le fusil et s'était précipitée pour lui venir en aide.

J'ai couru !

Elle n'en revenait toujours pas. Même si des élancements douloureux avaient retenti dans sa jambe, elle avait couru ! Elle n'avait plus fait une chose pareille, depuis l'agression de Saul.

Et Cale était sain et sauf.

Ces deux faits lui remontaient le moral, sans étouffer pour autant son inquiétude qui grandissait à mesure qu'ils s'enfonçaient dans un petit bois au bord de l'eau, rempli d'Indiens.

La *rancheria* apache était composée d'une douzaine de huttes – des branches de bois cintrées en forme de U à l'envers et couvertes de peaux de bêtes. Des femmes entretenaient des feux pour la cuisine, des hommes vaquaient à des occupations variées et des enfants couraient en tous sens, leur coupant la route.

Toute activité cessa quand les Indiens remarquèrent leur présence et Bipin appela dans sa langue. Une femme âgée arriva ; elle était petite et un peu voûtée, mais son regard était vif. Des cheveux grisonnants lui arrivaient aux épaules de façon inégale. Ses vêtements colorés témoignaient d'une origine mexicaine. Cale descendit de cheval, avança vers elle et la prit doucement dans ses bras. Elle en fit autant, mais plus vivement. Ce devait être Cocheta.

Ils discutèrent en apache, sous le regard intéressé d'une grande partie de la tribu. Visiblement, Cale ne représentait aucune menace à leurs yeux.

Il s'approcha de Tess et l'aida à descendre de Gideon, avant de l'entraîner devant la femme.

— Tess, voici Cocheta. Elle ne parle pas bien anglais, mais elle comprend un peu l'espagnol.

— *Es un placer conocerte*, dit Tess, un peu complexée d'être tellement plus grande que la femme.

Cocheta se tourna vers elle et son sourire disparut ; elle la dévisagea minutieusement de son regard acéré. Tess se sentit comme une petite fille attendant son approbation.

L'Indienne lui prit la main et parla en apache. Tess regarda Cale pour qu'il traduise.

— Elle dit que tu es aussi belle que la nuit étoilée et qu'elle avait vu ce jour où une femme touchée par le merle lui ramènerait Change of Heart.

La référence au merle surprit Tess ; Amado était déjà loin, à présent. Mais le regard perçant de Cocheta fouillant le sien lui rappela celui de son *abuela* et la sagesse qu'il contenait. Sa grand-mère lui avait appris que le monde avait deux faces ; la plupart des gens n'en voyaient qu'une, quand une poignée d'autres pouvait percevoir la seconde. Cocheta faisait partie de ces rares personnes-là.

La femme se remit à parler ; le rythme cadencé de ses mots résonna en Tess, touchant quelque chose de profond en elle, comme les racines qui poussent sous la surface de la terre. Il existait un puits de connaissance, dans cette zone entre la vie et la mort, plus vaste qu'on aurait pu le soupçonner.

Tess se tourna à nouveau vers Cale. En voyant les étincelles dans ses yeux, son pouls s'accéléra.

— Elle dit que tu es comme les cycles de la lune, brillante et lumineuse, puis cachée sous une cape, traduit Cale. Elle approuve.

Il lui sourit et son désir enflamma le sien de façon inattendue.

Elle aurait aimé qu'ils soient seuls.

Un groupe de femmes l'entraîna plus loin. Elle tourna la tête pour apercevoir Cale ; il la regardait partir. Elle se demanda quand elle le reverrait.

Cale était assis avec Mohan, le chef d'une bande de Nednais, des Apaches Chiricahuas. Tyee, le vieux guérisseur qui se trouvait avec eux, était celui qui lui avait transmis certaines connaissances, quand Cale vivait avec eux. Plusieurs jeunes hommes étaient aussi présents, dont Bipin – ce qui tombait bien, parce qu'il parlait un meilleur anglais que la plupart d'entre eux. Cale se souvenait suffisamment de leur langue pour se débrouiller, mais un traducteur pouvait s'avérer utile. Beaucoup d'Apaches parlaient espagnol, mais même après avoir passé du temps avec Tess – ou peut-être à cause de ça – les lacunes de Cale dans ce domaine étaient devenues évidentes.

Ils discutèrent, avec l'aide de Bipin.

— Cocheta nous avait prévenus de ton retour, mais on ne savait pas quand il aurait lieu, dit Mohan.

Son visage était plus ridé que dans les souvenirs de Cale. Il n'était pas si vieux, mais la fatigue conséquente aux conditions éprouvantes d'une vie de nomade se lisait dans ses yeux.

— J'avoue qu'encore très récemment, j'ignorais tout de mon retour, répondit Cale. Comment ça se passe, ici ?

— Jackrabbit nous a quittés en emmenant tout un groupe avec lui. Il trouve notre position inefficace, face aux White Eyes. Il préfère attaquer. Nous ne voulons pas d'ennuis. Trop de morts s'ensuivent. Mais il y a des conflits avec l'armée des *pindah*.

Cale hocha la tête.

— Tu es au courant de quelque chose, Change of Heart ? demanda Mohan.

— J'aimerais vous apporter de bonnes nouvelles, mais l'armée a reçu la permission d'attaquer les Apaches, s'ils tuent ou pillent. Pourquoi ne pas aller dans la réserve ?

Mohan s'avachit, comme s'il avait un poids sur les épaules.

— Toutes les histoires qu'on entend sont problématiques. La terre y est sèche, on ne peut rien faire pousser ; et l'eau rend les gens malades.

Cale comprenait ; il aurait aimé avoir une solution.

— Pourquoi restez-vous ici, dans les Dragoons ? Vous seriez peut-être plus en sécurité au Mexique…

Mohan secoua la tête.

— C'est tout aussi dangereux, là-bas. Nous, on est venu passer les mois chauds ici. Et toi, Change of Heart, que fais-tu là ? Est-ce qu'on peut te faire confiance ?

— Oui. Je suis à la recherche d'un certain Hank Carlisle ; d'après ce qu'on m'a dit, il pourrait traîner dans ces montagnes.

L'absence de réaction à l'évocation de ce nom le poussa à préciser :

— L'Irlandais.

— Il y a un homme qui s'appelle comme ça. Il vit derrière ce col, à l'est. Il vaut mieux l'éviter. Il n'est pas clair dans sa tête.

Cale réfléchit. C'était ce qu'il craignait. Dans ce cas, il devrait retrouver Hank sans Tess. Il voulait savoir dans quel état était l'Irlandais, avant qu'elle ne le voie ; car s'il avait une quelconque intention de lui faire encore du mal, il serait hors de question qu'elle l'approche.

— Je dois aller le voir, dit Cale. Est-ce que quelqu'un pourrait m'emmener là où il se trouve, à l'aube ?

Mohan acquiesça.

— Emmène Bipin. Il sait.

— Mais il faudra que je laisse Tess ici, ajouta Cale. Sans qu'elle sache où je serai parti.

Mohan hocha la tête.

Tyee remua près de Cale et ce dernier serra doucement l'épaule de son aîné.

— C'est bon, de te revoir.

Le vieil homme sourit. Sa main aux jointures saillantes agrippa le haut du bras de Cale. Il parla en apache et Bipin traduisit :

— Il dit que tu as bonne mine. Il a souvent pensé à toi. La marque du puma est toujours sur toi. Tu poursuis toujours les ombres de la nuit.

Cale baissa les yeux sur Tyee en souriant.

— Je suis vraiment heureux de te revoir, Old One.

Tyee parla encore.

— Il dit, reprit Bipin, que la femme qui t'accompagne est médium. Elle peut percevoir le monde tel qu'il est vraiment et non tel qu'il veut être vu.

Cale était habitué aux déclarations de Tyee ; ce dernier lui en avait fait beaucoup, pendant sa convalescence, après l'attaque du puma, et plus tard, en lui apprenant à manier les énergies de guérison. Cale savait que Tess était spéciale ; pourtant, il fut très surpris d'entendre Tyee se prononcer si rapidement. Tess ne lui avait même pas encore été présentée officiellement.

— C'est vrai qu'elle n'est pas banale, dit Cale.

Bipin traduisit et Tyee gloussa de rire.

— Tu te ranges…

— Ouais, c'est bien possible.

CHAPITRE VINGT-DEUX

Lorsque Tess se réveilla, le lendemain matin, elle fut accueillie par Lenna, une jeune Apache aux yeux couleur café et aux longs cheveux noirs. Elle devait avoir environ quatorze ans. Elle portait une chemise en coton, une jupe en tissu imprimé et des bottes qui lui arrivaient aux genoux. Elle était en sa compagnie depuis la veille et, parlant un peu anglais, lui avait été d'une grande aide.

Tess avait été déçue d'être séparée de Cale, pour dormir dans la hutte qu'occupaient Lenna – entre autres personnes, vraisemblablement de sa famille. Cale était passé en coup de vent pour voir si tout allait bien ; il l'avait embrassée, avant d'aller se coucher ailleurs.

Elle sortit de la hutte et s'appuya sur sa canne. Sa jambe lui faisait particulièrement mal, ce matin. Elle balaya du regard le campement qui se réveillait doucement, chacun vaquant à ses occupations. Des femmes apaches robustes faisaient repartir des feux pour la cuisson, on transportait de l'eau dans des seaux et des gourdes, depuis un ruisseau voisin. Des bavardages rythmaient la préparation du repas.

— Où est Cale ? demanda Tess.

Lenna fila en vitesse et revint rapidement.

— Il est parti. On m'a dit qu'il était allé chasser le cerf avec Bipin.

— Oh.

Tess était déçue. Il aurait pu lui dire au revoir ! Mais elle se reprocha intérieurement sa sensiblerie. Ces gens étaient, aux dires de tous, de proches amis de Cale. Il était normal qu'il veuille passer du temps avec eux, prendre de leurs nouvelles et même aider aux corvées.

— Cocheta voudra parler avec toi, tout à l'heure, dit Lenna.

L'ancienne l'avait observée à la loupe, la veille. Mais l'ayant trouvée fatiguée, elle l'avait laissée tranquille. Ceci dit, Tess se doutait qu'une sorte d'interrogatoire l'attendait.

Lenna sourit. Il était impossible de ne pas apprécier cette fille.

— Mais on va d'abord manger, précisa-t-elle.

Tess se régala de l'épaisse galette offerte, appelée *chigustei*, accompagnant une bouillie à la semoule de maïs.

À CHEVAL, Bipin précédait Cale dans les montagnes. En milieu de matinée, il s'arrêta en désignant un campement, au loin.

—Je n'y vais pas, dit-il. On n'aime pas l'Irlandais.

—Je comprends. Je retrouverai mon chemin.

Bipin hocha la tête.

— À ce soir.

— Dis à Tess…

Mais il ne savait pas vraiment quel message lui transmettre.

—Je lui dirai que tu chasses encore.

Cale fronça les sourcils. Il faudrait alors qu'il rapporte un animal, ce qui ne serait sûrement pas possible.

— Dis-lui simplement que je fais du repérage, dans les environs.

Bipin acquiesça et s'en alla.

Cale dégagea sa Winchester de sa botte et pénétra dans les taillis avec Bo. Puis, il fit halte, mit pied à terre et l'attacha. Il avança discrètement vers les restes d'un feu de camp. Il y avait une toile de tente, des casseroles, des sacoches de selle, des boîtes et quelques paniers indiens.

Le cliquetis d'un pistolet qu'on arme retentit dans le silence et Cale se figea. Le canon était posé contre sa tête, à sa gauche.

— Pas un geste !

— C'est moi, Hank. C'est Cale.

La pression faiblit sur sa tempe et il put jeter un coup d'œil sur le côté. L'homme qui l'avait cueilli était sale et débraillé, mais sous le rebord d'un vieux Stetson usé, il avait des yeux verts que Cale aurait reconnus entre tous. C'étaient ceux de Tess.

La surprise se dessina sur le visage de Hank.

— Cale ?

Il baissa son arme.

— Eh ben, ça alors ! Par tous les diables, qu'est-ce tu fiches ici ?

Cale se tourna vers l'homme qui avait autrefois été son mentor et son ami.

— Je te cherchais, dit-il. C'était comme de courir après la lune, je te le dis !

Hank rigola de son mugissement jovial dont Cale se souvenait bien. Il lui fit une accolade.

— C'est drôlement bon de te voir, mon garçon !

Pris de court, Cale accepta l'accolade. Il aurait préféré que ces retrouvailles soient plus joyeuses, mais il sentait la colère lui monter au nez et il se félicita d'être venu sans Tess.

Quand Hank fit un pas en arrière, Cale put mesurer combien il avait changé. Il n'avait jamais été gros, mais en bonne forme. À présent, sa grande silhouette semblait famélique. La barbe blanche qui couvrait son visage et les cheveux gris qui prenaient le pas sur les roux lui donnaient presque des allures de fantôme.

— Ces montagnes n'arrêtent pas d'chuchoter, poursuivit Hank. J'savais pas combien de temps j'arriverais encore à l'supporter. Viens !

Il le poussa vers les cendres du feu de camp.

— Asseyons-nous pour bavarder ! J'peux faire du café.

Cale s'assit sur une caisse retournée, pendant que Hank faisait du feu avec des branches d'acacia. Il posa dans les flammes une cafetière cabossée.

— Où qu't'étais passé ? demanda Hank. J'ai jamais aimé comme on s'est quittés.

Cale décida de se montrer amical, le temps de se faire une idée de l'état d'esprit de Hank.

— J'étais au Texas.

— J'sais que t'as vécu avec ces Peaux-Rouges.

Hank secoua la tête.

— Tu es celui qu'ils appellent le Puma. 'Sont dans l'coin, tu sais – ta famille apache.

— Je sais.

— C'est pour ça que t'es v'nu ? Pour les voir ?

Cale leva le visage vers le ciel ; une rafale de vent fit danser les pins du paysage.

— Non. Je voulais te voir, toi. Tess s'inquiète.

— Tessie ? Elle t'a envoyé ?

Cale hocha la tête ; pour l'instant, il ne comptait pas lui dire où elle se trouvait.

— Tu avais l'intention de retourner la voir un jour ?

Hank attrapa la cafetière avec un chiffon et versa le breuvage épais dans deux tasses en étain usées. Il en tendit une à Cale.

— Elle se porte bien mieux sans moi.

— Elle ne voit pas les choses comme ça. Pourquoi est-ce que tu vis dans les Dragoons ?

— Ça m'a toujours plu, ici.

— Mon cul ! Tu n'as jamais aimé les Apaches.

Hank rit, mais son regard aiguisé mit Cale sur ses gardes. Hank avait peut-être l'air d'un fou errant dans les montagnes, mais il était loin de l'être.

— Tu cherches de l'or, Hank ? C'est pour ça que tu es là ?

Hank se tut. Les coudes appuyés sur ses genoux, il se pencha en avant. La caisse sur laquelle il était assis grinça sous la contrainte.

— Ça s'pourrait… et alors ?

— Tu n'es plus chasseur de primes ?

— Je rajeunis pas, mon garçon. Et tu sais qu'ces collines sont prometteuses !

Le vent siffla dans les arbres autour d'eux et Cale ajusta son chapeau.

— Possible. Pourquoi t'as demandé à Lange de venir ?

— Walt ? Jamais d'mandé qu'i' vienne.

Cale but une gorgée du liquide affreux qu'il y avait dans sa tasse.

— Il est là ; et il dit que tu l'as fait venir.

Hank secoua la tête.

— Ça fait plus de deux ans, que j'ai pas vu Walt. C'est du passé, le groupe qu'on formait. Vieille histoire. C'pas tes affaires. Ça concerne ma p'tite fille.

Il braqua les yeux sur Cale.

— Tu l'as vue ?

— Ouais.

— Comment qu'elle est ?

Elle est plus belle que toutes les femmes que j'ai vues. Elle est sauvage, tourmentée, apeurée et toujours en quête de l'amour de son papa.

— Elle est forte, Hank.

Il hocha la tête, mais sembla ailleurs.

— Elle est mariée ?

— Non.

— Elle devrait s'marier le plus tôt possible.

— Pourquoi ?

— Elle ferait bien de s'trouver un mari, avant qu'sa beauté s'évanouisse.

— Je doute que ça lui arrive un jour.

— De perd'e sa beauté ou de s'trouver un mari ? demanda Hank en haussant un sourcil ; mais il avait très bien compris. Tu l'as vue, pas vrai ? Elle est vraiment si jolie ?

Cale ne répondit pas.

— Ça devrait pas m'étonner. Sa maman m'avait pas mal envoûté, avec ses charmes.

Sa voix perdit du volume.

— M'arrive encore de rêver d'Isabelle, des fois. Elle dit que j'dois m'occuper de not'e Teresa, alors c'est c'que j'essaye de faire.

— Donc, tu cherches de l'or… et ensuite, quoi ? Tu vas t'occuper de Tess avec ?

— Un truc comme ça.

— Dis-moi juste une chose. Pourquoi t'as laissé Saul lui faire du mal ?

Hank devint blanc et se tassa sur lui-même.

— Elle te l'a dit ?

Sa voix était si faible que Cale l'entendit à peine.

— T'es vraiment un enfoiré, dit Cale. Après l'affaire des Apaches, au Mexique, j'ai perdu toute foi en toi. Je t'avais pris pour un homme respectable qui pouvait servir d'exemple. Même après, une partie de moi s'acharnait à penser qu'il y avait quelque chose de bon, de juste, de légitime dans ton caractère. Je croyais encore un tout petit peu en toi. Mais quand Tess m'a raconté ce qu'il s'est passé, cette nuit-là, ça a balayé tout ce qui subsistait.

Hank fixait les flammes.

— Pourquoi elle te l'a dit ? Tu la connais même pas !

— Je la connais, maintenant. Et elle veut te voir, Dieu sait pourquoi.

Les yeux de Hank se braquèrent sur lui.

— Elle est ici ?

Cale opina brièvement du chef.

— Où ?

— Elle est avec la tribu de Mohan, à l'heure qu'il est. Tu la croyais morte ?

Hank secoua la tête.

— Non. Mais j'ai fait croire qu'elle l'était. C'était plus sûr, pour elle.

— Saul l'aurait recherchée ?

— J'pense qu'il aurait pu. Mais j'me suis occupé d'lui.

Cale imaginait facilement ce qu'il sous-entendait, mais il posa quand même la question.

— Qu'est-ce que tu veux dire ?

— Saul n'est plus d'ce monde, pas après c'qu'il a fait à ma Tessie. J'y ai mis une balle dans la tête.

Cale repoussa son chapeau, contenant difficilement sa colère et sa frustration.

— Saul est en vie.

Hank parut interloqué.

— C'est pas possible.

— Tess l'a vu, il y a deux jours, plus au nord.

— Impossible !

— Tu es sûr de ne pas l'avoir raté ? demanda Cale.

— Putain d'sûr, mon gars !

Il posa son café et saisit une cruche, la déboucha et but une gorgée.

— T'en veux ?

— Non.

Avaler un tord-boyaux avec Hank ne le tentait pas du tout.

— Que s'est-il passé, cette nuit-là ?

Les épaules de Hank s'avachirent.

— On a eu des embrouilles avec Jim Bennett. Il allait nous dénoncer pour avoir accidentellement tué quelques putes, pendant une chasse à l'homme.

Il but une autre lampée de l'alcool puant l'acidité et secoua la tête.

— Tu sais comment ça s'passe. Bennett abusait et Saul a insisté pour s'occuper d'son cas. J'étais pas d'accord et j'comptais discuter avec Jim le lendemain. Mais dans la nuit, z'ont tous disparu… Saul, Walt *et* Tess. J'ai compris qu'y avait eu un problème.

— D'après Tess, c'est toi qui as envoyé Saul gérer la situation, y compris la concernant.

La stupéfaction sur le visage de Hank poussa presque Cale à croire qu'il n'en revenait pas.

— C'est c'qu'elle pense ?

Hank se prit la tête et soupira.

— Eh ben, c'est pas vrai. J'savais pas qu'elle avait décampé pour aller trouver Jim. Ni que Saul et Walt l'avaient suivie. Avant l'aube, je me suis éloigné de Tuscon. J'ai trouvé Jim raide mort et Tess…

Cale souleva son chapeau et passa nerveusement une main dans ses cheveux.

— C'est là que tu as tiré sur Saul ?

— Un peu, qu'c'est là que j'l'ai descendu !

Il eut à nouveau un regard brillant de ruse.

— En pleine tête ! Ensuite, j'ai emmené Tessie au seul endroit où j'savais qu'on s'occuperait bien d'elle : chez Tom Simms et sa femme.

— Mais tu ne peux pas être certain que Saul soit mort.

— J'suppose que non, si tu dis qu'elle l'a vu.

Cale regarda la carcasse de l'homme en face de lui.

— Pourquoi, Hank ? Pourquoi l'avoir traînée au milieu de ces types ?

Un voile de tristesse ternit les yeux verts de Hank.

— J'savais pas quoi faire d'elle, après l'incendie ; et c'tait ma fille. J'la voulais près d'moi. J'voulais pas lui faire du mal.

— Pourquoi tu n'es plus venu la voir ?

— Elle méritait mieux. Dès que j'l'ai retrouvée, dès qu'j'ai compris ce que Saul lui avait fait… j'ai su qu'elle s'porterait mieux sans moi.

Cale renversa la fin de sa tasse de café par terre et se leva. Il ne savait pas quoi penser de cette version de l'histoire.

— Je ne sais pas pourquoi, mais Tess veut te voir.

Hank resta silencieux.

— Mais tu ne l'approcheras pas tant que je ne te l'aurai pas autorisé, poursuivit Cale.

Il se tut et observa cet homme qui avait un jour été le grand J. Howard Carlisle – futé, implacable et intelligent. Il se sentit profondément déçu.

— J'imagine que tu ferais bien de surveiller tes arrières, si Saul est vraiment dans le coin.

Cale laissa Hank seul devant son feu et retourna chez les Apaches.

CHAPITRE VINGT-TROIS

Tess aida Lenna à concasser du maïs, toutes les deux accroupies au-dessus d'un mortier en pierre. Elles déposaient ensuite le pinol sur une peau de cerf. La jeune fille se faisait un plaisir de bavarder et Tess ne tarda pas à apprendre que plusieurs femmes du camp étaient intéressées par Cale.

— Je pensais que les femmes apaches n'aimaient pas beaucoup les hommes blancs, dit Tess avec circonspection, se souvenant de ce que Cale lui avait dit.

— C'est vrai, répondit Lenna. Mais Change of Heart est différent. Son cœur fait partie de notre peuple, maintenant. Tu es sa femme ? Elles m'ont demandé de te poser la question.

— Qui ?

— Les autres femmes.

Tess voulait s'imaginer être la seule fille que Cale désirait, mais il ne lui avait fait aucune promesse et ne lui avait rien dit de particulier. Affirmer qu'elle l'était aurait été présomptueux.

Voyant qu'elle ne répondait pas, Lenna reprit :

— Tu n'en es pas sûre ?

— Je ne peux pas parler en son nom, répondit Tess.

— Tu partages sa couche ?

Tess eut la gorge nouée d'un seul coup et fut incapable de répondre.

Lenna gloussa.

— Tu *es* sa femme. Je dirai aux autres de garder leurs distances.

Tess se sentit soulagée. Elle aurait détesté que Cale se mette à fréquenter une autre femme durant leur séjour ici. Le campement apache était petit et il aurait été difficile de ne pas être témoin de ce genre de chose.

Dans l'après-midi, Cocheta vint s'asseoir avec elle. Lenna resta à côté pour traduire. L'ancienne sourit et se mit à parler.

— Elle t'appelle Blackbird, dit Lenna. Elle dit que tu peux voir les ténèbres.

— Peut-être, répondit Tess.

— Une fois que tu as vu les ténèbres, expliqua Lenna, tu peux revenir vivre dans la lumière. Ça s'est passé comme ça, avec Change of Heart.

Tess hocha la tête pour signifier qu'elle comprenait.

— Cocheta dit que tu es malicieuse.

— Non, répondit Tess. Je ne le suis pas.

Lenna et Cocheta discutèrent entre elles. Elles se mirent à rire et Lenna dit :

— Tu l'étais. Tu peux l'être encore.

Tess pensa à son enfance. Elle avait été une enfant fougueuse et curieuse. Elle se sentit oppressée par l'envie de redevenir cette fille.

— C'est vrai qu'elle a été frappée par la foudre ? demanda Tess à Lenna.

Lenna hocha la tête.

— Comment ça fait ? insista Tess.

Lenna et Cocheta échangèrent quelques mots, puis la jeune fille eut un rictus amusé.

— Elle dit que maintenant, son corps bourdonne.

— Ça doit être étrange.

Cocheta pouffa.

— Son cœur bat parfois de façon irrégulière, ajouta Lenna. Ça l'aide à voir entre les dimensions. Et maintenant, Cocheta veut que tu lui racontes une histoire.

Tess croisa le regard amusé de l'ancienne. Même si elle soupçonnait Cocheta de l'évaluer, elle se détendit légèrement. Elle avait l'histoire adéquate ; elle lissa sa jupe à carreaux en s'installant plus confortablement. Elle décida de parler espagnol.

— Un riche *hidalgo* courtisait une très belle femme, commença Tess ; mais elle était pauvre. Il finit par obtenir ses faveurs et elle lui donna deux fils, mais il ne voulait pas l'épouser. Un jour, il lui annonça qu'il devait retourner chez lui pour se marier avec une femme riche, choisie par sa famille, et qu'il comptait emmener leurs deux fils avec lui.

« La femme fut si bouleversée qu'éperdue de chagrin, elle se mit à crier comme une folle en se griffant. Elle griffa également l'homme qu'elle aimait. Ensuite, elle prit leurs deux fils, courut à la rivière et les jeta dedans. Ils se noyèrent. La femme hurla de douleur et se donna la mort, sur la berge. Elle fut appelée *la Llorona*.

« L'*hidalgo* rentra chez lui et épousa la femme fortunée, pendant que l'âme de *la Llorona* montait aux cieux. Aux portes du paradis, le gardien lui dit qu'elle pourrait entrer, mais seulement après avoir récupéré les âmes de ses enfants dans la rivière.

« Voilà pourquoi *la Llorona*, la pleureuse, balaye le rivage avec ses longs cheveux et laisse traîner ses longs doigts qu'elle plonge dans l'eau pour en fouiller le fond, à la recherche de ses enfants. Voilà pourquoi les enfants vivants ne doivent pas s'approcher de la rivière, la nuit ; *la Llorona* pourrait les prendre pour les siens et les emmener pour toujours.

Cocheta la contempla en silence. Puis, elle prit sa main dans la sienne. Tess ressentit son approbation.

Lorsque Cale revint au camp, Tess alla à sa rencontre. Il la prit dans ses bras.

— Où étais-tu ? lui demanda-t-elle. Tu as fait du repérage toute la journée ?

— Oui. Tu vas bien ?

— Mieux, maintenant que tu es revenu.

Elle sentit qu'il cachait quelque chose, mais ce n'était pas le bon moment pour en parler.

Il a trouvé Hank.

Elle ignorait comment elle le savait, mais cette certitude résonna puissamment dans sa tête.

— Je vais manger. Tu viens t'asseoir avec moi ?

Il la prit par la main et l'entraîna vers une place à feu. Elle le suivit, se demandant s'il comptait le lui dire.

Mohan et Dae, sa femme, les accueillirent. Bipin et Lenna les rejoignirent. Ils partagèrent un ragoût de glands avec du pain de maïs. Cale discuta avec le chef de la tribu et Bipin dans un mélange d'anglais, d'espagnol et d'apache.

Tess ravalait sa frustration en mastiquant sa nourriture. Pourquoi Cale ne lui avait pas tout simplement dit qu'il avait trouvé Hank ? Elle se sentait tiraillée, si près de son *padre*. Elle avait envie de le voir, elle s'était inquiétée à son sujet tous les jours ; mais tout à coup, lui revint en mémoire la nuit de l'agression et elle eut peur de sombrer dans le désespoir.

Pourquoi, papá ? Pourquoi as-tu laissé faire ça ?

Au bout d'un certain temps, la conversation s'amenuisa et Cale lui dit qu'il était temps d'aller se coucher.

Elle essaya tant bien que mal de maîtriser le ton tranchant de sa voix.

— Et tu vas encore me laisser seule ?

— Pourquoi ? demanda-t-il en se tournant vers elle. Quelqu'un t'embête ?

— Non. Mais pourquoi est-ce que je ne peux pas dormir avec toi ?

— Je pensais que tu apprécierais une certaine bienséance.

Elle renâcla, écœurée.

— C'est une blague ? Tu essayes de me laisser un peu d'intimité… ici ?

Elle balaya des yeux la *rancheria* pour appuyer son propos.

Leurs voisins de feu de camp s'en allèrent discrètement, comme des fantômes.

Cale la regarda à nouveau et dit à voix basse.

— C'est indélicat de ta part. Tu considères peut-être que les Apaches sont des sauvages peu raffinés, mais ils respectent les frontières entre les hommes et les femmes.

— Tu as une autre femme, ici ?

Elle savait qu'elle s'aventurait sur un terrain glissant, mais ses nerfs étaient à vif et elle ne pouvait pas s'en empêcher.

— Non. Tu es jalouse ?

— Il y a des femmes, ici, que tu intéresses.

— Ça n'a pas d'importance, Tess. Je ne veux pas d'elles. Pourquoi es-tu si contrariée ?

— Pourquoi es-tu parti, aujourd'hui ? Je sais que tu n'étais ni à la chasse ni en repérage.

Il se tut, évitant son regard.

— Tu as trouvé Hank, dit-elle doucement.

Il releva les yeux vers elle.

— Ouais.

— Pourquoi y es-tu allé sans moi ?

— Tu as vraiment besoin de me poser la question ? demanda-t-il en haussant le ton, agacé.

Il soupira, retira son chapeau et se frotta la nuque.

— Comment va-t-il ?

Cale serra la mâchoire, luttant visiblement pour taire le fond de sa pensée.

— Il sait que je suis en vie ?

— Ouais, il le sait.

— Alors… il n'en a rien à foutre, de moi ?

Cale fronça les sourcils, le visage désapprobateur, sûrement à cause de sa grossièreté.

— Tess, il prétend qu'il ne savait pas du tout que Saul était parti vous chercher, toi et Bennett. Il dit que quand il t'a trouvée, il a descendu Saul d'une balle dans la tête.

— Tu le crois ?!

— Franchement, je n'en sais rien. J'allais te dire que je l'avais vu ; mais pas ce soir.

Tess resta plantée là, assise à côté de lui. Les dernières lueurs du jour disparurent derrière l'horizon. Les flammes léchaient le bois, envoyant des étincelles autour d'elles.

— Pourquoi n'a-t-il pas cherché à me voir ?

— Apparemment, il pensait que tu te porterais mieux sans lui. Si tu veux mon avis, c'était la seule réponse qu'il pouvait donner. Mais, si tu as envie de le voir, on peut le rejoindre à l'aube.

S'était-elle trompée, à son sujet ? Ignorait-il vraiment que Saul et Walt étaient partis s'occuper de Jim Bennett – et d'elle ?

Elle hocha la tête.

— Oui. Je veux le voir. Pourquoi crois-tu qu'il soit dans les Dragoons ?

Cale haussa les épaules.

— Je pense qu'il cherche de l'or.

— Donc, il a perdu la tête, comme Henry et Mariah l'ont dit ?

— Peut-être.

Cale lui prit le bras.

— Viens…

Il se leva et l'aida à en faire autant, avant de l'emmener à l'autre bout du camp. Elle s'installa sur une paillasse, à côté de lui ; mais ils avaient très peu d'intimité, les autres n'étant pas loin.

— Tu veux que je regarde ta jambe ? demanda-t-il.

— Non. Cocheta m'a donné quelque chose contre la douleur.

Elle défit les lacets de ses bottes et les mit de côté.

— Comment la trouves-tu ?

— Elle est…

Tess chercha le mot juste.

— Solide. Ancrée.

Elle s'étendit à côté de Cale, qui lui dit :

— Tu me fais penser à elle, d'une certaine façon.

— Pourquoi ça ?

— Vous êtes toutes les deux des forces de la nature, chacune dans votre genre.

Quand Cale la prit dans ses bras, elle se sentit réconfortée. Perdue dans le chaos émotionnel concernant son *padre*, elle perçut Cale comme une ancre. Un tel appui lui avait longtemps manqué.

Dans ses bras, elle s'endormit.

CHAPITRE VINGT-QUATRE

Tess se réveilla en sursaut, à l'aube. Cale n'était pas là et la tribu était en effervescence, presque frénétique. Quelque chose ne tournait pas rond.

Elle enfila ses bottes à la hâte en repoussant les mèches de cheveux qui s'étaient détachées de sa tresse et tombaient devant son visage. Une douleur fusa dans son genou gauche, la faisant grimacer.

Des hommes rassemblaient des chevaux, les chiens aboyaient et les femmes empilaient des affaires en dehors des huttes – des couvertures, des paniers, des vêtements et de la nourriture.

Tess se retourna et faillit percuter Cale de plein fouet.

— Qu'est-ce qu'il se passe ?

— Il y a eu une attaque, dans un canyon à l'est.

— Une attaque militaire ? Capitaine Fitzgerald ?

— Non. Plutôt des civils.

Tess écarquilla les yeux.

— Ils vont venir ici ?

— Possible. Mohan pense que ce sont des représailles contre Jackrabbit.

— Qu'est-ce que je peux faire pour aider ?

— Il faut déplacer tout le monde. Plus au sud, il y a un ravin qui mène à un poste d'observation.

— Je vais aider les femmes.

Elle saisit le bras de Cale.

— Et Hank ?

— Franchement, Tess, je pense qu'il peut se débrouiller tout seul. Et je n'ai pas le temps d'aller le chercher.

Il avait raison, elle le savait.

Il lui fit un rapide baiser, avant de rejoindre les hommes pour les aider.

Tess ramassa ses affaires et se fraya un chemin dans la foule, jusqu'à Lenna.

— Où est Cocheta ?

Lenna pointa une direction du doigt.

Tess alla rejoindre l'ancienne qui parlait à toute vitesse à plusieurs jeunes filles, près d'une besace et d'un duo de paniers tressés. Remarquant la présence de Tess, Cocheta la pressa vers une zone où la nourriture était stockée. Elle remua les bras et Tess comprit. Il fallait rassembler et empaqueter le plus de vivres possible.

Tess posa sa sacoche et sa canne et se mit au travail, avec un groupe de femmes apaches, pour charger des sacs de maïs, de farine, de sucre, de haricots et de café dans de grands paniers en osier déjà sanglés sur plusieurs chevaux.

Bientôt, une caravane se mit en route. Tess regarda autour d'elle, cherchant à localiser Cale. Elle se demandait si elle devait partir ou rester. Les hommes qui poursuivaient les Indiens ne lui feraient pas de mal, si ?

Elle aperçut Cale dans une clairière et se fraya un chemin jusqu'à lui, sans faire cas de la vive et soudaine douleur dans son genou.

— Est-ce que tu restes ici ? Parce que, si c'est le cas, moi aussi !

Cale lui saisit les épaules.

— Non, Tess, et ne discute pas ! Hank va s'en sortir. Il a connu des affrontements bien pires que ça. Tu dois partir avec les femmes et les enfants. Certains des hommes plus âgés vous accompagneront. On va rester en arrière et détourner quiconque de votre piste.

— Non ! Je ne veux pas partir sans toi. Pourquoi s'en prendraient-ils à moi ?

— Ne sois pas naïve ! S'il y a une bataille, ce sera le bazar et peu importera la couleur de ta peau. Ce pourrait même être pire pour toi, s'ils te pensent de mèche avec les Indiens.

— Je ne veux pas te quitter, répéta-t-elle en s'accrochant à son bras pour le retenir.

— Je ne suis pas encore mort.

Il sourit.

— Je te retrouverai. Promis. Prends ton Remington et garde-le à portée de main.

Il l'embrassa avec passion et elle se cramponna à lui, tentant désespérément de l'empêcher de partir ; mais, malgré ses efforts, il se dégagea de son étreinte.

— Sois prudente, dit-il en s'éloignant d'elle. Reste sur tes gardes !

Il grimpa sur Bo, lança des ordres en apache à d'autres guerriers déjà à cheval et ils se dispersèrent dans plusieurs directions, différentes de celle que les femmes avaient prise. Cale fit tourner Bo sur lui-même pour jeter un dernier regard à Tess, puis disparut dans les bois.

Elle ramassa sa sacoche et sa canne. Elle trouva son cheval déjà préparé. Elle attacha son sac sur lui, puis se mit en selle. Gideon piaffait nerveusement. Elle remarqua Lenna, toujours à pied. Après un rapide examen visuel, elle comprit qu'il n'y avait pas assez de chevaux pour tout le monde. Elle ne savait pas du tout où était passé Moses.

— Lenna ! Monte !

La fille sauta derrière elle et elles partirent à la suite de la tribu de Mohan qui s'éloignait dans le vent, laissant derrière elle les vestiges évidents d'un campement. Avec tout ce qui restait sur place, si leurs poursuivants arrivaient jusqu'ici, ils sauraient que les lieux avaient été abandonnés récemment.

Les traces laissées par le groupe formeraient alors une piste impossible à rater.

Tess laissa les autres gagner de la distance, restant en retrait, derrière. Les hommes qui les accompagnaient étaient partis en tête du convoi.

Tess observa les arbres et les buissons autour d'elle.

— Il faut qu'on les rattrape, dit Lenna, dans son dos.

— Il faut qu'on fasse diversion pour protéger ceux qui sont devant.

Elle fit faire demi-tour à Gideon pour rebrousser chemin.

Cale chevaucha avec quelques guerriers apaches, traversant plus de trois kilomètres d'un terrain qui rendait leur progression laborieuse. Quand ils atteignirent l'endroit de la bataille, ils ne trouvèrent que du crottin de cheval et de vagues pistes partant dans plusieurs directions.

Il mit pied à terre et fouilla les lieux, à la recherche d'indices et de corps.

Un cavalier approcha. Cale brandit sa Winchester ; mais il l'abaissa en reconnaissant Hank.

— V's avez des ennuis, les gars ? demanda Hank.

— Quelqu'un poursuit peut-être la tribu de Mohan.

— Où est Tess ?

— En sécurité.

— Besoin d'un coup d'main pour remonter une piste ?

En dépit de son apparence hagarde, Hank avait des yeux qui brillaient d'excitation.

Cale accepta en lui adressant un hochement de tête.

Tess guida Gideon sur le sentier, jusqu'à un embranchement. Elle descendit, attacha son cheval et prit une branche. Elle se mit à balayer le sol pour effacer les traces. Elle fit signe à Lenna de l'imiter. Après avoir fait ça pendant un certain temps, elle retira de sa sacoche une de ses chemises blanc cassé, usée à la couenne, et entreprit de la déchirer. Elle en accrocha des morceaux aux buissons, menant dans différentes directions.

Elles se remirent en selle et avancèrent sur un nouvel axe, semant de temps à autre des morceaux de tissu.

Au crépuscule, il leur fallut s'arrêter pour la nuit.

N'ayant aucune affaire, elles se blottirent ensemble contre un grand rocher. Gideon était nerveux, mais Tess avait retiré sa selle et il finit par se calmer.

— J'aurais aimé pouvoir te donner à boire et à manger, mon brave, lui avait-elle murmuré.

Elle se réveilla le lendemain, un révolver braqué sur elle. Saul Miller jubilait à l'autre bout.

CHAPITRE VINGT-CINQ

— La petite Tess, dit Saul. Je te croyais morte.

Les cicatrices sur ses joues se comprimèrent quand sa bouche se fendit d'un sourire qui n'eut aucune influence sur son regard, toujours aussi noir et calculateur.

Pétrifiée, Tess ne rêvait que de s'enfuir. S'enfuir en courant vite et loin, sans jamais s'arrêter. Elle jeta un coup d'œil de côté, cherchant une échappatoire et se demandant si elle en serait capable. Il lui fallait juste trouver la bonne occasion.

Mais qu'adviendrait-il de Lenna ? Et de Gideon ?

La fille était assise contre elle, stoïque, immobile, appuyée au rocher contre lequel elles avaient dormi.

Elle ne pouvait pas l'abandonner. Dieu seul savait ce que Saul pourrait lui faire !

— J't'avais bien dit que j'l'avais vue, dit Walt Lange en apparaissant près de lui.

— Eh ouais, j'aurais dû t'croire, répondit Saul. Elle a bien grandi, à c'que je vois…

Devant son regard lubrique, elle se sentit misérable. La terreur se diffusa dans ses membres, comme l'alcool dans le corps d'un buveur complètement saoul.

— Walt a dit que tu étais mort.

— À cause de Hank, je ne suis pas passé loin !

Il fit basculer son chapeau de sa main libre et elle aperçut une vieille blessure, près de son front. Hank lui avait-il vraiment tiré dessus ?

— Qu'est-ce que tu fais par ici ? demanda Saul.

— Je te l'ai dit, intervint Walt. Elle cherche Hank, avec Cale.

— Alors, Walker est vraiment dans les parages ? demanda Saul avec un grand sourire qui dénuda des dents noircies. On dirait qu'on va tous se faire une petite réunion !

— Qu'est-ce que tu fais ici ? demanda Tess, se faisant violence pour prononcer ces mots.

— Je viens finir le boulot. Alors, dis-moi où est Hank !

Il braqua son arme sur sa tête.

— Je n'en sais rien ! répondit-elle précipitamment. Les Apaches ont été attaqués et tout le monde s'est dispersé.

— Je te l'avais dit, ça aussi, se lamenta Walt. Je te répète, Saul, que les gars d'Haverly nous ont attaqués, moi et mon Apache. Ils ont fait fuir One Ear. Haverly est fou. Vous n'étiez pas amis, lui et toi ?

— Plus depuis qu'on a partagé cette putain, à Tuscon.

Un frisson glacé parcourut la colonne vertébrale de Tess. Des souvenirs ressurgissaient, lui rappelant ce qu'il lui en avait coûté, de subir la lubricité de Saul. Un nœud lui tordit l'estomac comme un mauvais présage. Cette conversation n'était qu'un prélude à ce qu'il allait lui faire, plus tard. Cette certitude crispa jusqu'à la dernière fibre de son corps.

Comment pourrait-elle encore subir une épreuve pareille ?

Son cœur battait à tout rompre. Sa tête tournait. Submergée par ses émotions, elle se mit à trembler.

— C'est vraiment un miracle que je sois tombé sur toi, dit Walt en s'adressant à Saul.

— Ta gueule ! Tu m'as laissé pour mort, ce jour-là. Tu es aussi coupable que Hank !

— Je te l'ai dit, j'ai vraiment cru que t'étais refroidi. Je suis vraiment désolé, Saul. On fait tous des erreurs. Mais j'me rattraperai. J'te l'jure !

— On verra ça.

— On a Tess, poursuivit Walt. Si on patiente, je suis sûr que Hank va débarquer. Et Walker aussi. Il se montrait très protecteur, envers elle.

Saul regarda Tess en plissant les yeux.

— Est-ce que Cale et toi mijotez quelque chose ?

— Non, répondit-elle.

Il lui saisit le bras et la tira violemment pour la mettre debout. Il appuya le canon de son arme contre sa joue.

— Tu penses que je vais te croire ?

Il l'épia d'un regard méfiant. Son haleine rance monta au nez de Tess.

— Tu n'étais qu'une petite menteuse, prête à nous trahir, quand tu étais avec nous. Je parie que ça n'a pas changé.

Il appuya ses doigts contre sa chair. Tess tressaillit sous l'effet de la douleur, révulsée par son contact.

— Tu vas nous aider, maintenant ; tu m'entends, ma belle ?

Il approcha son visage du sien et un élan de panique la submergea. Elle lutta pour lui échapper.

— Tout doux… tu as déjà essayé de te débattre, si je me souviens bien.

Il éclata de rire et la poussa par terre.

— Tu ferais mieux de les attacher, Lange. Ces petits diables s'enfuiraient à la moindre occasion.

Lange sortit une corde de ses affaires et s'agenouilla devant Tess pour lui attacher les poignets.

— Vous aviez dit qu'il était mort, chuchota-t-elle.

— Je pensais qu'il l'était !

Elle fut tentée de le croire, en voyant l'étincelle d'incrédulité dans son regard.

Il lia ensuite les mains de Lenna et Tess fut saisie de voir la colère froide dans les yeux noirs de l'Indienne. Estomaquée, elle comprit que Lenna n'avait pas peur de mourir.

Un sentiment de honte l'envahit. Si la jeune fille était dans cette situation, c'était à cause d'elle. Elle devait trouver un moyen de les sortir de là !

Elle tourna les yeux vers Saul, qui se tenait debout à quelques pas de là. Il lui avait confisqué son Remington, mais il portait un pistolet, harnaché à ses hanches. Elle évalua ses chances de s'en saisir, s'il s'approchait d'elle.

En serait-elle capable ? Serait-elle capable de tuer Saul – et Lange ?

Une froide détermination s'éveilla en elle.

Oui ; elle en serait capable.

Aux alentours de midi, Saul et Lange mangèrent et s'occupèrent de leurs chevaux – et de Gideon, aussi. Le cheval de Tess se jeta sur l'avoine et sur l'eau ; elle fut soulagée qu'ils ne l'en aient pas privé. Si elles parvenaient à s'enfuir, Gideon aurait assez de forces pour échapper à leurs ravisseurs.

Sans crier gare, Saul s'approcha d'elle avec un couteau. Effrayée, elle tenta de reculer.

— Qu'est-ce que t'as, Tess ? demanda-t-il d'un ton enjôleur. On est de vieux amis, toi et moi…

— Attends ! dit Lange, dans son dos. Si tu déconnes avec elle, on ne pourra plus rien en tirer. Merde, Saul ! Tu te souviens pas de c'que tu lui as déjà fait ?!

Saul s'arrêta et la toisa avec une haine à peine contenue et quelque chose d'autre – un désir plein de violence.

— J'me souviens pas en détail de toutes les putes que j'ai défoncées.

Il inspira un bon coup.

— Je t'ai fait mal, Tess ?

Elle savait qu'il se moquait d'elle. Elle ne voulait pas qu'il mesure à quel point elle avait peur de lui.

— Tu es une femme, maintenant, poursuivit-il. Je suis sûr que t'as ouvert tes jambes à d'autres types ! Ça s'ra pas aussi douloureux, cette fois.

— Non, intervint Lange. C'est pas ça. Tu l'as battue vraiment salement, la dernière fois. Si tu refais la même chose, on pourra pas l'emmener avec nous. Elle puera et tout ça…

Lange retroussa les narines.

— Je n'aime vraiment pas le sang.

— Quand c'est qu't'es devenu une lopette, Lange ?

— Y a pas de raison de faire ça, c'est tout, gémit Walt.

Saul tourna les yeux vers Lenna.

— Et elle ?

— Non !

La voix de Tess avait retenti brusquement.

— C'est qu'une squaw ! Bonne à rien d'autre.

— Saul, s'il te plaît, implora Lange. Est-ce qu'on peut laisser ces filles tranquilles, pour l'instant ? Sinon, ça va être le bordel et j'ai pas envie de nettoyer derrière elle.

— Depuis quand t'es une gonzesse, toi aussi ? demanda Saul. Tu pleurniches comme elles !

— Je suis fatigué, répondit Lange en se tournant vers Tess. Écoute, dis-nous ce qu'on veut savoir, d'accord ? Où est Hank ?

— Si je vous le dis, alors quoi… ? Vous me libérerez ?

Lange resta bouche bée.

— Eh ben, ça, j'en sais rien. Mais si je te garantis que Saul te laissera tranquille, qu'est-ce que t'en dis ?

Tess ne le croyait pas.

— D'accord, Tessie, intervint Saul. Dis-nous où est Hank et tu seras libre.

Tess savait qu'elle n'avait pas l'embarras du choix.

— Il est plus loin, sur le chemin qu'on a pris pour arriver ici. Il a monté un campement.

Elle comptait sur deux choses. Et d'une, que Hank ait abandonné ce camp ; de deux, que rebrousser chemin les rapprocherait de Cale. Il y avait aussi autre chose : peut-être que les hommes menés par cet Haverly se chargeraient de Saul et de Lange à sa place.

Tout ce qu'elle devait faire, c'était gagner du temps jusqu'à ce qu'un de ces événements se produise.

— Tu peux nous y conduire ? demanda Saul.

Tess hocha la tête.

— Alors, on part tout de suite ! Et t'as pas intérêt à nous la faire à l'envers, cette fois ! Même si nos petites galipettes m'ont bien plu, elles ont failli m'coûter la vie. Ce que j'en dis, c'est que tu m'en dois une bonne, pour ça !

Une bonne quoi ? Tess essaya de ne pas l'envisager.

CHAPITRE VINGT-SIX

Pour éviter de tomber, Lenna empoignait la ceinture de la jupe de Tess qui elle-même s'accrochait à la corne de la selle de Gideon. Avec les poignets liés, elles avaient du mal à garder l'équilibre sur le cheval qui suivait Saul en trottant.

En milieu d'après-midi, lorsqu'ils arrivèrent aux abords du campement abandonné de Mohan, Tess s'inquiéta de voir de la fumée s'en échapper, au loin.

Saul dégaina son révolver et Tess entendit Lange charger une cartouche dans son fusil, quelque part dans leur dos.

Ils firent halte, toujours cachés par la végétation environnante. Ils voyaient les vestiges de la *rancheria* apache, juste en dessous d'eux. Un feu brûlait tout ce qui restait des affaires de la tribu.

L'armement d'un pistolet figea Saul. Tess retint son souffle.

— Pas un geste !

— On ne fait que passer, les gars, dit Saul. Y a pas de mal.

Son cheval fit volte-face, poussant Gideon à en faire autant.

— C'est toi, Saul ?

L'homme qui avait posé la question devait être Haverly.

Avec les lignes nettes de son nez et de ses pommettes, il ressemblait plus à une vieille fille aigrie qu'à un type fréquentant des prostituées. Il portait une veste poussiéreuse et montait un canasson pie. Visiblement, il ne cherchait pas à se cacher.

Tess se raidit. Leur situation venait peut-être d'empirer.

— Ouais, répondit Saul. Tu vas baisser ton arme, maintenant ?

— Nan. Qu'est-ce tu fous dans l'coin ?

— On cherche Hank Carlisle. Tu l'as vu ?

— Eh non. Pourquoi avez-vous ces prisonnières avec vous ? L'une d'elles a l'air d'être apache.

— Ça ne te regarde pas.

Saul avait toujours son arme à la main. Le cœur de Tess s'emballa.

— Moi, je crois que ça me regarde, justement, dit Haverly. On n'a jamais réglé nos comptes, après que tu m'as piqué la fille sur qui j'étais.

— Tu m'étais redevable, Sid, et tu le sais. J'ai fait diversion, quand ce marshal voulait t'arrêter, parce que tu vendais du whisky aux Apaches.

Haverly n'eut pas l'air convaincu.

— Je vais peut-être prendre ces deux filles ; comme ça, on sera quittes.

— Tu tiens vraiment à te ralentir avec deux femmes ?

— C'est pas tes oignons, ça.

— Bon, prends l'Apache, mais laisse-moi l'autre.

Le cheval d'Haverly changea de position, mais l'arme qu'il tenait n'en resta pas moins braquée sur eux.

— Évidemment, je n'ai pas l'utilité des deux, mais je les prendrai quand même. Tu peux déguerpir d'ici, maintenant !

Il donna une légère pichenette dans l'air avec son arme.

— Et n'essaye pas de jouer au con, ou je te tue sur-le-champ.

D'après Tess, ils étaient entourés d'au moins dix hommes, peut-être davantage.

L'instinct de survie de Saul prit le dessus. Il lâcha les rênes de Gideon et s'éloigna du groupe avec Walt.

— Suivez-les ! dit Haverly.

Deux hommes s'exécutèrent.

— Assurez-vous qu'ils ne reviennent pas !

Choquée par la tournure des événements, Tess se sentit tiraillée entre soulagement et inquiétude.

Lenna et elle furent amenées à la lisière de la clairière. On les fit descendre de cheval et on leur dit de s'asseoir.

Haverly s'approcha et posa un genou à terre, devant elles.

— Il me faut vos noms, dit-il en les transperçant de ses yeux bleus.

Ils rappelèrent à Tess un autre regard à la couleur du ciel et elle eut très envie de revoir Cale. Elle pria pour qu'il ne soit pas blessé, ou pire.

— Je m'appelle Tess. Elle, c'est Lenna.

Il tourna les yeux vers l'Indienne.

— Tu parles anglais ?

Lenna hocha la tête.

— Tu es de la tribu de Mohan ?

Tess eut un mauvais pressentiment. Elle voulut dire à Lenna de ne rien dire, mais la jeune fille acquiesça en silence.

— Tu peux me dire où ils sont partis ?

Lenna secoua la tête.

Haverly sourit, mais froidement. Il avait peut-être les yeux de la même couleur que ceux de Cale, mais il n'avait rien à voir avec lui.

— Si je te mets à cheval, poursuivit-il en regardant Lenna ; est-ce que tu peux me conduire jusqu'à eux ?

— On a été séparées du groupe et on ne sait pas où ils sont, intervint Tess. Ensuite, ces deux hommes nous ont kidnappées. On vous remercie de nous avoir sauvées.

Haverly se gratta le côté du nez.

— Ouais, on vous a sauvées…

Il se leva et s'éloigna.

Pendant l'heure qui suivit, Tess et Lenna regardèrent les hommes d'Haverly creuser un trou, traîner de grands morceaux de bois autour et construire ce qui ressemblait à une croix géante. De la fumée continuait de s'élever vers le ciel, depuis les différents feux qui brûlaient autour de la *rancheria*. Quand ils déposèrent au pied de l'édifice des branches et des brindilles, Tess fut prise de panique.

D'un seul coup, un des hommes attrapa Lenna et la tira derrière lui.

— Qu'est-ce que vous faites ?!

Tess se leva ; les mains toujours liées, elle tenta de les suivre, mais un autre homme la retint.

— Tess ! hurla Lenna.

Tess se tortilla dans tous les sens pour se libérer, mais l'homme qui la tenait fermement eut facilement le dessus.

— Lâchez-moi !

Sous le regard horrifié de Tess, cinq hommes hissèrent Lenna sur la croix et l'y attachèrent en quelques mouvements, les mains au-dessus de la tête.

Lenna se mit à gémir, tentant en vain de se défendre.

— Qu'est-ce que vous faites ? cria Tess en luttant contre l'homme qui la tenait.

Au moment où elle parvint à lui échapper, un autre homme l'attrapa.

— Arrêtez ! Arrêtez ça tout de suite !

Haverly apparut dans son champ de vision, le visage tout près du sien.

— Vous n'avez pas l'air de vous souvenir dans quelle direction sont partis les Apaches, mais je parie qu'ils reviendront chercher l'une des leurs.

— Non !

Tess voulut se jeter sur lui, mais un homme la tira violemment en arrière.

— Surtout si elle a des ennuis… ajouta-t-il.

Non !

Tess se mit à réfléchir à toute vitesse.

Je dois faire quelque chose !

— Prenez-moi ! hurla Tess.

Son visage ruisselait de larmes et elle donna un coup de pied à l'homme qui la tenait.

— Pourquoi pas, répondit Haverly. Mais je pense que ça marchera mieux avec elle.

Les cris de Lenna s'élevèrent en même temps que les flammes du feu qui prit lentement, mais sûrement, dans les branches en dessous d'elle.

Se souvenant de ce que Cale lui avait appris, Tess balança son coude dans le nez de l'homme qui la tenait et frappa l'autre à l'entrejambe. Elle parvint à se libérer.

— Putain ! gémit l'un d'eux.

Se précipitant vers l'incendie, elle donna des coups de pied dans les branches en feu et le bas de sa jupe s'enflamma. Plusieurs hommes la tirèrent en arrière.

— Les cris servent notre cause, commenta Haverly. Ça va les attirer, les gars !

Hochant la tête, plusieurs hommes quittèrent la clairière pour se cacher dans le sous-bois.

— Je vais vous dire où ils sont ! hurla Tess. Détachez-la ! Je vous amènerai jusqu'à eux !

Il fallait qu'elle arrête ce carnage, d'une façon ou d'une autre.

Haverly avança à sa hauteur. Elle ne pouvait plus bouger, quatre hommes la maintenant fermement. Il approcha son visage du sien.

— Oh… tu vas nous le dire, maintenant ?

Les cris de Lenna continuaient à retentir autour d'eux.

Tess hocha la tête précipitamment.

— Oui ! S'il vous plaît, détachez-la !

— On ne pourra pas dire que je ne suis pas charitable, surtout envers les femmes.

Il se retourna et tira une balle dans la tête de Lenna.

Le monde s'ouvrit sous les pieds de Tess.

Sous le choc, complètement abasourdie, elle sentit une énorme vague de rage et de douleur se soulever en elle.

Elle se mit à crier, à griffer, à se débattre en poussant des cris rauques qui sortaient de ses entrailles.

Non ! Non ! Non !

Un rugissement de désespoir se déversa en elle comme une crue subite et elle tomba à genoux.

Les hommes autour d'elle la plaquèrent au sol et elle se laissa faire en sanglotant, comme si son âme venait de lui être arrachée.

Des coups de feu retentirent. Instinctivement, elle se couvrit la tête.

Des hommes tombèrent autour d'elle.

Débarrassée d'eux, elle rampa en appui sur ses avant-bras et ses hanches comme un serpent, vers le feu qui continuait de gagner en puissance, aux pieds de Lenna. Elle empoigna de la terre et la jeta sur les flammes, essayant de rester baissée, mais ses gestes étaient pathétiques, avec ses poignets toujours liés. Des flèches fusaient, des hommes criaient et le chaos faisait rage autour d'elle. Les sabots des chevaux martelaient le sol, mais tout ce qui intéressait Tess, c'était d'éteindre le brasier. Même si Lenna était morte, elle ne méritait pas d'être brûlée.

Les flammes s'élevaient toujours. Elle aperçut une vieille couverture, un peu plus loin, et rampa sur le ventre pour l'atteindre. Elle revint lentement vers le bûcher ; il faudrait qu'elle se lève ou au moins qu'elle s'agenouille, pour arriver à l'étouffer.

Elle ferma les yeux, se redressa brusquement et abattit la

couverture sur les flammes, le plus rapidement possible, vigoureusement. Elle continua, malgré la douleur dans ses bras, espérant ne pas recevoir de balle.

Enfin, elle vint à bout du feu. Elle se coucha par terre, terrifiée et complètement épuisée.

Les coups de feu cessèrent et le brouhaha diminua. Tess attendit de subir le sort qui lui serait réservé, priant pour qu'Haverly la tue elle aussi d'une balle dans la tête. Mais au lieu de ça, deux bras solides la soulevèrent pour la faire tenir assise. L'esprit embué, elle eut un élan d'espoir.

Cale…

Rêvait-elle ?

À l'aide d'un couteau, il coupa la corde et libéra ses mains.

Dans un sanglot, elle se jeta à son cou. Il la serra contre lui.

— Lenna… murmura-t-elle. Je n'ai pas pu l'aider !

CHAPITRE VINGT-SEPT

Bouleversé, Cale serrait Tess contre lui. Quel soulagement !

Il aurait pu la perdre.

Il l'embrassa, heureux et avide de pouvoir la toucher.

Il se fit violence pour la lâcher, mais uniquement parce que le corps de Lenna avait besoin de soins. Bipin et deux autres Apaches l'aidèrent à le détacher. Ils l'allongèrent sur le sol. Son pantalon et ses mocassins avaient brûlé. Du sang avait coulé de son front sur son visage, mais en l'examinant de plus près, il eut un espoir.

— Tess, lui dit-il par-dessus son épaule. Elle est vivante !

Tess se précipita à ses côtés et tomba à genoux, les joues couvertes d'un mélange de terre et de larmes.

— Tu en es sûr ?

— La balle a dû l'effleurer, dit Cale. Ça l'a seulement entaillée. Regarde, elle respire !

— Oh, Dieu merci ! s'exclama Tess en se remettant à pleurer, mais cette fois-ci en souriant.

Avec le bout de sa jupe, elle essuya le visage de la jeune fille. Ensuite, elle regarda autour d'elle.

— Que s'est-il passé ?

Ce n'était pas beau à voir. Cale et les Apaches qui l'accompagnaient avaient frappé fort. Ils n'avaient pas eu le choix, quand Haverly avait entrepris de torturer Lenna à mort.

Haverly et quelques-uns de ses hommes avaient réussi à s'échapper, mais les autres Apaches étaient partis à leurs trousses.

— On a gagné un peu de temps, mais pas tant que ça, répondit-il.

— Qu'est-il arrivé à Hank ?

— Il était avec nous, mais je l'ai perdu de vue.

Bipin mit un genou à terre, à côté d'eux.

— Il faut qu'on parte. On peut la transporter ?

— On n'a pas vraiment le choix, dit Cale.

Ils réunirent des chevaux. Ils trouvèrent Gideon dans les parages ; malgré tout, Cale prit Tess dans ses bras, sur Bo. Elle semblait toujours choquée et il tenait à la garder près de lui. Bipin prit Lenna sur son cheval.

Ils s'enfoncèrent dans les Dragoons, à l'opposé de la tribu. La rejoindre aurait été trop risqué, avec Haverly et certains de ses hommes dans les parages, en plus de Saul et de Lange. Tess raconta à Cale comment ces deux derniers les avaient faites prisonnières. Maintenant, en plus, ils ne savaient pas où se trouvait Hank.

Mais la priorité, c'était d'installer Lenna quelque part pour qu'il puisse la soigner.

Il referma ses bras autour de Tess en tenant les rênes et enfouit un instant son visage dans ses cheveux. Qu'elle soit en sueur et crasseuse était le dernier de ses soucis.

Elle était vivante.

La peur qui avait glacé son cœur commençait à fondre enfin.

Bipin les mena jusqu'à une alcôve protégée. Cale mit pied à terre et aida Tess à en faire autant ; ensuite, il prit Lenna des bras de l'Indien. Tess détacha le nécessaire de couchage de son matériel et le déroula par terre, dans une zone ombragée. Il allongea Lenna dessus.

Bipin fit un feu et Cale fit bouillir des copeaux de racines de chênes. Il se servit de la décoction, une fois refroidie, pour nettoyer les blessures de ses jambes. Il se souvint avoir fait la même chose pour sa demi-sœur, Molly. Il recouvra doucement la plaie avec un tissu léger, puis prépara du thé hopi, qu'ils burent tous. Il réussit à en verser dans la bouche de Lenna.

À la tombée de la nuit, il alla s'asseoir près de Tess, laissant Bipin veiller la jeune fille.

— Tu crois qu'elle va vivre ? demanda Tess.

Lenna n'avait pas encore repris connaissance, mais Cale pensait que ça n'allait pas tarder.

— Oui.

— J'ai eu du mal à y croire, quand Haverly lui a tiré dessus ! dit Tess d'une voix qui se brisa.

Cale passa un bras autour d'elle et la serra contre lui. Il posa ses lèvres sur sa tempe.

— Comment vous êtes-vous retrouvées séparées des autres ? demanda-t-il. Comment vous ont-ils trouvées ?

— J'essayais d'aider en créant une fausse piste. Pendant la nuit, Saul et Walt nous ont surprises. Ils cherchaient Hank et croyaient que je savais où il était. Alors, j'ai menti en leur disant que je les mènerais jusqu'à lui. C'est là qu'on est tombés sur Haverly. Il voulait trouver la tribu et s'est servi de Lenna comme d'appât.

Elle trembla.

— Où peut être Hank, à ton avis ?

— Je ne sais pas, murmura Cale.

— Qu'est-ce qu'on va faire, maintenant ? lui demanda-t-elle à voix basse.

— On va retourner au chalet de Blight. Je pense qu'on pourra l'atteindre dans la journée, demain.

— *Estoy tan contenta de que estés vivo*, dit-elle.

Je suis tellement contente que tu sois en vie !

Cale l'embrassa, se délectant de la regarder et de sentir l'odeur et la douceur de sa peau.

C'était clair, à présent ; toute sa vie tendait vers un seul but, celui d'être avec elle.

LA NUIT FUT longue et Tess dormit peu. Cale et Bipin se relayèrent pour faire le guet et Tess s'occupa de Lenna. La jeune fille se réveilla brièvement, ce qu'elle prit pour un bon signe. Elle lui donna encore du thé et Lenna se rendormit.

Tout doucement, l'emprise paralysante des événements de la veille diminua et Tess put respirer à nouveau. Une immense gratitude l'envahit : Cale était près d'elle et Lenna était vivante. Quand elle finit par sombrer dans un sommeil profond, elle fit un rêve d'une grande clarté.

Un puma était assis dans un recoin sombre de la nuit. Quand il bougeait la tête, elle percevait l'éclat de ses yeux perçants. À côté de lui était assise son *abuela.*

— *La noche es oscura, pero su luz es fuerte*, lui dit sa grand-mère bien-aimée.

La nuit est noire, mais ta lumière est puissante.

Tess se réveilla avec la forte impression que son *abuela* était près d'elle, qu'elle était peut-être même assise à côté d'elle, en ce moment. Le chagrin lui oppressa la poitrine.

Tu me manques, grand-mère !

Alors, comme si les mots avaient été prononcés à voix haute, elle entendit : « On se reverra, Teresa, mais pas maintenant. Tu as encore beaucoup de choses à accomplir. Le *león de montaña* te protège. »

Tess décida que, s'ils s'en sortaient, elle raconterait l'histoire du puma qui rôdait dans les Dragoons, qui soignait par sa force et sa compassion et qui vivait seul, toujours à la frontière entre les deux mondes qu'il habitait. Elle se lova contre le corps puissant de Cale pour sentir la vie résonner à travers lui.

Elle-même avait toujours été à cheval sur une frontière, vivant autant à travers ses histoires que dans le monde qui l'entourait.

Elle pensa à Amado. La femelle merle, après avoir été blessée, avait embrassé la liberté comme si elle n'en avait jamais été privée.

C'était ça, la clé.

Il n'était pas nécessaire d'oublier, mais d'aller de l'avant.

Tess respira l'odeur familière de Cale et se sentit à sa juste place. Dans ses bras, elle avait accès à un monde que ses histoires ne lui avaient jamais révélé.

Au petit matin, avant le lever du soleil, ils s'en allèrent à cheval. Lenna arrivait à tenir toute seule et montait derrière Bipin.

Ils atteignirent les abords de la propriété de Blight à la tombée de la nuit. Une lumière brillait par la fenêtre du chalet. Cale leur fit signe de s'arrêter ; il se laissa glisser à terre. Il dégaina son révolver et se faufila dans l'ombre pour se faire une meilleure idée de la situation. Ne le voyant pas revenir, Tess mit pied à terre et s'approcha lentement de la demeure.

La porte s'ouvrit sur la silhouette d'un homme qu'elle reconnut facilement.

Ce n'était pas Blight.

C'était son père.

CHAPITRE VINGT-HUIT

— Oh, Tessie, c'est bon de te revoir, ma chérie !

Tess s'arrêta à quelques pas de son père.

— Il était temps que tu te montres, Hank !

— Cale m'a dit que t'étais venue par ici pour me voir. C'tait pas la peine de faire ça !

Il fit un pas vers elle.

— Peut-être. Mais tu es la seule *familia* qu'il me reste.

— T'es tout seul ? demanda Cale, derrière Tess.

— Ouaip. Blight n'est pas là. Les deux Apaches qui vivent en couple, près du ruisseau, en bas, i'm'connaissent.

Son accent irlandais résonna en elle.

À la lumière de la lampe, son *papá* avait vieilli. Les rides creusaient son visage et ses cheveux roux viraient au blanc. Mais il avait toujours, dans ses yeux verts, une étincelle de l'Irlandais plein de charme qu'il avait été autrefois, celui qui avait conquis le cœur de sa *madre*, celui qui lui avait donné le sentiment d'être une enfant unique, au cours de ses rares visites.

— Qu'est-ce que tu fais ici ? lui demanda Cale en rengainant son arme. T'avais disparu.

— Ouais, je me suis un peu embrouillé… dit Hank.

Tess savait qu'il mentait.

— Il faut qu'on installe Lenna, dit-elle. Ensuite, on pourra parler.

Cale était assis à la petite table, dans le chalet de Blight. Il avait allumé du feu dans la cuisinière pour Tess qui préparait à manger, le dos raide. Lenna était allongée sur le lit, dans la chambre voisine ; maintenant que Cale avait à nouveau soigné ses blessures et lui avait administré une dose de laudanum, elle dormait. Elle allait aussi bien qu'on pouvait l'espérer, ce qui rassurait Cale.

Tess posa des tasses de café fumant et deux plats de haricots devant Cale et Hank, puis s'en alla vers la grange pour apporter un repas à Bipin qui s'était installé dedans pour la nuit.

Cale s'appuya au dossier de sa chaise.

— Pourquoi est-ce que tu es venu ici, Hank ?

— Blight me garde des… affaires.

— Quel genre d'affaires ?

Tess revint et Hank laissa tomber le sujet.

Cale se leva pour laisser sa place à Tess. Elle lui sourit, mais tourna rapidement son attention vers Hank.

Elle s'était lavée ; ses cheveux étaient soigneusement attachés dans une tresse qui tombait devant son épaule. Elle portait une jupe noire et un chemisier boutonné jusqu'au cou qui la faisaient ressembler à une postulante prête à entrer au couvent, comme elle en avait parlé.

Cale espérait bien qu'elle ne l'envisageait plus !

— Tess, tu devrais manger, lui dit-il.

Il s'empara de son assiette et entama son repas ; il avait vraiment faim, en fait !

Elle hocha la tête, mais se contenta de remuer la nourriture du bout de sa cuillère.

— Où étais-tu passé, tout ce temps ? demanda-t-elle à Hank.

— Par-ci par-là, dit-il avant de boire une gorgée de café. C'est brûlant !

— Tu comptais revenir me voir un jour ?

Cale se sentit comme un intrus dans une réunion de famille. Il remua, adossé au chambranle de porte donnant sur la chambre, mal à l'aise.

Le visage rougeaud de Hank se ferma.

— Je pensais vraiment que tu te porterais bien mieux en étant débarrassée de moi. Tom et Mary sont des gens bien.

— Bien sûr qu'ils le sont ! Mais tu t'attendais à quoi ? À ce que je vive avec eux pour le restant de mes jours ?

— Non. Écoute, Tessie, c'était mieux pour toi. J'ai dit aux gens que tu étais morte. Je voulais qu'on te laisse tranquille.

— Je devrais peut-être aller dans la grange… intervint Cale.

— Non.

Le ton de Tess fut sans appel. Elle lui jeta un rapide coup d'œil par-dessus son épaule pour l'implorer de rester.

Hank les observa alternativement d'un regard affûté. En ça, il était bien l'homme que Cale avait connu. L'autre version qu'il donnait de lui-même était peut-être une comédie ; ou alors, il commençait à perdre la boule, mais avait ponctuellement des moments de lucidité.

— Pourquoi qu't'es venue ici ? demanda Hank à sa fille.

— Parce que j'en avais marre de me demander où diable tu pouvais être ! répondit-elle avec colère. Tu ne crois pas que je méritais un peu plus de ta part ?

Elle se leva, le corps tendu de rage, la voix grave.

— Hank, j'ai passé toute ma vie à t'attendre. Tu étais toujours parti courir après tes primes, ravi de ta vie de nomade pendant que *mi madre* avait le cœur brisé. Pourquoi crois-tu qu'elle buvait autant ? Et j'en souffrais autant qu'elle ! Quand *madre* et *abuela* sont mortes, j'étais complètement perdue, mais tellement, tellement contente que tu viennes me chercher ! Plus que tout au monde, je voulais apprendre à mieux te connaître. Mais tu n'étais pas l'homme que je croyais.

Elle plaqua les mains sur la table et se pencha vers lui.

— As-tu envoyé Saul me retrouver, cette nuit-là ?

Un masque de tristesse se calqua sur le visage de Hank et son regard fut plein de regret.

— Non, Tessie. Je ne l'ai pas envoyé.

Elle fit un pas en arrière et croisa les bras.

— Il l'a pourtant dit.

— Il a menti. Quand j'ai compris que quelque chose clochait, je suis parti à ta recherche, mais… je suis arrivé trop tard.

— Tu étais occupé à boire ? demanda-t-elle, la voix étouffée par un sanglot.

Hank soupira en secouant la tête.

— J'ai jamais été un homme respectable ni d'une grande vertu. J'en ai un paquet, des défauts. Si j'pouvais revenir en arrière et faire en sorte que rien n'arrive, cette nuit-là, je le ferais. Après ça, j'ai fait la seule chose que je trouvais sensée : ne plus t'approcher.

Tess hocha la tête de façon saccadée, puis ouvrit la porte d'entrée d'un geste nerveux et sortit du chalet.

Cale se planta devant Hank.

— Elle veut te pardonner ; dans son intérêt, j'espère que tu dis la vérité.

— J'imagine que mes antécédents ne jouent pas en ma faveur…

— Tu n'as jamais su clairement différencier les choses.

— Différencier les choses ?

— Le bien du mal.

Il s'avachit sur sa chaise, l'air fatigué et abattu.

— Tu sais bien que dans not'métier, faut faire face à des trucs qui nous dégoûtent. On apprend à vivre avec.

— Peut-être, admit Cale. Mais Tess n'avait pas à en faire autant. C'était ton devoir de la protéger.

— Je sais. Inutile de m'rappeler tout l'temps mon échec.

Cale avait envie de le croire sur parole, mais quand ils travaillaient ensemble, il n'avait jamais vu l'Irlandais éprouver une once de remords. Est-ce qu'un homme pouvait vraiment changer ? Cale l'avait fait. Il devait peut-être lui laisser une chance de prouver son repentir.

— Je t'admirais, Hank. À une époque, tu étais le père dont j'avais toujours rêvé. Et je croyais que ton côté fils de pute sans pitié était justifié, même nécessaire. Mais j'ai changé d'avis. C'est pour ça que je suis parti, après le massacre des Apaches.

— J'ai pensé que tu étais faible, fils.

— Les actes de boucherie ne sont pas une preuve de force.

— Disons que ça dépend des circonstances.

La pièce fut plongée dans un lourd silence. Cale restait là, malgré son envie pressante de rejoindre Tess. En cet instant, il put mesurer la force de l'adoration qu'il avait vouée à Hank, proportionnelle à la déception qui l'affligeait maintenant.

— Un homme ne se repent que devant son Créateur, dit Hank.

— Si tu as des regrets, dis-le à Tess. Sa capacité à pardonner t'étonnera. Moi, elle m'étonne.

Hank tourna vivement les yeux vers lui.

— Ça alors… dit-il d'une voix chantante. T'es amoureux de ma Tessie !

Cale ne répondit pas.

Hank rigola légèrement.

— J'espérais qu'elle trouverait un homme bien, un homme meilleur que moi.

— Moi aussi, j'ai des remords, Hank. Mais si elle veut de

moi, alors je m'efforcerai tous les jours de la mériter. À ses yeux, malgré tout ce qu'il s'est passé, le monde est magique et merveilleux.

— Oui, oui…

Le regard de Hank se perdit au loin.

— Je m'souviens bien de ma Tessie, quand elle était petite. C'qu'elle était sanguine ! Tellement intelligente, vive et curieuse ! Mes parents l'auraient adorée.

— Elle est toujours la même, répondit Cale. Et elle mérite d'avoir une vie remplie d'amour, de tendresse et d'enfants.

— Et c'est ce que tu comptes lui offrir ? demanda Hank avec une certaine incrédulité.

Cale acquiesça.

Les yeux de Hank pétillèrent.

— Dieu soit loué ! Tout n'est peut-être pas perdu, après tout.

CHAPITRE VINGT-NEUF

Tess était sortie du chalet, incapable d'y rester plus longtemps. Comme Bipin était dans la grange, elle avait mis la main sur deux vieux tapis de selle et s'était enfoncée dans les bois environnants. Elle avait trouvé une zone plate couverte d'aiguilles de pin où s'installer. Il ne fallait pas qu'elle s'éloigne, ce n'était pas prudent ; mais elle avait besoin d'air et d'échapper aux excuses de Hank.

Elle avait tout anticipé, tout avait été clair dans sa tête : son désir – non, son *besoin* – de retrouver son *padre*, de lui pardonner d'avoir remis son sort entre les mains de Saul. Elle s'était dit qu'elle ne lui en voudrait pas d'avoir un mauvais fond ; qu'elle l'aiderait à devenir meilleur.

Qu'elle pouvait le sauver.

Pourtant, apparemment, il n'avait nul besoin de l'être. À le croire, il ne cautionnait pas les actes de Saul, il n'avait même pas su ce qui se préparait cette nuit-là et, quand il l'avait compris, il avait cherché à lui venir en aide.

Elle avait passé ces deux dernières années à diriger sa colère contre son *papá*, tout en éprouvant le besoin de se réconcilier avec lui. Ce but lui avait indiqué la direction à suivre, jour après jour. À présent, avec ce nouvel éclairage de la situation, elle n'arrivait plus à faire taire l'immense blessure de son âme.

Saul Miller l'avait violée.

Elle resta plantée là, incapable de bouger. Les tapis glissèrent de ses mains et tombèrent au sol. Sa peine, provenant d'un lieu si profondément enfoui en elle qu'il lui était presque inconnu, commença à s'exprimer, à prendre de l'ampleur. Une terrible tempête s'amorçait, chargée de nuages noirs et d'ouragans qui gagnaient en force, progressivement, pour tournoyer en elle dangereusement.

Cale apparut, simple silhouette sombre parmi les ombres.

— Que dois-je faire ? murmura Tess.

— Avec Hank ?

Elle hocha la tête, même si ça ne répondait pas complètement à sa question. Que devait-elle faire de la douleur atroce qui se réveillait en elle, celle de la petite fille criant parce que personne ne l'avait secourue, quand Saul l'avait agressée ?

— Je ne peux pas te dire de le croire ou de ne pas le croire, répondit Cale.

Elle chercha son regard.

— Et toi, tu le crois ?

Hank avait peut-être menti. Peut-être qu'elle avait toujours raison de lui en vouloir. Cependant, il était trop tard pour renvoyer le monstre dans sa cage.

Cale lui prit la main.

— Je crois, au-delà de toute chose, que Hank t'aime.

— Alors, je dois lui pardonner ?

— Ce n'est pas à moi d'en décider. Vu que tu aimes les histoires, je vais te raconter celle d'une vache et d'un coyote que je tiens des Apaches.

Il emmêla les doigts aux siens.

— Une vache se trouvait au bord d'une rivière, lorsqu'un coyote apparut. Ce dernier lui dit qu'il avait trop peur pour traverser, parce que l'eau était très profonde. La vache lui proposa de se tenir à ses cornes ou à sa queue, mais Coyote refusa, prétendant qu'il se noierait quand même. Alors, il lui demanda s'il pouvait grimper dans son rectum. La vache en fut gênée ; malgré tout, elle accepta. Coyote rampa dans la vache qui nagea pour traverser la rivière. Dès qu'elle eut atteint l'autre rive, Coyote, toujours à l'intérieur, la mordit à mort. Coyote était une ordure opportuniste, mais la vache n'aurait pas dû se montrer si bête. Elle n'avait pas fait la différence entre aider quelqu'un et le laisser prendre l'avantage sur elle.

Cale prit Tess dans ses bras et la serra contre lui. Elle se cramponna à lui.

— Tess, ce que j'essaye de te dire, c'est que tu n'as pas besoin de *faire* quoi que ce soit, concernant Hank. Arrête de te soucier de lui et prends soin de toi.

Tess fondit en larmes et Cale ne relâcha pas son étreinte. Il lui avait toujours inspiré un sentiment de sécurité et elle remerciait le ciel qu'il soit près d'elle, mais la honte s'insinuait en elle. Saul l'avait fauchée dans son élan de vie et elle était gênée de montrer à Cale l'ampleur du désastre. Elle ressemblait bien plus à la vache de son histoire qu'il ne l'imaginait.

Elle se dégagea de ses bras, reniflant et s'essuyant le visage.

— Ça va. Vraiment, ça va.

— Avoir besoin d'aide n'est pas un crime, Tess.

Elle chercha à mettre de la distance entre eux en s'enfonçant dans les ombres de la nuit.

— Tu n'as pas à t'occuper de moi.

— De quoi est-ce que tu parles ?

— Je vais me débrouiller. Ce n'est pas ton problème.

— Tu as passé cinq minutes avec Hank et tu es prête à t'enfuir d'ici, la queue entre les jambes ?!

Le ton tranchant de sa voix la prit de court.

— Tu n'as aucune idée de ce que tu racontes !

— Ne t'avise pas de faire ça !

— Quoi ?

— De me rejeter à cause des erreurs de Hank. Au début, j'ai cru que tu étais folle, de vouloir lui pardonner ; mais ça m'a montré quelque chose que je n'avais jamais vu de ma vie : tu transcendes ce que la vie t'a donné. J'aurais tellement voulu que ma mère soit comme toi ! Le monde a rétréci, depuis qu'elle n'est plus là, et on ne m'a pas laissé passer assez de temps auprès d'elle. Tout ça parce qu'elle n'était pas assez forte. Il est hors de question que je te perde, toi aussi.

— Qu'est-ce que tu racontes ?

— Je t'aime, Tess. Je veux que tu restes avec moi. Que tu te maries avec moi.

Son aveu la prit par surprise.

N'était-ce pas ce qu'elle voulait ? Être aimée, choyée ?

Des élans de panique fusèrent dans sa poitrine, atteignant son esprit de leurs doigts glacés.

Ça ne cessera donc jamais ?

Elle prit sa tête entre ses mains et la secoua lentement d'avant en arrière. Des larmes salées s'égouttaient depuis ses lèvres. Cale s'approcha d'elle et prit son visage dans ses mains.

— Tu ne comprends pas, Tess ? demanda-t-il en se mettant nez à nez avec elle. Ces choses-là n'arrivent pas par hasard. De toute ma vie, nulle part je n'ai croisé une femme comme toi.

Il posa sa bouche sur la sienne à travers l'humidité de ses pleurs et l'embrassa avec douceur et passion. Puis, il enfonça sa langue entre ses lèvres et les défenses de Tess volèrent en éclats.

Sa volonté de maintenir Cale à distance s'évanouit et son langage corporel révéla un désir d'une telle rage, d'une telle puissance, qu'elle s'attendit à en avoir honte.

Mais il n'en fut rien.

Elle avait envie de Cale.

De tout son être.

Sans retenue.

De la seule façon intime et physique capable d'unir un homme et une femme, dans les murmures de la nuit autour d'eux.

Elle s'accrocha à son cou et il la serra furieusement contre lui ; leurs bouches ne se quittèrent pas. La soif dévorante de satisfaire son désir ébranla le corps de Tess.

— Déshabille-toi ! murmura-t-elle.

Ils ôtèrent leurs vêtements à la hâte. Elle sentit la force des muscles bandés de Cale, ceux de ses épaules, de ses bras, de son large torse et de sa puissante érection.

Il empoigna ses fesses et l'attira contre lui. Elle frémit. Il plongea dans son cou et elle cambra le dos pour s'offrir à lui. Il fit glisser ses mains sur ses seins, les caressa, les pétrit, puis posa sa bouche sur un de ses tétons dressés. Elle se mit à haleter de plus en plus fort quand il le suça et elle se retint de tomber en s'agrippant à sa tête.

Il caressa de sa bouche toute la sphère de ses seins. Elle n'aurait jamais cru qu'ils étaient si sensibles. Cale leur prêta une telle attention qu'elle faillit jouir.

— Cale, je t'en supplie… tu me rends folle !

— Attends…

Il l'immobilisa d'une main sur la taille. Il attrapa un des tapis de cheval et l'étala sur le sol. Les mouvements de ses muscles et sa force virile la firent rougir de plus belle de désir pour lui. Elle enrageait… plus vite !

Elle le laissa volontiers l'allonger sur le dos et il vint se placer au-dessus d'elle, couvrant sa bouche de baisers tout en glissant une main entre ses jambes. Il la caressa avec un doigt. Le buste de Tess se souleva au rythme de son pouls emballé.

— Je vais jouir, dit-elle, le souffle court. Tu ferais bien de venir !

— Je comptais ne pas te pénétrer.

Elle se figea, comme s'il venait de lui donner une douche froide.

— Pourquoi ?!

— On doit éviter que tu tombes enceinte, Tess.

Son corps était en effervescence. Elle était tellement mouillée de désir qu'il lui était presque douloureux d'arrêter.

— Je veux te sentir en moi !

Elle fit glisser sa main sur lui et commença à le caresser. Le souffle de Cale s'accéléra. Elle enroula sa jambe gauche autour de lui sans faire cas de l'inconfort occasionné. Il cessa de lutter et vint se placer sur elle. Il prit appui sur ses avant-bras, de part et d'autre de sa tête, et elle glissa ses bras sous ses aisselles. Il la pénétra lentement, en la regardant dans les yeux.

Quand il fut au fond d'elle, il s'immobilisa.

Ce qu'il pouvait être exaspérant !

Les jambes enroulées autour de lui, elle contracta les muscles internes de son corps et profita des vagues de plaisir que ça déclencha en elle.

— Tu dois bouger, Cale !

— Attends une seconde.

Elle se cambra contre lui et il lui donna enfin ce dont elle mourait d'envie. Elle grimpa en flèche au sommet du plaisir. Cramponnée à ses épaules, elle s'unit au rythme féroce de ses allées venues, laissant se diffuser en elle la sensation de soulagement engendrée.

Il se retira d'un mouvement brusque, saisit le bord du tapis de selle et éjacula dedans. Effarée qu'il ait rompu leur union si rapidement, elle attendit qu'ils se remettent de l'intensité de leurs ébats avant de dire quoi que ce soit.

Il s'allongea à côté d'elle, une jambe et un bras la recouvrant, et enfouit son visage dans son cou.

— Pourquoi est-ce que tu as fait ça ? lui demanda-t-elle.

— Je ne veux pas que tu tombes enceinte comme ça.

Il posa une main sur un de ses seins, déclenchant un désir époustouflant de ténacité. Elle ferma les yeux, se délectant de ce moment d'union physique avec lui.

Ça tenait l'angoisse à distance, même si ce n'était que provisoire, comme elle le savait bien.

CHAPITRE TRENTE

Aux premières lueurs de l'aube, Cale fit encore l'amour à Tess. Il se servit à nouveau du tapis de selle, se retirant de justesse, les dents serrées. Combien de fois pourrait-il encore faire ça ? Il n'en savait rien.

Il lui semblait que Tess était liée au vent, aux montagnes, à la lumière du soleil et à l'eau coulant dans le ruisseau. Elle le rattachait à la *vie*, le stimulant de l'intérieur ; sa nature sauvage répondait à la sienne, éveillant dans sa poitrine un espoir auquel il n'avait goûté que furtivement, quand il était enfant.

La vie lui apparaissait pleine de promesses.

Le bonheur coulait dans ses veines.

Plus que tout, ivre de la confiance qu'elle lui témoignait, il aurait aimé passer la journée contre elle. Il respira le parfum musqué de leur union et profita de ce moment où il la tenait encore dans ses bras.

Quand les premiers rayons du soleil dépassèrent la crête des montagnes, à l'est, Tess se rhabilla à la hâte. Elle ne tenait pas à ce que Bipin, Nitis ou Smita – et encore moins son père – tombent sur eux.

Il lui avait dit qu'il l'aimait. Qu'il voulait l'épouser.

Tout à coup, elle se sentit oppressée et l'angoisse si familière se réveilla. Tout contrôle commença à lui échapper.

Non !

Deux bras lui encerclèrent la taille par-derrière et Cale l'embrassa sur la joue.

Elle essaya de se détendre et d'accueillir sa tendresse, mais elle dut lutter de toutes ses forces pour ne pas s'enfuir.

Comment pouvait-elle lui avouer sa faiblesse ? Lui dire qu'elle se mettait parfois à trembler soudainement, de façon incontrôlable… qu'alors, la vie elle-même la terrifiait…

Elle se sentit couverte de honte. Elle imaginait facilement sa déception, quand il mesurerait l'ampleur de sa fragilité.

Elle s'écarta de lui et ramassa le tapis qui avait reçu le fruit de leur union.

— Je veillerai à le laver aujourd'hui.

Ils retournèrent au chalet. Tess posa le tapis sur le perron, puis entra. Elle trouva Hank qui ronflait, allongé par terre, dans la pièce principale. Un rapide coup d'œil dans la chambre la rassura. Lenna dormait profondément – et bien, visiblement. Tess entreprit de préparer le petit déjeuner en essayant de faire le moins de bruit possible. En s'affairant, le malaise dont elle ne pouvait se dépêtrer s'atténuait.

Hank se réveilla et se leva.

— B'jour, Tessie !

Elle lui adressa un bref hochement de tête. Il sortit dehors. Elle empila son nécessaire de couchage dans un coin de la pièce. Bientôt, elle déposa des galettes à l'avoine et du sirop sur la table. Cale revint de la grange avec un petit seau de lait frais. Bipin et Hank le suivaient.

— Nitis et Smita n'ont pas revu Vern depuis qu'on est partis de chez lui. Ça fait quelques jours, dit Cale.

Hank se mit à table.

— Ce vieux schnock peut s'perdre facilement, dans les montagnes. C'est pour ça qu'il héberge les deux Apaches : pour s'occuper des animaux et du reste, quand il est pas là.

Tess servit du café à tout le monde.

— Je n'en reviens pas, qu'il ait survécu aussi longtemps en vivant tout seul ici ! dit-elle.

Hank plongea une cuillerée de sucre dans le breuvage fumant, devant lui.

— Certains hommes aiment vivre en repoussant leurs limites, dit-il.

Apparemment, je suis vouée au même sort !

Hank, Cale et Bipin finirent de manger et Tess ramassa leurs assiettes.

Alors qu'elle faisait la vaisselle dans une bassine que Cale lui avait remplie, Hank dit qu'il voulait sortir avec lui pour discuter et ils quittèrent la pièce.

Bipin resta à l'intérieur. Quand Lenna se réveilla, Tess lui apporta une galette et une tasse de lait frais qu'elle avala sans se faire prier.

Tess se demandait bien de quoi Hank et Cale pouvaient parler, mais elle se retint de sortir.

Cale suivit Hank à l'intérieur de la grange. Ils dépassèrent toute une ménagerie – un alezan à triste allure, une chèvre qui bêla et la vache laitière. Ils s'arrêtèrent dans l'angle du fond. Hank déplaça une caisse en bois et repoussa un tas de broussailles, avant de tirer d'un coup sec le couvercle d'un faux plancher. Dans un trou de trois mètres carrés étaient entreposés plusieurs sacs en toile.

Cale n'eut pas besoin de voir leur contenu pour comprendre.

— Mais qu'est-ce que tu fous, Hank ?!

— Je survis et je protège ce qui m'appartient.

Il sortit un des sacs qu'il posa au sol, avant de défaire le nœud qui le fermait. Fourrés à l'intérieur, il y avait au moins dix fusils de sortes et de modèles différents.

— Choisis, mon garçon ! proposa Hank.

— Est-ce que tu les vends aux Apaches ?

— C'est un bon business.

— C'est totalement illégal.

Hank se releva et lui fit face.

— Écoute, mon p'tit gars… je sais où est l'or. J'me suis trouvé une bonne p'tite veine, plus haut, dans les montagnes. C'est pour ça que j'suis parti, hier. J'devais retourner masquer tout indice. Manquerait plus que Saul Miller tombe dessus ! Les Apaches me laissent tranquille, grâce aux armes. Ces transactions sont nécessaires, si j'veux vivre ici tranquillement.

— Personne ne peut vivre dans ces montagnes tranquillement, et encore moins les Apaches.

— Tu les aimes, hein ? Les armes leur donnent une chance au combat.

Cale se sentit frustré. Hank n'avait pas tout à fait tort.

— J'ai un fusil, répondit Cale. Je n'ai pas besoin d'en avoir deux.

— Comme tu veux. J'pensais emmener des renforts, quand j'irais traquer Saul ; et j'espérais que tu viendrais me donner un coup d'main, en souvenir du bon vieux temps…

Cale vit, dans le regard limpide de son mentor, sa profonde détermination à mener ces représailles. Il était fidèle au Hank de ses souvenirs.

— J'ai cru l'avoir tué, ce bâtard, après qu'il a fait du mal à ma Tessie, poursuivit Hank. Mais apparemment, j'ai mal visé. Cette erreur ne se reproduira pas. Il ne quittera pas les Dragoons vivant. Et vu tes sentiments pour ma p'tite fille, j'ai pensé que tu voudrais mettre la main à la pâte.

Cale ne pouvait dire le contraire, il avait été assoiffé de vengeance en apprenant l'agression de Tess, mais tirer une balle dans la tête de Saul n'était pas faire justice. C'était un meurtre, tout simplement.

— Il faut l'attraper vivant, dit Cale. Ce n'est pas à nous de décider de son sort.

Hank pouffa en secouant la tête.

— Ne joue pas au bien-pensant avec moi, fiston ! On peut l'accuser du meurtre de Bennett, mais il incriminera Lange. Et si tu le coinces pour le viol de Tess, elle devra témoigner. Tu tiens vraiment à lui faire vivre ça ?

Le passé fit surface dans le présent et Cale se sentit à nouveau imbriqué dans un monde impitoyable. C'était le monde dans lequel Hank vivait, celui que Cale avait fini par quitter.

— Peut-être qu'il vaut mieux que j'emmène Tess loin d'ici, dit-il. Tu n'en feras qu'à ta tête, de toute façon.

— Très bien. Je n'ai jamais voulu qu'elle vienne ici, de toute façon.

— Ça ne devrait pas m'étonner.

Cale et Hank tournèrent la tête en même temps, en entendant la voix de Tess.

— Tu n'as été un père qu'à tes heures. Mais j'apprécie que tu veuilles tuer Saul. J'imagine que je peux prendre ça comme une preuve de ton amour. Mais Cale a raison. Le descendre n'est pas la solution.

— Tessie, je t'aime vraiment, dit Hank. J'ai dit que tu n'avais rien à faire ici parce que c'est dangereux, c'est tout. Cela dit, je *vais* tuer Saul. Cet enfoiré va payer pour ce qu'il a fait. Et après, j'irai chercher l'or qu'il y a dans ces montagnes et je m'occuperai bien de toi.

L'expression résignée de Tess déplut à Cale.

Elle quitta la grange sans répondre.

Cale regarda Hank, puis partit sans un mot rattraper Tess.

Il la trouva dans les bois. Elle lui tournait le dos, à l'endroit où ils avaient fait l'amour, la nuit passée. Il posa une main sur son épaule, puis la laissa glisser dans son dos. Il repensa à l'abandon avec lequel elle s'était offerte, à la passion dont elle avait fait preuve, et il s'émerveilla du changement qui s'était opéré en elle. Elle n'était plus du tout la fille qu'il avait rencontrée, quelques semaines plus tôt.

— Tess, à quoi tu penses ?

— Au fait que Hank a fait du mieux qu'il a pu, dans sa vie. Je pense aux erreurs qu'il a faites. Mais j'en ai fait, moi aussi. S'il retourne là-bas, je ne vois que deux issues possibles. Soit c'est Saul qui meurt, soit c'est lui. Si Saul est le survivant, alors il faudra que je parte très loin d'ici, pour ne plus jamais le revoir.

Il la poussa à se retourner vers lui, en posant ses mains sur ses épaules.

— Tess, tu n'es pas responsable de Hank. Et je veillerai à ce que Saul ne s'approche jamais de toi.

— Tu ne peux pas faire ce genre de promesse.

— Je peux essayer de la tenir.

— C'est pour ça que tu veux m'épouser ? Pour me protéger ?

Cale fronça les sourcils.

— Ouais, en partie…

Tess détourna les yeux.

— Tout va beaucoup trop vite.

— De quoi est-ce que tu parles ?

— De nous.

Elle braqua son regard sur lui.

— Comment peux-tu vraiment croire que tu m'aimes ? On se connaît à peine !

— Je te connais suffisamment.

Une sensation désagréable noua le ventre de Cale.

— J'ai besoin de temps pour y voir plus clair, dit Tess.

Il laissa tomber ses mains de ses épaules.

— Je ne te demande pas de précipiter les choses, Tess.

— Vraiment ? Si ça se trouve, je suis déjà enceinte !

— Je t'ai dit qu'on ferait davantage attention, à partir de maintenant. Et même si tu l'étais, ça n'a pas d'importance. Je prendrais soin de toi.

— Mais maintenant, je n'ai plus le choix.

Que se passait-il ? Il croyait qu'elle était contente, qu'il avait enfin réussi à passer outre son armure.

— Dis-moi juste une chose, dit-il, choqué de la voir lui glisser entre les doigts si rapidement. Est-ce que tu m'aimes ?

Elle se tut un instant, puis répondit.

— Je ne sais pas.

Cale inspira d'un coup sec par le nez, les mains posées sur ses hanches, au-dessus de son révolver.

— Pas de problème, dit-il sans desserrer les dents. Je t'ai toujours dit que tu pouvais donner le ton.

Mais que s'était-il passé ?! Il avait l'impression d'avoir été éjecté de cheval ; mais au lieu de tomber par terre, il semblait chuter à l'intérieur d'un canyon sans jamais en voir le fond.

— Voilà ce que je vais faire, Tess. Je vais partir avec Hank et on va s'occuper de Saul. Comme ça, tu n'auras plus à te soucier de l'un ou de l'autre.

— Ce n'est pas ce que je voulais dire. C'est dangereux. Et s'il t'arrivait malheur ?

Au moins, elle s'en inquiétait ! C'était mieux que rien.

— À l'époque, répondit-il, j'étais assez doué, dans ce boulot.

— Et si Saul ou Haverly viennent ici ?

— On les cueillera avant même qu'ils aient l'idée de venir par ici. Tu ne peux pas encore déplacer Lenna. Je dirai à Bipin de rester avec vous.

Il attendit, espérant qu'elle le touche, qu'elle change d'avis et lui déclare son amour, qu'elle… fasse quelque chose.

— Sois prudent, murmura-t-elle, avant de tourner les talons et de partir.

Il la regarda s'éloigner. C'était comme si on venait de lui arracher le cœur.

CHAPITRE TRENTE-ET-UN

Dans l'heure qui suivit, Cale et Hank quittèrent le chalet. Ils s'en allèrent dans les Dragoons, emportant avec eux d'autres armes sorties de la cachette de Hank : deux Winchester, un fusil Sharps et quatre colts, avec des munitions et deux couteaux Bowie.

Une résolution vide de sens gagna Cale, un sentiment qui ne lui était pas complètement étranger. Chevaucher avec Hank avait été – parfois – une fatalité en soi. Mais là, il y avait autre chose. Le rêve qu'il avait tout juste commencé à toucher du doigt s'effondrait autour de lui.

Il avait envisagé d'emmener Tess au Texas, de se réconcilier avec son père et de lui demander une part du ranch des Walker. Sur ces terres, il aurait pu construire une maison à léguer à Tess et à leurs enfants. Il n'avait pas voulu qu'elle tombe enceinte trop vite, avant d'avoir une chance de s'habituer à lui ; mais à présent, il se demandait s'il n'aurait pas mieux fait de laisser la nature décider.

Elle attendait peut-être déjà un enfant, de leur toute première union. Il eut une bouffée d'optimisme. *Elle serait obligée de m'épouser, alors*. Mais sa joie s'évanouit aussitôt. Il ne voulait pas gagner sa main de cette façon. Il n'était pas question qu'il devienne une source de souffrance supplémentaire pour elle.

Ils avaient avancé vite jusque-là, mais ils ralentirent en approchant des vestiges de la *rancheria* où Lenna avait été mise sur le bûcher. Hank poussa son cheval louvet, écumant de mousse, à la hauteur de Bo.

— Quelles sont tes intentions envers ma Tessie ?

Cale plissa les yeux, malgré l'ombre que le bord de son Stetson leur faisait.

— J'avais espéré faire d'elle une honnête femme.

— Et alors, qu'est-ce qui t'en empêche ?

C'était comme si le vent l'avait fauché dans son élan.

— Tess.

— Elle peut se montrer un peu têtue, des fois.

— J'avais remarqué.

— Ce n'est pas un mauvais trait de caractère à avoir. Beaucoup de choses peuvent mettre une femme à terre, dans cette vie. Regarde, ma mère... Je suis arrivé en 1845 avec mon vieux et mon frère Gilly. On était des fermiers pauvres du sud de l'Ulster ; on crevait de faim, presque littéralement. J'avais seize ans et Gilly, dix-neuf.

Cale avait un poids sur les épaules et l'esprit embué par le rejet de Tess, mais les confidences inattendues de Hank à propos de sa famille retinrent son attention. Ce bougre n'avait jamais évoqué son passé, en dehors des grandes lignes.

— Maman avait perdu un de mes frères, Nels, bien avant, et une sœur à moi, Glenna, un peu après. Quand on a quitté l'Irlande, elle n'était plus que l'ombre d'elle-même. Je l'aimais bien, mais elle était devenue presque inaccessible. On est montés à bord d'un bateau pour New York, mais maman est morte pendant le voyage. Ça nous a brisés. Pourtant, quelque part, j'étais content pour elle. Elle était enfin soulagée. Elle avait porté le poids de son chagrin tous les jours ; elle n'en pouvait plus.

— Je suis désolé, Hank, lui dit Cale. Je ne savais pas. Ma mère aussi est morte quand j'étais petit.

— J'ai toujours su qu'on avait plus d'une chose en commun. On fait un peu partie d'une même famille, mon p'tit gars. Je l'ai toujours senti.

Il regarda au loin, devant lui.

— Alors, papa, Gilly et moi, on a essayé de survivre à New York. Ça n'a pas été facile. Tu sais qu'on a changé de nom ? On s'appelait Carroll, avant. Papa voulait qu'on prenne un nouveau départ, alors on est devenus des Carlisle. Mais il est mort quelques mois plus tard. Les conditions de vie étaient horribles. On habitait dans des trous à rat, au sous-sol des immeubles. On nous traitait comme des chiens. Alors, avec Gilly, on est partis vers l'ouest. C'était en 1850 ; j'avais vingt-et-un ans. Je ne savais rien faire du tout, en dehors de survivre – ce que je faisais depuis un bon bout de temps, déjà.

— Qu'est devenu Gilly ?

Cale ignorait que Hank avait un frère.

— Il est mort. Il s'est fait tuer dans une bagarre, au Mexique. C'est p't-être ma faute. J'me l'suis toujours demandé. C'est là que j'ai rencontré Isabelle. Je me noyais dans l'alcool. Elle m'a tiré d'là, pendant un temps. Tessie est née en 1859. Je les ai fait déménager à Tuscon, avec Dolores, la *madre* d'Isabelle. Comme ça, j'pouvais garder un œil sur elles, prendre de leurs nouvelles plus souvent. J'savais pas faire grand-chose, mais j'savais tirer et chasser ; et j'étais capable de traquer un homme au-delà de ce qu'il pouvait supporter. Ma réputation m'a aidé à trouver du boulot, comme ça j'pouvais m'occuper d'Isabelle et de ma gamine.

— Tu n'es pas le premier homme à dépasser les bornes pour survivre, Hank.

— Il y a quelque chose en moi, Cale, qui s'débat comme un animal pris au piège. Je n'ai jamais réussi à l'étouffer et je suis pas sûr d'y arriver un jour. Vivre dans les montagnes m'a appris ça. Tess a une part de moi, qu'elle le veuille ou non. Je l'ai compris, hier soir, en la regardant. Sa féroce détermination à me retrouver brillait dans ses yeux. J'ai eu l'impression de me voir, moi.

Cale serra les dents avec tant de force qu'il en eut mal à la mâchoire. Tess ressemblait peut-être plus à Hank qu'il ne voulait le voir.

— Tu ne t'ennuieras pas, avec elle, ajouta Hank.

Ouais, c'est déjà le cas.

TESS PASSA la journée à récurer des casseroles et à laver le tapis qu'ils avaient utilisé, avec Cale. Il lui traversa l'esprit qu'ils ne s'en serviraient peut-être plus jamais.

Cale parti, elle baissa sa garde. Alors, la peine immense de l'avoir repoussé la frappa de plein fouet. Elle l'aimait. Comment aurait-il pu en être autrement ?! Tout la charmait, chez lui – ses yeux bleus, quand il la regardait qui contait des histoires, son sourire taquin, la douceur qu'il employait à soigner sa jambe, sa prestance qui la faisait vibrer de l'intérieur, sa compassion et son courage…

Si elle parvenait à gérer ses propres *demonios*, pourrait-elle vivre avec Cale ? Elle voulait y croire, mais la panique la rattrapait toujours.

Elle ramassa des légumes avec peu d'enthousiasme. Elle en fit une soupe qu'elle mit à mijoter. Nitis et Smita s'occupaient des animaux dans la grange et le rond de longe. Il y avait un coyote blessé, attaché à un poteau pour l'empêcher de s'enfuir. Smita fit comprendre à Tess en mimant son propos qu'il serait libéré dès que sa patte avant serait guérie.

Un instant, Tess éprouva le désir nostalgique de revoir son merle, Amado. Vivait-il dans un arbre des environs ? Elle passa une grande partie de l'après-midi à le chercher, mais ne l'aperçut jamais.

À la tombée de la nuit, Blight arriva à cheval. Tess sortit du chalet en s'essuyant les mains sur son tablier. La douleur à sa jambe avait vraiment diminué et sa posture s'était améliorée, depuis qu'il l'avait redressée, des semaines plus tôt.

Elle lui fit un signe de la main. Il lui adressa un hochement de tête. Il n'avait pas l'air surpris de la voir ici. Visiblement, il ne s'était pas lavé depuis des semaines. Derrière lui, Cocheta arrivait sur Moses. Tess fut soulagée de voir que la mule de Cale se portait bien.

— Señor Blight, je suis très heureuse de vous revoir.

Vern semblait las et fatigué.

Tess hocha la tête vers Cocheta.

— Comment est-elle arrivée ici ?

— Je l'ai trouvée qui errait dans les montagnes. Ça a bardé, là-bas. Vous allez bien ?

— Oui. Il y a une jeune Apache, ici ; j'espère que ça ne vous dérange pas. Elle était blessée et on n'avait nulle part d'autre où aller.

— Comment va-t-elle, maintenant ?

— Mieux.

Vern descendit de son hongre en poussant un grognement.

— Où est votre homme ?

— Il est parti dans les montagnes.

Tess offrit son bras à Cocheta pour l'aider à descendre.

— J'ai préparé une soupe pour le dîner, avec des biscuits frais. Vous devriez venir manger, tous les deux.

— Je ne serai pas long, répondit Blight. Laissez-moi m'occuper de mon cheval et de la mule, d'abord.

Cocheta et Lenna tombèrent dans les bras l'une de l'autre en pleurant. Tess leur mit deux couverts et n'eut pas de mal à les convaincre de manger. Heureusement, Lenna pouvait se déplacer, maintenant.

— Lenna, dit Tess ; peux-tu demander à Cocheta comment elle s'est retrouvée séparée de la tribu ?

La jeune fille et la vieille femme conversèrent pendant un moment.

— Il y a trois levers de soleil, elle a quitté le camp, tôt le matin. Elle dit qu'elle est vieille, mais pas tant que ça. Elle a suivi le merle et la voix d'un puma. Il se tramait quelque chose et elle voulait aider.

— Elle aurait pu se faire tuer.

— Elle n'a pas peur de mourir.

Tess aurait aimé pouvoir en dire autant.

— Est-ce que la tribu est en sécurité ?

— Cocheta dit qu'elle est bien cachée. Avant de partir, elle a jeté un voile de couleurs sur elle pour la dissimuler.

Ce que ça signifiait vraiment, Tess l'ignorait, mais elle espérait les Apaches hors de danger.

Cocheta se tut et mangea de grosses cuillerées de soupe ; puis, elle sourit et posa une main tremblante sur celle de Lenna. L'amour qu'elle lui manifestait était évident et il passa de l'une à l'autre comme un courant électrique. Tess eut un pincement au cœur. En les regardant toutes les deux, elle ressentit le manque poignant de son *abuela*. Elle refoula une soudaine envie de pleurer.

Ô, beau merle ! Chante-moi ta douce mélodie !

Le poème de Tennyson résonna dans sa tête.

J'ai eu beau t'épargner, tout le printemps durant

Ton unique plaisir est de rester là, immobile.

En regardant Cocheta, avec son visage ridé et sa masse de cheveux gris, Tess ressentit l'histoire que cette femme portait en elle, dans son corps frêle. L'ancienne comprenait la douleur et les peines de cette vie sur terre ; pourtant, l'étincelle dans ses yeux ne s'éteignait pas. L'existence était toujours pour elle une source de joie.

Tess espérait pouvoir un jour lui ressembler.

Les deux Apaches sortirent discuter dehors et Tess prépara une assiette pour Blight. Elle la lui tendit.

— Où étiez-vous passé, pendant tout ce temps ?

— Eh bien, par-ci par-là… répondit-il avant d'enfourner une cuillerée dans sa bouche. C'est délicieux ! Vous devez être un ange. Si vous vouliez rester, vous pourriez m'épouser. Je ne vous embêterais jamais et vous auriez une maison en échange.

Étonnée par cette nouvelle proposition en mariage, Tess réfléchit à l'ironie du sort. Elle n'était pas bonne à marier et pourtant, Dieu continuait à lui tendre des perches.

Il mangea une autre bouchée de pommes de terre.

— Oh, laissez tomber ! Je pense que monsieur Walker aura son mot à dire dans l'histoire. Comment va votre jambe ?

— Bien mieux, grâce à vous.

— Tant mieux.

— Vern, je peux vous demander quelque chose ?

Elle s'assit à table avec lui.

— Est-ce que vous connaissez un certain Saul Miller ?

— Pourquoi cette question ?

Elle attendit sans répondre.

— Je vous fais confiance, miss Tess, alors je vais vous le dire.

Il appuyait ses mots avec un grand sérieux.

— Il y a des années, je me suis attiré des ennuis. Je traînais comme une âme en peine et je me suis retrouvé avec des gars de la mauvaise graine. Je n'en suis pas fier. Ma tête a été mise à prix et Saul m'a traqué. Je ne sais pas comment ma chance a tourné, mais au bout du compte, il ne m'a pas tué. Il m'a laissé partir. Depuis, j'ai toujours essayé de mener une vie honnête.

— Donc, maintenant, vous êtes ami avec Saul ?

— Nan, pas vraiment… il vient ici, de temps en temps. Souvent pour que je lui rende service.

C'était logique. Saul ayant laissé la vie sauve à Vern, il s'en servirait sûrement toute sa vie comme prétexte pour en tirer profit.

— Il est venu, il y a quelques jours, dit Tess. Il vous cherchait.

Vern sembla inquiet, tout à coup.

— Vous lui avez parlé ?

— Non.

Tess se sentit gênée de sa conduite, s'étant tapie dans la maison en priant pour qu'il ne la trouve pas.

Vern l'observait.

— Vous avez eu raison de vous cacher.

Tess souffla, après avoir retenu son souffle.

— C'est lui qui m'a blessée à la jambe, initialement, dit-elle à voix basse.

— Je comprends, miss Tess, répondit Vern en lui tapotant la main.

De l'agitation, dehors, attira leur attention. Blight ouvrit la porte et ils tentèrent de voir ce qu'il se passait, malgré l'obscurité. Juste devant le perron, Cocheta et Lenna étaient accroupies autour d'une silhouette recroquevillée.

Bipin apparut, venant d'une autre direction.

— C'est l'enfant qui a été enlevé.

Un jeune blondinet aux habits sales leva les yeux vers eux.

— Comment t'appelles-tu ? lui demanda Tess.

— Douglas Haverly.

Lenna et Cocheta l'aidèrent à se relever.

— C'est celui que recherche Sid Haverly ?

— Oui, répondit Bipin.

— Comment est-il arrivé ici ?

— Jackrabbit l'a laissé partir et il s'est sauvé.

— Tu dois avoir faim, dit Tess à Douglas. Lenna, emmène-le à l'intérieur et donne-lui ce qui reste de soupe.

Lenna, Cocheta et Douglas rentrèrent dans le chalet. Tess se tourna vers Bipin et Vern.

— Il faut que quelqu'un trouve Sid pour lui dire que le garçon est sain et sauf, avant qu'il n'y ait encore des morts, à cause de cette histoire.

— Je vais y aller, répondit Bipin. Tout de suite !

— Tu préférerais attendre demain matin ? lui demanda Tess.

Vern secoua la tête.

— Mieux vaut ne pas attendre. Chaque minute compte.

Bipin hocha la tête et Tess le suivit dans la grange. Elle ouvrit la réserve des armes que Hank avait cachées. Elle prit un révolver et des munitions qu'elle tendit à l'Indien.

— Sois prudent.

Bipin sortit de la grange et disparut dans la nuit.

CHAPITRE TRENTE-DEUX

Le matin suivant, un autre homme arriva dans la propriété de Vern : One Ear. Il s'entendait bien avec Nitis, apparemment.

La journée passa ; Tess s'affaira à diverses corvées, tout en essayant de mettre de l'ordre dans ses émotions à l'égard de Cale. Savoir que Hank poursuivait Saul l'angoissait aussi. À de nombreuses reprises, elle remarqua que l'Indien l'observait et, à la tombée de la nuit, Vern confirma ses soupçons.

Dans la pièce principale du chalet, Cocheta, Lenna et le jeune Douglas qui avait l'air de se porter beaucoup mieux, étaient rassemblés autour de Tess, écoutant ce que Vern lui disait.

— Cet Apache, là dehors, lui confia-t-il à voix basse ; je ne le connais pas, mais tu as l'air de beaucoup l'intéresser, Tess.

— C'est pour ça qu'il est venu ici ? demanda-t-elle.

— Apparemment, il s'est retrouvé dans une bagarre. Il y avait un certain Haverly et un type qui avait une dette envers lui, qui s'appelle Lange ; mais il considère que la dette a été effacée parce Lange lui a sauvé la vie pendant l'affrontement. Il se souvient de toi, depuis ce moment-là.

— *Sí*, j'y étais. Mais il est marié, non ?

— Peu importe. Les Apaches prennent plusieurs femmes.

Tess se tourna vers Lenna.

— Vous le connaissez, Cocheta et toi ?

Lenna discuta avec la vieille Indienne, puis secoua la tête.

— Non. Mais il y a une rumeur qui court sur un Apache qui n'a qu'une oreille. On dit qu'il a perdu l'autre à cause de son mauvais caractère.

— Écoute, reprit Vern ; je ne pourrai pas le retenir longtemps. J'ai le pressentiment qu'il va finir par t'emmener, de gré ou de force. Il faut que tu files d'ici et le mieux serait de le faire cette nuit.

— Mais pour aller où ?

— On va t'accompagner, dit Lenna. On peut se faufiler dans les montagnes et rester cachées, jusqu'à ce que One Ear passe à autre chose.

— Mais… tes blessures, répondit Tess.

— Je ne suis plus faible. On connait ces terres, on peut t'aider. J'ai la marque. C'est Cocheta qui l'a dit.

— La marque ?

Lenna repoussa une mèche de cheveux pour montrer la plaie qui cicatrisait sur son front, causée par la balle qu'Haverly lui avait tiré dessus.

— J'ai franchi la frontière de la mort et je suis revenue. C'est important, pour les Apaches.

Tess comprenait l'idée, mais ça ne donnait pas à Lenna des facultés qu'elle n'avait pas avant.

Cocheta prit la parole.

— Elle dit que nous avons toutes été marquées par la mort, traduisit Lenna. Elle sait ce qu'il t'est arrivé. Ça te rend plus forte. Il y a bien des lunes, elle a été frappée par la foudre ; elle est passée du côté des Terres Sacrées. N'aie pas peur de la mort, parce que la mort n'a pas peur de toi. On n'est pas faibles parce qu'on est des femmes. Au contraire, on est fortes.

Cocheta prit la main de Tess dans la sienne et poursuivit.

— Ne laisse pas les hommes décider de nos destins, conclut Lenna.

Tess plongea les yeux dans ceux de l'ancienne et y vit *río abajo río*, la rivière en dessous de la rivière.

Elles réunirent de la nourriture et des armes. À la grande surprise de Tess, Cocheta s'y connaissait en armes à feu et elle s'appropria son Remington. Tess commença à mesurer le courage et l'endurance qu'il fallait, quand on était Apache, qu'on soit un homme ou une femme, jeune ou vieux. Lenna s'adapta ; comprenant qu'il lui faudrait aussi être armée, elle écouta attentivement les explications que Tess donna sur l'utilisation du colt confié par Cale.

Tess eut faim, tout à coup, mais pas de nourriture.

En fermant les yeux, elle pouvait sentir l'odeur de Cale, la douceur de sa peau sous ses mains, la fermeté de ses muscles et ressentir le désir qui coulait entre eux naturellement. Pourtant, ces envies avaient beau être puissantes et la submerger, elles n'étouffaient pas la peur qui était enracinée dans son esprit et encore plus profondément dans son corps.

Vern lui remit un colt supplémentaire.

— Je ferai diversion auprès de One Ear pour vous faire gagner du temps. Mais un conseil : quand vous aurez retrouvé Walker, quittez ces montagnes !

Tess hocha la tête et serra dans ses bras l'homme qui avait réussi à soigner sa jambe.

— *Gracias*, Señor Vern. Je n'oublierai jamais votre hospitalité en or.

— Le merle s'est remis de ses blessures – et vous aussi.

Cocheta et Lenna lui firent aussi des au revoir chaleureux.

Tess empoigna doucement l'épaule de Douglas. Le garçon restait silencieux, assis.

— Tu seras en sécurité, ici, lui dit-elle.

Emportant des sacs en toile, elles se faufilèrent derrière le chalet jusqu'à l'endroit, bien plus loin, où Vern avait laissé Gideon auprès d'un autre cheval. Tess aida Cocheta et Lenna à monter ensemble sur le deuxième. Puis, elle mit le pied à l'étrier, levant sa mauvaise jambe, pour balancer l'autre par-dessus la selle de sa monture.

Elle était plus forte, bien plus forte qu'avant. Elle ressentit en elle une grande détermination. Quoi qu'il arrive, elle se savait de taille à l'affronter. Elle avait retrouvé son père, mais sa vie n'était plus à ses côtés. Et aussi douloureux que ça puisse être, sa vie ne revenait pas non plus à Cale. Son destin lui appartenait, à elle. Et c'était très bien comme ça.

Elle repensa à Tennyson.

Viser, chercher, trouver et ne jamais céder.

COCHETA OUVRIT la route et leur fit traverser plusieurs vallées, jusqu'au matin. Elle montrait au sol les traces qu'elles suivaient, mais Tess ignorait totalement si c'étaient celles d'une ou de plusieurs personnes, d'Apaches ou éventuellement de Hank et de Cale.

Elles aperçurent un campement et ralentirent le pas. Tess fit passer Gideon en tête pour l'examiner plus attentivement. Elle y découvrit Henry et Mariah Worthington. Elle dégaina le colt suspendu à ses hanches, dans un étui en cuir – le cadeau d'adieu de Vern – et partit devant.

Mariah leva les yeux et saisit son fusil de chasse, mais elle le posa en travers de ses cuisses. Tess maintint baissé son bras qui tenait le révolver et Gideon avança lentement, jusqu'à s'arrêter.

— On veut pas d'ennuis, dit Mariah.

— Nous non plus. Je crois que je vous dois des remerciements, pour m'avoir amenée au chalet de Blight, il y a quelques semaines.

Mariah acquiesça froidement. Quand elle plissa les yeux sous son chapeau défraîchi, ses rides creusèrent son visage brûlé par le soleil.

— C'est rien.

— Pourquoi m'avez-vous aidée ?

— Quand vous êtes partie, j'ai repensé à l'histoire que vous nous aviez racontée. Je me suis dit que vous aviez p'être pas tort. Ensuite, quand on vous a trouvée, Henry et moi, j'ai su que c'était not'e tour de vous aider.

— Merci à vous. Est-ce que la malédiction a été levée ?

Les yeux de Mariah s'illuminèrent.

— Je crois, oui.

Elle sourit, ce qui prit Tess au dépourvu.

— Vous voulez vous asseoir un peu ?

Elle se tourna vers Henry, resté assis près du feu, et cria :

— Henry, on a des invités !

Il fronça les sourcils en voyant Cocheta et Lenna.

Tess mit pied à terre et, en guise de bonne foi, rengaina son révolver.

— On ne restera pas longtemps.

Cocheta et Lenna descendirent de leur cheval qu'elles attachèrent à la branche d'un arbre. Tess en fit autant avec Gideon. Ils se rassemblèrent autour du feu.

— On n'a rien préparé à manger, on peut rien vous offrir, dit Mariah. Désolée.

— Pas de problème. Voici Cocheta et Lenna.

Mariah hocha la tête, mais Henry avait toujours l'air renfrogné.

— Elles ne vous feront aucun mal, ajouta-t-elle.

Henry fourra une boulette de tabac dans sa joue.

— Est-ce que vous cherchez ce Saul Miller, vous aussi ?

— Possible, répondit Tess en restant prudente. Vous l'avez vu ?

— Ouaip. On l'a envoyé au campement de Hank.

— Pourquoi avoir fait ça ?

— Pa'ce que c'est ce que Hank et cet ami à vous m'ont dit d'faire.

Tess réfléchit.

— Pouvez-vous me dire où est ce campement ?

Il énuméra un tas d'indices indiquant l'emplacement en question, mais Tess ne fut pas plus avancée. Il finit par ramasser un morceau de bois et dessina dans la poussière les directions à prendre. Cocheta le regarda faire et opina du chef. Elle avait compris.

Ils quittèrent les Worthington, Cocheta en tête, suivie de Tess, puis de Lenna, et s'éloignèrent dans les Dragoons, vers le campement de Hank.

En fin d'après-midi, Lenna dit à Tess qu'elles ne tarderaient plus à atteindre le lieu du campement. Elles s'arrêtèrent au bord d'un tout petit cours d'eau pour faire boire les chevaux. Comme elles étaient toutes épuisées, Tess proposa d'y rester plus longtemps. Elle s'éloigna pour repérer les environs ; c'était ce qu'auraient fait Hank, ou Cale. Elle avança sans faire de bruit dans un petit bois de peupliers, son chapeau baissé sur son visage. On n'entendait que le frottement de sa jupe contre ses bottes.

Une branche se cassa net.

Elle fit volte-face et vit One Ear s'élancer vers elle. Choquée qu'il l'ait suivie, elle s'enfuit en courant. Le colt rebondissait contre sa hanche, coincé dans son étui ; mais elle craignait de ne pas avoir le temps de dégainer, si elle s'arrêtait.

Son instinct la poussait à s'enfuir.

Sa mauvaise jambe tint bon et Tess put courir plus vite qu'elle ne s'en serait jamais crue capable. Son chapeau, arraché de sa tête, pendait dans son dos. Relevant sa jupe, elle se rua vers le haut de la colline en levant les genoux, cherchant un éventuel endroit où se cacher ou une autre direction à prendre. Alors qu'elle se dirigeait vers un amas de rochers, un homme la projeta à terre.

Elle donna des coups de pied, se débattit, essayant de retrouver sa respiration qui s'était coupée, quand une main se plaqua sur sa bouche.

Saul Miller !

Il la retourna, lui faisant une clé de bras telle qu'elle hurla. Tout en la maintenant dans cette position, il se mit à tirer en direction de l'Indien qui la poursuivait.

Tess continua de se débattre.

— Bon sang, arrête de bouger !

Elle parvint à rouler suffisamment de côté pour lui donner un coup de genou dans le ventre. Elle se précipita pour s'enfuir, mais il attrapa sa jupe, puis sa jambe et la fit tomber à terre. Elle se tourna sur le dos et le frappa d'un coup de pied au visage, aussi fort qu'elle put. D'après le choc, elle se dit qu'elle avait fait mouche.

Se retournant à nouveau, elle tenta de détaler, sa main cherchant désespérément à défaire le nœud coulant qui maintenait son colt dans l'étui.

Saul se leva, le regard furibond, du sang coulant de son nez. Il brandit son révolver pour le braquer sur elle ; au même instant, elle parvint à dégainer le sien. Le tenant à deux mains, elle l'arma du pouce.

Aucune hésitation.

La détonation explosa à ses oreilles, ébranlant tous les os de son corps.

Saul tomba sur le côté, ce qui n'était absolument pas logique.

Elle tenta de se relever au plus vite, mais One Ear se ruait maintenant droit sur elle, ivre de colère.

Elle braqua son colt sur lui et arma le marteau.

— Ne t'approche pas ! Ou je tire !

Visiblement, il n'en crut rien.

Stop !

Deténgase, por favor !

Avec une grande précision, une flèche se ficha dans la poitrine de l'Indien, le projetant en arrière.

Abasourdie, Tess se baissa précipitamment et fila se cacher près de l'escarpement rocheux. Ses mains tremblaient, mais elle rassembla ses esprits et brandit son arme en balayant les environs des yeux pour trouver qui avait tiré. En jetant un coup d'œil à Saul Miller, elle vit qu'une flèche ressortait de son cou.

Je ne l'ai pas tué.

Le cri d'une femme retentit au loin.

Cocheta !

Le son se rapprocha. Avec horreur, Tess comprit que la vieille femme gravissait la colline, sur les traces de One Ear.

Non, fais demi-tour !

Mais elle était déjà là et continuait d'avancer d'un pas lourd.

Tess sauta hors de sa cachette, pointant son colt vers l'invisible tireur de flèches et se rua vers Cocheta pour l'atteindre avant qu'elle ne se fasse tuer.

— *Carrera*, Cocheta ! *Carrera !*

Cocheta cria quelque chose en apache. Tess s'arrêta et, les deux mains sur son arme, la pointa dans la direction du – ou des archers. Elle campa sur sa position, bien décidée à se battre.

L'ancienne arriva enfin à sa hauteur en soufflant avec force. Tess ne détourna pas les yeux d'une cible potentielle. Cocheta appuya sur ses bras pour essayer de les lui faire baisser, tout en secouant la tête.

— *Dah ! Dah !*

Tess ne voulut rien savoir.

— Arrêtez !

Mais Cocheta insistait.

Elles perçurent le mouvement au même moment et virent un Apache approcher, à cheval. Il était torse nu et portait un arc et des flèches. Tess ne le reconnut pas, mais en voyant l'expression impitoyable de son visage, elle fit un pas en arrière.

Le corps robuste de Cocheta l'arrêta dans son mouvement de recul et la vieille femme lui souffla :

— Jackrabbit.

CHAPITRE TRENTE-TROIS

Cale était assis en face de Lange. Hank surveillait la clairière dans laquelle il avait établi son campement, ces derniers temps. Ils s'étaient servis des Worthington pour attirer les deux hommes vers eux, mais jusqu'ici, Saul leur avait échappé. Quant à Walt, il ne leur avait pas été d'une grande aide. Apparemment soulagé de ne plus être avec Miller, il leur avait proposé de les aider à l'attraper. Cale ignorait s'il pouvait lui faire confiance ou non.

Son histoire avec Tess lui avait mis la tête à l'envers.

Des détonations lointaines les alertèrent.

— Rendez-moi mes révolvers, demanda Walt.

— Non, répondit Cale.

Hank fit un signe de tête à Cale qui acquiesça en saisissant son fusil. Ils partirent tous les deux à pied. Lange était attaché, ce qui le tiendrait hors de danger et l'empêcherait d'être dans leurs pattes. De toute façon, Cale se fichait pas mal de ce qui pouvait lui arriver.

Autre coup de feu, isolé.

Ils se déplacèrent sans faire de bruit, progressant entre les arbres. Hank vira vers la gauche et Cale avança tout droit. Il arriva derrière un Apache à cheval et, bien que ne voyant pas le visage du guerrier, il reconnut Jackrabbit.

Dès qu'il aperçut Cocheta et Tess à ses côtés qui tenait l'Indien en joue, il braqua son fusil, visant l'homme entre les omoplates.

— *Da'áízhi !* hurla Cale.

Jackrabbit se figea.

Un coup de feu retentit et le buste de l'Apache vrilla sur son cheval qui partit au galop. Jackrabbit tomba au sol.

Tess et Cocheta crièrent. Cale chercha qui avait tiré, parce que ce n'était sûrement pas lui ! Était-ce Hank ?!

Cocheta se précipita jusqu'à Jackrabbit ; Cale en fit autant, gardant son fusil prêt à l'emploi et scrutant les bois autour d'eux.

— Sortez de là ! leur cria-t-il à toutes les deux. Courez, à gauche ! Cachez-vous !

Il se plaça devant elles pour les protéger, mais il savait que ce ne serait pas suffisant, si les enfers se déchaînaient. Elles entreprirent de traîner le corps de Jackrabbit pour le mettre à l'abri, mais immédiatement, des tirs leur projetèrent de la terre en plein visage.

Cale tira deux coups rapprochés.

Merde !

— Laissez-le ! Courez ! Maintenant !

Les femmes s'enfuirent et, du coin de l'œil, il les vit se réfugier non loin d'un autre corps qui semblait être celui de Saul, d'après ce qu'il pouvait en juger de loin.

Il resta en position, devant le corps de Jackrabbit, sans savoir quoi faire. Il ne savait pas si le guerrier était mort et il le serait sûrement lui-même d'un moment à l'autre, s'il restait ainsi à découvert.

Mais qui tirait ?

Et où était Hank ?!

Ce dernier se montra enfin, mais les mains en l'air et poussé en avant par un homme qui, d'après Cale, était de la bande de Sid Haverly. Trois hommes sortirent bientôt des bois, aux côtés d'Haverly lui-même. Tous avaient des armes braquées sur Cale.

— Pousse-toi de là, maintenant ! dit Sid. Cet Apache est à nous.

Cale ne baissa pas son fusil.

— Visiblement, vous l'avez déjà eu.

— On doit s'en assurer.

— Attendez !

Tess !

Cale fut saisi d'angoisse et dut lutter pour ne pas se retourner et lui ordonner de battre en retraite.

Il l'entendit approcher, derrière lui. S'il voulait dégainer ses colts, il devrait baisser son fusil ; c'était sa seule chance de descendre le plus d'hommes possible.

— Votre neveu, Douglas, il est en sécurité ! dit-elle.

— Ah oui, et comment sauriez-vous ça ? demanda Sid.

— Je l'ai vu.

D'après la provenance de sa voix, Cale localisa Tess sur sa gauche, à environ soixante-dix degrés.

— Jackrabbit n'est pas coupable, poursuivit-elle. C'est lui qui l'a délivré. Douglas est dans le chalet de Vern, un peu plus au nord. Il vous attend.

Sid la regarda en plissant les yeux.

— C'est une très belle histoire, mais je n'ai aucune raison de vous croire, dit-il en haussant les épaules. En plus, celui-là, avec son fusil, il a descendu plusieurs de mes hommes. Tel que je le vois, vous êtes tous incriminables, ne serait-ce que pour avoir sympathisé avec les Apaches. Ce sont des ordures, de la vermine, et si vous prenez leur défense, vous devez en assumer les conséquences.

Cale jeta un coup d'œil à Hank. De toutes les traques qu'ils avaient vécues, par le passé, celle-ci était de loin la pire. Si seulement Tess n'était pas là… !

Il ne put tirer un premier coup. Il se baissa rapidement. De sa main droite, il laissa tomber le fusil pour dégainer son colt gauche d'un mouvement fluide. Il fit feu sur un des hommes et se tourna vers Tess. Une cacophonie de détonations éclata. Parvenant à la rejoindre, il dégaina son autre révolver et la fit reculer en la couvrant, tirant de tous côtés. Dès qu'ils furent hors d'atteinte, il la percuta pour la repousser derrière une paroi rocheuse où Cocheta s'était cachée.

Il ouvrit la chambre du révolver qu'il tenait de sa main gauche, en éjecta rapidement les douilles usagées, puis rechargea. Tess leva son arme et tira quatre coups. Il la repoussa en arrière, lui prit son révolver en échange du troisième qui était vide.

— Recharge !

Il recommença à tirer, mais ils étaient cloués au sol et sa ligne de mire était compromise.

Il tendit encore à Tess les armes à recharger. Tout ce qui pouvait l'empêcher de tirer était bon à prendre. Son sang se glaça, quand il l'imagina avec une balle dans la tête. Il fallait qu'il fasse quelque chose, avant d'être à court de munitions.

— Reculez et restez baissées !

Il ne prit pas la peine de mettre les formes ; au contraire, il leur aboya dessus. Un instant, il regarda Tess dans les yeux. Elle devait être effrayée ; pourtant, elle soutint son regard avec une détermination limpide. Elle tenait bon.

Il se détourna et les quitta.

— Cale !

Tess tenta de le retenir, mais c'était trop tard. Il disparut dans le claquement des balles qui s'entrecroisaient, laissant dans l'air une âcre odeur de poudre.

Elle tenait toujours son colt – du moins, un des révolvers qu'ils avaient fait tourner entre eux, avec Cale. Il avait emporté le reste des munitions, mais celui qu'elle avait était chargé au maximum.

Elle avait six coups.

Redressant les épaules, elle saisit le révolver à deux mains et l'arma.

Uno, dos, tres…

Elle courut jusqu'au tronc d'un arbre, s'arrêta et tira, se cachant derrière quand la riposte fit sauter de l'écorce. Elle réarma en grognant. Elle ne savait peut-être pas bien viser, mais elle pouvait au moins faire diversion pour faire gagner du temps à Cale.

Du sang coula sur sa main.

Je suis touchée ?

Elle ne se souvenait pas d'avoir reçu une balle.

Un soudain silence la décontenança. Elle jeta un coup d'œil au-delà du tronc, sans savoir si c'était dangereux. Son cœur battait à tout rompre. Elle leva son arme et contourna l'arbre. À l'autre bout de la clairière, elle vit Haverly braquer son révolver sur elle.

Bien décidée à tirer sur la gâchette, elle fronça les sourcils en voyant que ses doigts ne répondaient pas. Le colt lui glissa des mains et elle tomba à genoux. Hank tuant Haverly fut la dernière chose dont elle fut témoin, avant de perdre connaissance.

CHAPITRE TRENTE-QUATRE

En ouvrant les yeux, Tess lut la profonde inquiétude dans le regard de Cale, ce qui la toucha profondément.

Se soucie-t-il vraiment de moi à ce point ?

— J'ai reçu une balle, pas vrai ?

— Ce n'est pas méchant, dit Lenna, assise elle aussi auprès d'elle. La balle a seulement écorché le haut de ton bras.

— Est-ce que Hank… ?

— Il va bien, répondit Cale. Bipin et d'autres guerriers de la tribu de Mohan sont venus en renforts.

Tess se redressa en position assise et dut attendre qu'une vague de nausée s'estompe.

— Cocheta ?

Lenna pointa son doigt dans une direction. Dans la lumière décroissante de fin de journée, Tess vit l'ancienne agenouillée à côté du corps de Jackrabbit.

— Il est mort ?

— Non, répondit Lenna. Il est vivant.

— Cale, tu devrais aller l'aider, dit Tess en se tournant vers lui.

Quand il s'écarta, elle remarqua qu'il avait retiré sa

chemise. Un bandage de fortune, taché de sang, entourait son torse puissant.

— Tu vas bien ?

— Une autre cicatrice, c'est tout.

Ses yeux bleus étaient braqués sur elle.

— Une de plus, une de moins… maintenant que tu vas bien, je vais aller le voir.

Il se leva et s'éloigna.

— Pourquoi est-ce qu'il te regarde avec tellement d'envie et de tristesse ? demanda Lenna.

— Parce que j'ai eu peur, répondit Tess à voix basse.

— Pourtant, il a dit que tu avais été très courageuse, pendant la fusillade.

Les larmes montèrent aux yeux de Tess.

— Mais je ne suis pas courageuse en amour.

— Les Apaches disent qu'il faut beaucoup de temps pour s'apprivoiser mutuellement, même après le mariage. Ce que tu ressens, c'est normal. Coyote est un vaurien, mais le Puma n'en est pas un.

Tess repensa à Tennyson.

Il ne nous appartient pas de comprendre pourquoi, mais d'agir et de mourir.

— Que ferais-tu, toi ? demanda-t-elle à Lenna.

— Si un homme me plaisait comme Change of Heart te plait, j'accepterais ses avances. Est-ce que tu as une cousine-croisée ?

— Je ne vois pas de quoi tu parles…

— Une fille de la sœur de ton père ou du frère de ta mère.

— Non. Ni l'une ni l'autre.

— Dommage. Dans les situations de gêne, avant et pendant le mariage, une cousine-croisée peut venir partager votre lit avec ton mari. Comme ça, tu n'as pas besoin de le toucher ou de le regarder.

Tess fronça les sourcils.

— Ce n'est pas le problème. Mais merci pour le conseil.

Elle imagina partager Cale avec une autre femme et ça ne lui plut pas du tout.

Il faudrait qu'elle lui dise la vérité. Peut-être qu'ensuite, il comprendrait.

Ou alors, il la quitterait.

L'amour est le seul or qui soit.

À LA NUIT TOMBÉE, Tess partit rejoindre Cale. Ils étaient à présent installés dans le campement de Hank, là où il avait vécu en cherchant de l'or, ce trésor qu'il prétendait avoir découvert. Elle savait que son père ne partirait pas d'ici, quand toute cette histoire serait terminée. L'irrépressible envie qui l'avait poussée à le retrouver s'éloignait comme l'eau d'un ruisseau qui suit son cours. Sa vie lui appartenait ; il était temps qu'elle vole de ses propres ailes.

Des hommes de la tribu de Mohan étaient réunis autour d'un feu. Cocheta et Lenna s'occupaient de Jackrabbit. Hank rassemblait ses affaires éparpillées. Walt Lange était là, lui aussi, mais on l'avait détaché. Une atmosphère maussade régnait dans l'air qui se refroidissait.

Il n'était plus question de vengeance ni de châtiments.

On s'occuperait des morts le lendemain matin.

La menace de Saul Miller avait enfin disparu avec lui. Tess en était soulagée, mais il n'était qu'un démon parmi tant d'autres. One Ear, Sid Haverly… ça n'en finirait donc jamais ?

Non.

Même Hank marchait en équilibre sur une ligne départageant le bien du mal et luttait pour ne pas s'écarter du chemin.

Puis, il y avait Cale. Pendant le conflit, il s'était montré totalement différent de l'homme qu'elle connaissait.

Impitoyable, rusé, froid. Elle mesurait, avec le recul, le soin qu'il avait pris à lui cacher cette facette de lui-même.

L'envie d'adoucir ce côté tranchant de son caractère la démangeait, mais elle ne pouvait nier avoir elle-même des limites fragiles. Cale pourrait-il tolérer les incertitudes qui la rongeaient ?

Elle le trouva à l'écart, dans l'ombre, appuyé contre les restes d'un tronc visiblement foudroyé. Les yeux fermés, un genou replié et toujours torse nu, il avait l'air distant et ramassé sur lui-même comme un prédateur prêt à bondir.

Tess se sentit soudain nerveuse. Comment n'avait-elle jamais remarqué cette facette de sa personnalité ? Ça mettait encore plus en évidence la gentillesse dont il avait toujours fait preuve à son égard.

Le temps passa ; elle attendit en l'observant, parce qu'elle hésitait à rompre sa solitude et qu'elle était fascinée. L'attaque du puma lui avait laissé des séquelles qui n'enlevaient rien à sa beauté, bien au contraire. Elle se demanda si sa propre blessure pouvait être vue de la même façon.

Il ouvrit les yeux et les plongea instantanément dans les siens.

— Je peux te parler ? demanda-t-elle d'une voix qu'elle ne reconnut pas, plus profonde et plus sage.

Il acquiesça.

Elle s'installa à côté de lui. Ils ne firent aucun geste l'un vers l'autre. Elle ramena ses genoux vers sa poitrine et rassembla, autour de ses jambes, sa jupe à carreaux tachée et couverte de terre. Sa blessure lui faisait un peu mal, comprimée par la manche du chemisier déchiré qui recouvrait le bandage improvisé par Lenna, mais elle n'en fit pas cas.

— Après l'agression de Saul, dit-elle, évidemment, j'étais effrayée. J'ai mis longtemps, plusieurs semaines, à me remettre de mes douleurs, à accepter l'éventualité de ne plus jamais marcher correctement, à retrouver un visage qui ne soit pas recouvert d'hématomes ni de croûtes sanguinolentes. Après de longs mois, je semblais guérie. Je croyais aller bien. Puis, arriva Esteban. Il aidait Tom à faire des livraisons à Fort Lowell. Je lui plaisais, c'était évident. Personnellement, je ne ressentais rien de spécial. Mais un après-midi, on s'est retrouvés seuls et il a essayé de m'embrasser. C'est la première fois où la terreur a ressurgi.

Elle remua et regarda Cale du coin de l'œil, mais il restait immobile, à l'écoute, les yeux fixés sur une zone de sa jambe étendue.

— C'était comme si j'étais vraiment en danger, poursuivit-elle, alors que je ne l'étais pas. Ça n'avait pas de sens. Je ne comprenais pas pourquoi ça recommençait à chaque fois, mais je ne pouvais pas calmer mes réactions. Dès qu'Esteban tentait de m'approcher, ça me sautait à la gorge et j'avais l'impression de tomber dans le vide. Alors, j'ai géré la situation de la seule façon que j'ai pu : je l'ai repoussé en faisant vœu de toujours me tenir à distance des hommes. Mais ensuite, je t'ai rencontré. Peu à peu, tu m'as aidée à dépasser la peur d'être en compagnie d'un homme. J'ai cru que mes terribles épisodes de panique étaient de l'histoire ancienne. Mais ils se sont réveillés, quand tu as commencé à parler d'amour et de mariage.

Elle prit sa tête dans ses mains. Elle avait la gorge nouée.

— J'ai tellement honte, Cale ! Je voulais te cacher ma fragilité. Je pensais être assez forte, à présent. Je n'arrive pas à concevoir que tu veuilles d'une femme comme ça, d'une épouse qui rampe sous les lits pour se cacher, dès que la peur prend le dessus.

Essuyant des larmes qui s'éparpillaient sur ses joues, elle attendit, inquiète de ce qu'il allait répondre.

— Tess, finit-il par dire ; il n'y a qu'une seule chose que j'ai besoin de savoir. Est-ce que tu m'aimes ?

— Oui, de tout mon être ; mais peut-être que je n'irai

jamais mieux, ajouta-t-elle d'un ton précipité qui s'étrangla dans un sanglot. Je ne peux rien te garantir !

— Je n'attends aucune garantie.

Il passa un bras autour d'elle et l'attira contre lui. Il enfouit une main dans ses cheveux et posa sa bouche sur le sommet de sa tête.

— J'ai juste besoin de savoir qu'on est dans le même camp, toi et moi.

— Je n'en peux plus, d'être effrayée ! Je ne veux pas que la peur dirige ma vie.

— Je sais.

Il la serra un peu plus contre lui.

— On s'en sortira. Mais tu dois me faire confiance. On a la vie devant nous. Et, si tu veux savoir, je suis sûr que tu es capable de surmonter tout ça.

— Et si je n'y arrive pas ?

— Alors, je t'embrasserai jusqu'à faire taire tes peurs. Et si tu veux passer une partie de tes journées cachée sous le lit, je m'en accommoderai. Je te construirai même un cadre de lit plus haut.

Elle rit, puis renifla.

Il lui fit relever le menton.

— Je t'aime, Tess. Quelle que soit la vie qui nous attend, on s'en sortira.

— *Te amo*, Cale.

Ses lèvres se posèrent tendrement sur les siennes, comme un *león de montaña* apprivoisant un merle apeuré.

CHAPITRE TRENTE-CINQ

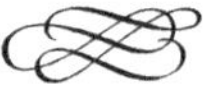

Cale, Hank, Lange et plusieurs Apaches enterrèrent Sid Haverly, Saul, One Ear et les autres morts. Ils prélevèrent sur les corps de quoi permettre de les identifier, des affaires que Cale remettrait aux autorités, dès son retour à Tuscon. Il raconterait la vérité : un affrontement entre une milice autoproclamée, Sid Haverly à sa tête, et des Indiens apaches avait causé la mort de plusieurs personnes. Le fait que Douglas Haverly soit vivant apportait aux actions de son oncle un triste alibi. Quant à Saul Miller, il s'était simplement trouvé au mauvais endroit au mauvais moment.

Les circonstances autour de la mort de Jim Bennett seraient passées sous silence. Cale ne voyait aucune raison de revenir sur ce meurtre et l'agression de Tess qui s'était ensuivie. Le désir de vengeance de Hank était assouvi, même s'il n'était pas arrivé à ses fins lui-même, comme prévu. Concernant Jackrabbit… là ce fut un scoop ! En fait, il était l'un des plus gros clients de Hank dans le trafic d'armes et, à la demande de ce dernier, il protégeait Tess à la fois de Saul et de One Ear.

En ça, Cale lui était redevable – et même s'il ne pouvait pas cautionner le commerce illégal de Hank à travers l'*Apacheria*, il savait bien que s'il n'avait pas vendu d'armes aux Indiens, quelqu'un d'autre l'aurait fait. Le conflit entre les Apaches et les Américains était loin d'être terminé. Cale aurait aimé qu'il existe un moyen de le résoudre pacifiquement, mais connaissant les protagonistes de part et d'autre, il y aurait d'autres bains de sang avant d'arriver à un compromis. Les Apaches aspiraient à la liberté, comme tout un chacun, et les réserves brisaient leur esprit qui vivait chaque jour du souffle du vent et du murmure de la terre. Certains Indiens capituleraient, mais d'autres lutteraient jusqu'à ce que mort s'ensuive.

L'emprise qu'avaient eue les événements de la veille sur les nerfs de Cale commençait à décroître, la blessure par balle qu'il avait à l'épaule étant le dernier de ses soucis. Quand il repensait à Tess et Cocheta au centre de la fusillade, dans les bois, il avait encore du mal à faire taire son angoisse.

Dire que Tess avait insisté pour l'accompagner dans ces montagnes et qu'elle s'était mise en pleine ligne de mire d'hommes vivant selon un code de moralité totalement différent du sien ! D'y penser lui faisait monter la moutarde au nez et lui donnait envie de la gronder et de la secouer. Il aurait pu la perdre !

Il ne pouvait imaginer ce qu'aurait été l'avenir, si l'issue avait été tout autre. Si elle était morte, il aurait préféré se faire tuer lui aussi.

Quand Tess avait repris connaissance en n'ayant, heureusement, qu'une blessure superficielle, il s'était difficilement retenu de lui demander pourquoi elle lui avait offert son corps tout en gardant son cœur sous clé.

Elle était vivante. C'était tout ce qui comptait.

Il s'était apprêté à la laisser partir. Ça l'aurait tué, mais il l'aurait fait, si elle le lui avait demandé.

Puis, elle était venue lui parler à cœur ouvert et il avait enfin mesuré les zones d'ombre qui la hantaient toujours. Il se sentait capable de l'aider – il avait lui-même fait face à ses propres démons ; mais pour cela, il fallait qu'elle se laisse apprivoiser.

Elle m'aime.

C'était la seule chose qui comptait à ses yeux. Tous les problèmes étaient solvables et, ensemble, ils auraient une vie entière pour s'y atteler ; mais sans son amour, ils n'avaient pas la moindre chance d'avenir.

Malgré la tâche rebutante de nettoyer les lieux du massacre de la veille, il sentit poindre en lui un peu d'optimisme.

Quand le soleil fut au zénith arriva le moment des adieux.

Cale et Cocheta se serrèrent dans les bras. Ensuite, elle lui fit un long discours en apache qu'il réussit à peu près à comprendre. Elle insista sur le pouvoir du puma, sur la nécessité de le vénérer. Elle lui rappela ses connaissances particulières et son cœur apache. Elle lui dit de faire preuve d'un pur amour et de ne pas laisser filer Tess, parce qu'elle était exceptionnelle. Le Blackbird pouvait *voir* et naviguer dans l'espace existant entre savoir et agir. *Comme Blackbird, elle porte en elle la sagesse de son peuple, aussi bien que celle des autres. Un jour, elle deviendra une femme forte qui guidera les âmes perdues. Aime-la précieusement.*

C'était exactement ce qu'il comptait faire.

Il dit au revoir à Bipin et aux autres Apaches, conscient qu'il ne les reverrait peut-être jamais. Il témoigna sa gratitude à Jackrabbit. Ce dernier reconnut à contrecœur que Cale lui avait sûrement sauvé la vie, en restant près de lui, face à Haverly et ses hommes.

Tess et Lenna se tenaient dans les bras en pleurant, bientôt rejointes par Cocheta.

Enfin, en regardant les Apaches s'éloigner à cheval et disparaître bientôt dans les Dragoons, Cale passa un bras autour de la taille de Tess et l'attira contre lui.

Hank décida de rester dans son campement pour extraire

l'or qu'il avait trouvé, comme prévu. Il accepta que Walt reste avec lui. Il n'avait jamais envoyé de missive lui demandant de le rejoindre – ce n'était qu'un subterfuge de Saul – mais il décida de concrétiser cette idée malgré tout.

— Cale, tu étais le meilleur d'entre nous, dit Hank. Ma Tessie sera entre de bonnes mains, avec toi.

Même si Hank avait commis de nombreux crimes, selon Cale, il n'avait jamais su que Saul avait eu l'intention de punir Tess. Ça ne l'excusait pas d'avoir, en premier lieu, emmené sa fille dans son monde de justiciers hors-la-loi, mais Cale était prêt à tourner la page. La présence plus ou moins manifeste de Hank dans leur vie dépendrait de Tess.

— Je prendrai soin d'elle.

Tess s'éloigna de Cale pour avancer vers son *padre*. Elle hésita, puis le prit dans ses bras.

— Ô, beau merle ! Chante-moi ta douce mélodie ! murmura-t-il à l'oreille de sa fille.

— Pendant que tous les voisins te tirent dessus, je garde pour toi des parcelles de terres fertiles, dit Tess, avant de faire un pas en arrière. Où tu pourras gazouiller, manger et faire ton nid.

— J'ai fait bien plus d'une erreur dans ma vie et je ne te mérite pas, ma chérie, ma petite fille ; mais je remercie Dieu d'avoir revu ton beau visage. Je t'aime, Tessie.

— *Te amo también, Papá.*

Cale tint Gideon par la bride et Tess monta en selle toute seule. Il effleura sa mauvaise jambe que sa jupe et son jupon avaient dénudée légèrement. Tess lui lança un coup d'œil affectueux, sous la bordure de son chapeau. Il sourit, pressa légèrement son mollet dans sa main, puis se mit à cheval sur Bo.

— Adieu, Walt, dit Tess. *Ve con Dios*, Hank.

Cale adressa aux deux hommes un signe de tête et ils s'éloignèrent des Dragoons pour retourner vers Tuscon.

— Des fois, je me demande si ton *abuela* m'a guidé jusqu'à toi.

Tess le regarda, perplexe.

— Qu'est-ce qui te fait dire ça ?

— La fois où je l'ai rencontrée, avec Hank, elle a pris ma main. Hank m'a dit que je lui plaisais beaucoup.

— Tu insinues qu'elle t'a réservé ?

— J'ai plutôt l'impression qu'elle m'a évalué.

— Parfois, j'ai l'impression qu'elle est encore près de moi. Elle me disait toujours qu'en mémorisant les histoires, on se rapprochait de leur art de vivre, comme si on partageait l'intimité des murmures de *sabe Dios*, de ce que Dieu sait. En vénérant les contes et en les partageant aux moments opportuns, la Gardienne était récompensée en recevant des perceptions supplémentaires, pour entendre et voir différemment. Elle parlait souvent d'un tas de connaissances qu'elle avait, mais j'étais très jeune et je la considérais souvent comme une *loco vieja señora*.

— Elle ne m'a pas semblé folle.

Tess resta silencieuse et, dans le jour déclinant, ils suivirent un chemin battu, au milieu des roches escarpées, puis à travers le désert aride.

— Tu te souviens de l'histoire que tu as racontée aux enfants, dans l'exploitation des Simms ? lui demanda Cale.

— *Sí.*

— Je me suis toujours demandé si Hank était Sir Gawain ou le Chevalier Vert ?

— Les deux. Les deux hommes mentent et contournent les règles. C'est un jeu de morale qui enseigne à ceux qui l'écoutent de trouver la limite qu'ils ne doivent pas dépasser. Mais cette frontière est propre à chaque individu.

— Pour ma part, je pense que je n'embrasserais jamais un autre homme, plaisanta Cale.

Tess sourit et il eut l'impression que le monde prenait tout son sens.

— Je pense que Robbie serait du même avis que toi, dit-elle.

— J'aurai plaisir à les revoir, Molly Rose et lui.

— Cale…

Il se tourna vers elle.

— Si ton offre de mariage tient toujours…

Une vague de soulagement déferla dans son cœur.

— Tu as juste à dire une date, répondit-il.

CHAPITRE TRENTE-SIX

Fin novembre

Tess était installée dans la calèche avec Mary et les enfants et Tom tenait les rênes. Ils étaient en route pour le ranch S.R.. Cale chevauchait à leurs côtés, son Stetson enfoncé sur sa tête et son long manteau Duster boutonné jusqu'au cou. Quelle chance elle avait ! Cale prenait soin de son psychisme avec tendresse et affection – et il en faisait autant avec chaque centimètre carré de son corps, dans l'intimité de la nuit, au point qu'elle s'attendait à avoir une nouvelle à annoncer assez rapidement. Encore quelques jours et le doute serait levé.

— Tu es stressée ? demanda-t-elle à Mary en posant une couverture sur Molly Rose, assise à côté d'elle.

La robe en laine sombre que Tess avait mise pour voyager lui tenait suffisamment chaud. Mary et elle avaient relevé leurs cheveux dans des chignons sophistiqués et portaient des bonnets en velours, attachés sous le menton par des rubans.

— Un peu… répondit Mary qui tenait contre elle la petite Evelyn tout emmaillotée. Mais c'est plutôt de l'excitation. Quand je pense que ma sœur est en vie et qu'on va se retrouver d'un moment à l'autre !

Tess passa un bras autour de Molly Rose.

— Je suis tellement contente que vous ayez voulu nous accompagner, Tom et toi ! Merci d'avoir assisté à notre mariage.

— Je suis un peu perdue, quant aux liens de parenté, mais je crois qu'on est sœurs, à présent. En tous cas, c'est comme ça que je le ressens.

— Moi aussi.

Tom arrêta la calèche. Il en descendit pour venir attraper Robbie et Molly Rose qu'il posa à terre, avant d'aider Mary pendant que Tess tenait Evelyn dans les bras, ce bébé qui n'en finissait pas de grandir. Elle fut soulevée par les deux bras forts de son mari qui la fit décoller du siège pour la poser au sol, laissant traîner ses mains sur sa taille. Elle fut surprise de le voir ôter son chapeau pour lui voler un rapide baiser, inclinant la tête pour éviter le rebord de son bonnet. Elle baissa les yeux timidement, avant d'éclater de rire en entendant Robbie s'exclamer, dans son dos :

— Oooooh !

— Attends un peu, Robbie… lui lança Cale par-dessus son épaule, emboîtant le pas de Mary.

— Attendre quoi ?

— Tu verras, le jour où tu trouveras une chérie.

— Jamais j'me caserai !

— Je ne me marierai jamais, le reprit Tess.

— Pourquoi tu dis ça ? C'est toi qui t'es mariée. Alors que tu étais censée m'épouser, moi !

— Robert Thomas Simms, veux-tu bien te tenir ?! le réprimanda Mary.

Il tira sur le col de sa chemise boutonnée jusqu'au cou et sur le manteau en laine qu'on l'avait obligé à porter.

— Oui, m'man.

— Ne t'en fais pas, Robbie, lui dit Cale. Un jour, tu trouveras une femme comme Tess.

— Si vous le dites…

Cale prit Tess par la main.

— Jamais je ne renoncerai à vous, madame Walker, lui dit-il à voix basse pour qu'elle seule l'entende.

Teresa Rios Campos Carlisle Walker.

Madame Caleb Joseph Walker.

Ça la ravissait au-delà de ce qu'elle aurait pu imaginer.

Les dernières semaines s'étaient enchaînées rapidement, mais agréablement. Ils étaient retournés voir Blight, dans son chalet, et lui avaient appris les terribles événements. Ils avaient emmené Douglas Haverly et Moses, leur *mula*, à Tuscon, où Cale s'était arrangé pour que l'enfant soit raccompagné dans sa famille, plus au sud.

Ensuite, ils étaient restés plusieurs semaines avec Tom et Mary. Tom avait trouvé une maison en ville, mais avec des travaux à faire. Cale s'était proposé d'y participer. Tess avait accepté de l'épouser ; il n'y avait plus eu aucune raison d'attendre. À peine s'étaient-ils retrouvés seuls qu'il l'avait emmenée au lit et, à partir de ce jour-là, ils n'avaient plus jamais eu besoin d'utiliser un vieux tapis de selle miteux. Depuis leur retour, Cale lui avait si souvent fait l'amour – des préliminaires à la jouissance – qu'il n'était pas seulement possible qu'elle tombe enceinte. C'était couru d'avance. Même s'ils n'en avaient jamais parlé ouvertement, Cale faisait tout pour qu'elle porte leur enfant ; et ce bébé méritait leur union sacrée.

Arrivés au Texas, ils étaient d'abord passés par le ranch des Walker. Tess avait rencontré le père de Cale et ses frères Joey et

T.J. Sa famille n'était pas la plus chaleureuse qui soit, mais elle avait tout de suite vu que ça convenait à Cale. Son père s'était fait un plaisir de lui céder des terres et ils avaient parlé ensemble de l'avenir, jusqu'à des heures tardives. Ce matin, ils s'étaient entassés dans la calèche pour partir au plus tôt, Cale, Tom, Mary, les enfants et elle, afin que Mary puisse enfin revoir sa sœur.

Ils avancèrent vers le porche et deux femmes apparurent sur le seuil de la porte. D'après Tess, il devait s'agir des sœurs de Mary.

— Molly ?

Mary lâcha les mains de ses enfants et se précipita en haut des marches. Elle prit sa sœur dans ses bras et la serra avec passion.

Tess rejoignit Robbie et Molly Rose ; elle s'agenouilla à côté d'eux et les garda contre elle pendant les retrouvailles de Mary avec sa première sœur, puis avec la seconde. Elles se serraient les unes contre les autres.

Tess eut la gorge nouée.

Une femme plus âgée sortit de la maison.

— Allez, vous tous, rentrez vite à l'intérieur, avant d'attraper froid ! dit-elle en pressant tout le monde vers la maison.

Tess retira son bonnet et Cale l'aida à ôter son manteau. Les autres en firent autant. Ils se rassemblèrent tous dans un salon ; c'était une sacrée réunion de famille !

— Matt, dit Cale en voyant un homme aux cheveux bruns, de grande taille, avec un visage dont les traits ressemblaient à ceux de la femme qui les avaient accueillis sur le perron. Je te présente ma femme, Tess.

Matt sourit en lui prenant la main.

— Ravi de faire votre connaissance. Quand on a reçu votre lettre, l'annonce de votre mariage si soudain a fait rire Molly.

— Cale était impatient, plaisanta Tess.

— Quand un homme se décide, il n'y a aucune raison d'attendre, répondit Matt.

Un autre homme lui ressemblant approcha. Tess en déduit qu'il s'agissait du frère de Matt.

— Content de te revoir, Logan, lui dit Cale en lui serrant la main, avant de s'adresser à une femme blonde qui se tenait près de lui. Claire ? Je ne m'attendais pas à vous trouver ici.

— Tu es parti depuis un moment… dit Logan. Claire est ma femme, à présent.

Il tendit la main vers un jeune garçon de huit ou neuf ans.

— Et voici son frère, Jimmy.

Cale dit bonjour à l'enfant, puis se retourna vers Logan et Claire.

— Félicitations ! Laissez-moi vous présenter Tess.

— Ravi de rencontrer la femme qui a enfin apprivoisé Walker, dit Logan, avant de faire les gros yeux à Cale. Tu vagabondais plus qu'une longhorn !

— J'ai plutôt l'impression que tu parles de toi… répondit Cale.

Logan sourit en passant son bras autour des épaules de Claire.

— Avec autant de mariages dans l'air, Rosita va finir par croire que ses grigris fonctionnent !

Un autre homme de grande taille, avec une cicatrice sur la joue gauche, avança vers eux.

— Nathan, dit Cale en lui donnant une petite tape dans le dos. Tu as mené à bien ta mission dans le Grand Canyon, on dirait ! Je vois qu'Emma est ici, saine et sauve.

— Tu n'es pas encore au courant, pas vrai ? intervint Logan. Nathan et Emma viennent de se marier.

Cale parut un peu dérouté.

— Peut-être que Rosita fait vraiment de la sorcellerie…

— Qui est Rosita ? demanda Tess.

— La cuisinière.

— Ramener Emma a été toute une histoire, dit Nathan. Je suis ravi de rencontrer la fille de Hank Carlisle, dit-il à Tess. L'avez-vous trouvé ?

— *Sí*, répondit Tess.

— C'est une autre longue histoire, dit Cale. Mieux vaudrait la raconter autour d'une bouteille de whisky, avec une grande réserve de cigares !

Il prit la main de Tess dans la sienne.

— Ça me semble être une bonne idée, dit Matt. Je ne pense pas qu'on arrive à séparer ces dames de sitôt !

Emma, Mary et Molly étaient encore dans leur bulle et pleuraient, riaient, poussaient des cris et se prenaient dans les bras.

Tom discutait avec Logan et les présentations se poursuivaient.

— On peut aller dans le bureau de mon père, dit Matt en s'adressant aux hommes. Il ne rentrera de Dallas que la semaine prochaine.

Cale se tourna vers Tess.

— Ça ne t'embête pas ?

— Non, vas-y !

Elle se sentait à l'aise, ici ; bien plus qu'au ranch des Walker.

Cale l'embrassa sur la joue, avant de rejoindre les hommes.

— Je suis si contente que tu sois là, dit Claire en s'approchant d'elle. Tu dois être fatiguée, après ce long voyage.

— Mary avait vraiment hâte de venir et je suis ravie de l'avoir accompagnée.

Robbie et Molly Rose tirèrent sur sa jupe. La mère de Matt et de Logan s'approcha d'elle.

— Pardonnez-moi de ne pas m'être présentée plus tôt. Je

suis Susanna Ryan, et vous devez être Tess. Nous sommes absolument ravis que Caleb et vous soyez mariés. Nous lui sommes très attachés. Quel plaisir de faire votre connaissance !

Sur ces mots, Susanna la prit dans ses bras. Elle plut tout de suite à Tess.

— Je me demande si ces petits aimeraient manger des biscuits, à la cuisine, ajouta Susanna en faisant un pas en arrière. Ils n'auraient plus faim pour le dîner, mais je ne dirai rien à Rosita.

Elle tendit les mains vers eux.

— Jimmy, tu viens aussi ?

— Oui, m'dame !

Tess adressa un hochement de tête à Robbie et Molly Rose qui prirent chacun la main que leur tendait Susanna et partirent avec elle dans le couloir.

Mary vint enfin rejoindre Tess et Claire.

— Tess, dit-elle ; je te présente ma sœur, Molly.

Molly l'accueillit avec des yeux pétillants et un immense sourire semblable à celui de Mary. Elle avait un ventre arrondi.

— Comme tu as épousé Cale, on est sœurs, maintenant ! dit-elle.

Molly la prit dans ses bras. Lors de cette étreinte, Tess ressentit un amour et un attachement qu'elle n'avait jamais connus auparavant. C'était comme si sa présence était chère à Molly et même à toute cette famille. C'était étrange et totalement inattendu.

— Je n'ai jamais eu de sœur, répondit Tess.

— Eh bien, maintenant, tu en as une ribambelle ! s'exclama Molly.

Leur autre sœur s'approcha, rayonnante.

— Moi, c'est Emma.

Tess la prit à son tour dans ses bras.

— Je n'ai jamais été entourée d'autant de femmes !

Elles rigolèrent toutes, puis s'installèrent dans les fauteuils et sur le canapé rembourré pour discuter et se raconter des souvenirs. Tess perdit la notion du temps.

Les enfants revinrent dans la pièce en trombe. Robbie et Molly Rose se précipitèrent vers Mary. Une cuisinière mexicaine, assurément la seule et l'unique Rosita, arriva en portant Evelyn.

— Vous êtes la maman ? demanda-t-elle à Tess qui secoua la tête.

Elle fut frappée par l'envie d'enfant qu'elle ressentit. Elle voulait un bébé à elle. Avec un peu de chance, avec Cale, ils en auraient un bientôt.

Emma s'assit à côté d'elle. Elle lui lança un regard de biais, avant de se pencher vers elle.

— J'espère que tu ne m'en voudras pas de te le dire, mais tu es enceinte.

— Comment le sais-tu ?! demanda Tess, étonnée.

Son cœur fit un bond dans sa poitrine. Elle espérait tant que ce soit vrai !

Emma soupira.

— C'est un petit don que j'ai. Je t'en parlerai plus tard, si tu veux.

Intriguée, Tess acquiesça.

— Oui, avec plaisir !

Rosita s'approcha avec un petit rire jovial.

— Miss Tess, n'est-ce pas ? Vous êtes la jeune épouse de Cale ? Toutes ces femmes attendent un enfant, alors pourquoi pas vous ?

Susanna fronça les sourcils.

— Pas moi, Rosita ! Je suis bien trop vieille pour ça.

Mary intervint :

— Je crois pouvoir dire que moi non plus. Evie m'occupe pas mal, ces derniers temps. Emma et Claire sont enceintes ?

Lesdites femmes hochèrent la tête.

— Alors, j'espère attraper la même chose que vous ! dit Tess.

Tout le monde rigola.

— J'aimerais beaucoup que tu me présentes tes enfants, dit Molly à Mary.

Mary se leva, prit Evelyn des bras de Rosita et poussa ses deux autres enfants devant elle.

— Voici Robert et Molly Rose. Les enfants, voici votre tante Molly.

— Elle a le même nom que moi, dit la petite fille à voix basse.

— Ma chérie, c'est toi qui portes *son* nom, répondit Mary.

Molly Rose avança timidement jusqu'à sa tante et la laissa la serrer dans ses bras.

— Jamais je n'aurais rêvé de vivre un moment pareil ! dit Mary.

Tess s'approcha d'elle et passa un bras autour de ses épaules.

— Tu peux aller t'occuper d'Evie, si tu veux.

Le bébé commençait à s'impatienter, ayant clairement faim.

— Je m'occupe de Robbie et de Molly Rose.

Mary accepta et Rosita l'emmena dans un endroit plus calme pour nourrir l'enfant.

Jimmy insista pour que Robbie l'accompagne à l'étage. Il avait des jouets dans sa chambre qu'il était impatient de lui montrer.

Ainsi, près d'un agréable feu de cheminée, Tess se retrouva entourée de sa nouvelle famille : Molly, Claire et Emma. Molly Rose oublia vite sa timidité et se retrouva au centre de l'attention générale.

Bien plus tard, Tess était allongée contre Cale, emmêlée dans les draps. Il sentait le tabac et le whisky. Vu l'heure tardive, ils étaient restés au ranch S.R. pour la nuit. L'intensité du plaisir qu'il lui donnait ne cessait de la surprendre ; l'alcool n'avait pas du tout eu un effet soporifique sur lui.

Son corps recouvrait en partie celui de Tess et il avait posé un genou entre ses jambes. Il fit glisser sa main de sa poitrine à sa hanche et enfouit son visage dans son cou.

Heureuse, Tess ferma les yeux en retrouvant peu à peu son souffle, après leurs ébats déchaînés. Elle avait un bras passé autour de son cou.

— Je crois qu'on va avoir un bébé, murmura-t-elle.

Il leva la tête, prenant appui sur un avant-bras pour la regarder dans les yeux.

— Tu es contente ?

— *Sí*.

Il posa une main sur son ventre.

— Tu as eu des accès de panique ?

— Non. Pas depuis plusieurs semaines.

Ses peurs s'étaient peut-être éteintes. Mais, dans le cas contraire, elle commençait à croire qu'avec l'amour de Cale, elle pourrait leur résister.

— Alors, mon plan a fonctionné.

— Et quel était ton plan ?

— Te faire l'amour le plus souvent possible pour que tu oublies d'avoir peur.

— Eh bien, on dirait que tu as réussi. Mais je dois avouer être un peu fatiguée… dit-elle, taquine.

— C'est un faible prix à payer !

Il l'embrassa.

— Si c'est une fille, est-ce qu'on pourra l'appeler comme *mi abuela* ?

— *Sí*, répondit Cale.

Il fit glisser ses lèvres sur sa joue, puis dans son cou, détournant son attention.

Il s'installa au-dessus d'elle et dit :

— Mais je crois que je l'appellerai simplement Blackbird.

Ô beau merle ! Chante-moi ta douce mélodie !

Tess sentit le bonheur éclore dans son cœur ; pour la première fois, elle ne racontait pas l'histoire – elle *était* l'histoire.

JE SUIS RAVIE que vous ayez choisi de lire *Le Merle*. Si l'histoire vous a plu, n'hésitez pas à laisser un commentaire sur votre site de livres électroniques préféré. Merci beaucoup ; Kristy.

NOTE DE L'AUTEURE

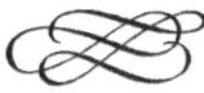

Pour écrire un roman qui fait référence à des événements historiques, un auteur prend parfois quelques libertés. Voici celles que j'ai prises :

Le capitaine Fitzgerald et sa femme Kitty sont des personnages de fiction. Le commandant du Camp Bowie à l'époque de l'histoire était le Premier Lieutenant William M. Wallace, de la sixième cavalerie américaine. Le fait que des épouses d'officiers vivent avec leurs maris dans des avant-postes reculés s'était déjà produit. Le célèbre récit de la vie militaire en Arizona par Martha Summerhayes a été retranscrit dans son livre *Vanishing Arizona*. J'aimerais rendre hommage à Rita Edwards, qui a reçu un prix du groupe Facebook Pioneer Hearts, un espace dédié aux lecteurs et écrivains de romances historiques dans l'Ouest américain. Elle a été choisie pour nommer la femme de Reed et a proposé Kitty Louise, en l'honneur de sa grand-mère.

La médaille d'honneur, créée pendant la guerre civile, est la plus haute distinction militaire décernée par le gouvernement américain à un membre de ses forces armées. Le récipiendaire doit se distinguer au péril de sa vie, au-delà de son devoir, lors d'une action menée contre un ennemi des États-Unis. La médaille d'honneur décernée pour la Campagne de la Rocky Mesa, dans les montagnes de Chiricahua (en octobre 1869), a été attribuée à trente-deux hommes de la compagnie G, première et huitième cavalerie des États-Unis. Dans l'histoire, Cale a fait partie d'une cinquantaine d'hommes de la Compagnie D, 32ème d'infanterie. J'ai donc un peu bricolé en lui donnant la médaille, mais il aurait très bien pu participer à cette bataille contre Cochise et les Apaches.

Le portrait que j'ai fait des Apaches a été inspiré par de nombreuses sources. Les Nednais ont bien existé, mais la bande de Mohan est fictive. S'il existe des dissonances dans ma description des Indiens, je m'en excuse. Cependant, en faisant des recherches sur cette période, il m'est clairement apparu que l'ambivalence et la trahison existaient aussi bien chez les Blancs et les Hispaniques que chez les Apaches. De même qu'il y avait des hommes bons, des hommes honnêtes des deux côtés de la frontière qui les opposait. Mon but fut de montrer la moralité individuelle de chaque personnage.

Le Passereau
Les Ailes de l'ouest — tome 5

Molly Rose Simms arrive dans le Colorado pour rejoindre son frère, mais se lance finalement à la recherche du mythique site minier, le Bluebird, avec un homme appelé le Jackal.

« La série *Les Ailes de l'ouest* propose une nouvelle vision des femmes de l'Ouest américain et des hommes qu'elles aiment. Je suis accro aux westerns sensuels de Kristy McCaffrey et à ses héroïnes qui n'ont pas froid aux yeux ! » - Ann Charles, auteur à succès d'USA Today, récompensée pour sa série *Deadwood Mystery*.

Avide d'aventure, Molly Rose Simms part pour le territoire de l'Arizona et traverse le Colorado pour rendre visite à son frère. Robert est parti deux ans plus tôt pour faire fortune à

Creede, la ville minière d'argent en plein essor. Molly Rose espère le convaincre de l'accompagner à San Francisco, à New York ou même en Europe. Mais Robert est introuvable. Sa sœur rencontre son associé, un homme mystérieux qu'on appelle le Jackal.

Jake McKenna a sillonné les rues animées d'Istanbul, des ports exotiques en Chine et les déserts du Maroc. Son insatiable désir de voyager a été jusqu'ici la seule constante de sa vie. Il part en quête du site minier mythique, le Bluebird, si difficile à trouver, et décide de s'associer. Mais il se retrouve bientôt confronté à un dilemme : jusqu'où ira-t-il pour protéger la jeune femme qu'il rencontre et qui est visiblement dépassée par les événements ? Une maison, un foyer… voilà qui n'a jamais fait partie des plans du Jackal ; mais Molly Rose Simms est en passe de changer le cours de sa vie.

Cette romance historique sensuelle dans l'Ouest américain se déroule dans le Colorado, en 1892.

Finaliste pour le prix national d'excellence en fiction romantique, choix de l'Aspen Gold Readers et du Golden Quill, et nominé par l'InD'tale Magazine RONE.

« Les lecteurs se retrouveront souvent en haleine… un roman trépidant qu'on dévore rapidement ! » Belinda Wilson, InD'tale Magazine

« … un livre qu'on lit d'une traite, avec une histoire et des personnages fouillés qui ont suscité mon intérêt de la première à la dernière page… » Jo, Romance Junkies

« … un florilège d'aventures et d'action qui m'ont tenue en

haleine… un livre impossible à poser ! » Maria, The Silver Dagger Scriptorium

Ordre de lecture de la série Les Ailes de l'ouest :

L'Oiselle
La Colombe
Le Moineau
Le Merle
Le Passereau

Kristy McCaffrey écrit des romans d'aventure contemporains pleins d'idylles torrides et de suspense à vous donner la chair de poule, et des romances historiques primées, des westerns dont les personnages débordent de courage et d'émotions. Ses récits au mysticisme caractéristique mêlent des héros captivants et des héroïnes hautes en couleur. Kristy trouve que l'existence mérite d'être vécue avec curiosité, compassion et gratitude, et que l'on devrait s'inspirer de l'enthousiasme des chiens. Elle aime faire la grasse matinée, manger des plats mexicains et faire du yoga chez elle, en pyjama. Originaire de l'Arizona, elle vit aux portes du désert, au nord de Phoenix.

Website: kmccaffrey.com
Facebook: facebook.com/AuthorKristyMcCaffrey/
Instagram: instagram.com/kristymccaffreybooks/
TikTok: TikTok.com/@kristymccaffrey/
English Newsletter: kmccaffrey.com/subscribe

www.ingramcontent.com/pod-product-compliance
Lightning Source LLC
Chambersburg PA
CBHW060512180626
46817CB00002B/354

* 9 7 8 1 9 5 2 8 0 1 5 4 9 *